银龄书院文库
大字本有声书

霜叶红于二月花

老年别样情感纪实

薛晓萍 著

中国书籍出版社

图书在版编目(CIP)数据

霜叶红于二月花：老年别样情感纪实 / 薛晓萍著.
-- 北京：中国书籍出版社，2022.4
ISBN 978-7-5068-8988-9

Ⅰ.①霜… Ⅱ.①薛… Ⅲ.①纪实文学—中国—当代
Ⅳ.①I25

中国版本图书馆CIP数据核字(2022)第060468号

霜叶红于二月花：老年别样情感纪实

薛晓萍 著

策划编辑	庞　元
责任编辑	庞　元　杨铠瑞
责任印制	孙马飞　马　芝
封面设计	闽江文化
出版发行	中国书籍出版社
地　　址	北京市丰台区三路居路97号（邮编：100073）
电　　话	(010) 52257143（总编室）　　(010) 52257140（发行部）
电子邮箱	eo@chinabp.com.cn
经　　销	全国新华书店
印　　厂	北京睿和名扬印刷有限公司
开　　本	710毫米×1000毫米　1/16
印　　张	20.75
字　　数	266千字
版　　次	2022年4月第1版
印　　次	2022年4月第1次印刷
书　　号	ISBN 978-7-5068-8988-9
定　　价	68.00元

版权所有　翻印必究

目　录

义工心语 / 1

思随流水去茫茫 / 3
　　一句承诺，守候六十年

绿树青苔半夕阳 / 32
　　你对我不离不弃，我许你白头偕老

山月不知心里事 / 59
　　患乳腺癌宁死拒手术

窣破罗裙红似火 / 79
　　新婚遭批斗，那日子

明月楼高休独倚 / 107
　　四十二岁失独，内伤极致

终日望君君不至 / 128
　　相识五十年失联，情归何处

异花四季当窗放 / 153
　　秋，也有那春心懵懵懂懂

目送征鸿飞杳杳 / 175
　　不要问为什么，红了樱桃，绿了芭蕉

衣带渐宽终不悔 / 195
　　不管你是否回头，海棠依旧

过尽千帆皆不是 / 212
　　记住他，爱上它，一生相伴

绿杯红袖趁重阳 / 233
　　老了老了，就只剩下爱

一枕初寒梦不成 / 257
　　校园情侣，暮年以身殉情

寒山一带伤心碧 / 276
　　伤情不伤心，爱得太深

双燕归来细雨中 / 296
　　感染非典护士，晚年非比寻常

义工心语

　　树上的果实，吸纳天地日月之精华，饱经风霜雨雪之磨砺，纯粹、纯净、纯天然。

　　非虚构的创作，恪守事实、亲历、诚实原则，将源于长者生活的印象予以确认，并诚实地表现出来，不虚、不假、不搬弄。

　　疾病、丧偶、失独、再婚，就像一座座山，横阻在长者面前；

　　孤寂、痛苦、郁闷、挣扎，就像一条条河，流淌在长者心间。

　　很多家人和义工总是以爱的名义，阻止长者诉说过去，他们不愿意长者流泪，总要想方设法转移话题。

　　爱，从了解开始。

　　长者走过了四季轮回，尝尽了甜酸苦辣，他们不想把这些经历带走，就如同他们要把每一分钱都攒起来留给自己的儿孙一样。

　　有爱大声说出来，有泪尽情流出来。长者的故事有爱情、离情、恋情，也有那日久生情、一见钟情，长者的故事很精彩，甚至很惊艳。

只要你想听，一千零一夜也说不完，《霜叶红于二月花》只是片段，只是一点点，一点点。

大爱大孝很简单，就是陪长者说说话，聊聊天，在此间寻见你、我、他的明天……

思随流水去茫茫
一句承诺，守候六十年

银龄书院
朗读者 薛晓萍
扫码听故事

思念，虽是企慕情境，却扛得住流年。

南国清秋，秋雨淅淅打湿了她的头发，她浑然不觉，矗立在雨中执意要去发信，我和两个学生拗不过，只好搀扶着琴姐姐，走出老年公寓，向附近的邮筒走去。

绿色的邮筒还是那传统的样子，方方正正的匣子，底下是一根直挺挺的立柱。这方方正正的匣子里，装载了多少亲情、多少思念。这匣子里面，留下多少忧伤的回忆、多少思念的心痛，更有那无尽无穷的牵挂。

但没有绝望，这里面投进去的都是希望与期盼。

琴姐姐走到邮筒旁，手里举着一个土黄色的信封，非常娟秀的小字写明了投信的地址，就是本市的一个高档社区。

琴姐姐没有直接把信投进去，而是把信紧紧地捧在了胸前，冲我微笑着说：给我留张影吧。

好啊。

我为她拍下了手捧一封信笑眯眯的样子。

这时琴姐姐又说：你和我一起把信投进去吧。

好。

我拉住了琴姐姐的手，感觉到她的手在微微地颤抖。

姐姐，您怎么了？

没什么，总是心里有股不安，也许，也许这是一封诀别信。

我马上用手捂住了她的嘴巴：不，不，不，姐姐不要这样说，不要这样说。

我把琴姐姐揽在了怀里，她停了一会儿抬起头对我笑着说：好吧，我们把信投进去，这是第二百三十四封信。

好，我记下了。

就在琴姐姐和我拉着手一起把信投到邮筒的投递口时，她又回了一下头，冲着我的学生笑了笑。学生很聪明，立刻按动了快门，留下了这张照片。

琴姐姐那微微发颤的手，捏着一封信，不，是捏着一颗心，一颗期盼的心，投向了绿色的邮筒，可这封信在邮筒的投递口卡住了。

琴姐姐不松手。

我和琴姐姐就这样望着这封信，我没有帮忙，而是在旁边静静地观望，琴姐姐捏了捏这个信封，又把它拽了出来，紧紧地捂在胸口，对着信封喃喃自语了一句：你一定要保重，一定要保重啊。

然后断然把信投进了邮筒，就在信投进邮筒的一瞬间，我看到琴姐姐的眼角有一滴泪，没有流下来，而是噙着，噙着一滴泪，没有流下来。

一滴泪，沉寂在她眼中，像一滴正在凝固的松脂，像一颗未雕琢的玛瑙，纯净通透。

在天愿作比翼鸟，在地愿为连理枝，一句承诺，守候六十年。

去年夏天，我去画室看望一位长者，一位百岁的长者。突然看见琴姐姐伏桌在写着什么，而且还用左手护住了信纸的上端。我非常好奇，我和琴姐姐也比较熟，她这一举动让我陡然想起自己年轻时，在课堂上给他写情书的时候也是这样子。

于是我绕过去走到姐姐的身后，想用双手捂住她的双眼，她特别喜欢这种见面的方式，总是笑哈哈地把头仰到我的怀里，我亲吻着她的额头，跟她说：猜猜我是谁？

不用猜，你是薛老师。

然后我们俩再转过身拥抱在一起，有时候就情不自禁跳舞，有时候就笑呵呵地互相拍打着后背。

人需要交流，需要情感的交流，这种交流或许不是语言，只是一种行为，真诚的肢体语言会将情感表达得更加淋漓尽致。

而这一次她并没有太多的反应，只是紧紧地用双手护住了这一页纸。

姐姐，你在写什么，这么神秘？

她仰起脸，我看到她脸上竟有了一丝红润。

没写什么，写着玩儿。

姐姐啊，您还写着玩儿，您的文章经常登在报刊上，还写着玩儿？

就是写着玩儿。

让我看看，又有什么大作？

她死死地用食指盖住这页浅绿色的信纸，就是不让我看。我也来了情绪，按住她的肩头说：好姐姐，让我看看吧，好姐姐，让我看看吧。

那好，到我房间，我让你看。

她把信纸轻轻地一点一点卷成了一个圆筒状，然后紧紧地攥在了手心里，和我一起相拥着回到了她的卧房。

到了卧房，她把信纸递给我说：你看吧，这是我给我同学的信。

同学的信为什么还要这样神秘，而且您脸上还有一抹羞涩。

确实是羞啊，这是我的初恋情人。

"初恋情人"四个字在人生的记忆中是那样清晰，那样亲切，那样甜蜜，很多人到了很大年纪还会记起自己的初恋情人。

人世间有些人注定要和你厮守一生，有些人注定只为你留下一段情。

大多是初恋情人。

那我就不看了，我还有事儿。

不，不，不，你今天一定要听我讲这个故事，从我们相识四年来，我一直想告诉你这个故事，但是因为没有结尾所以我不想说。我一直期盼着有一个结尾，有一个让我满意的结尾，能让大家都开心的结尾，也就是皆大欢喜的结尾，可是这个结尾迟迟不能到来。所以，我今天原本就是打算写完这封信就告诉你的。但是你得替我……

我没有吱声，而是伸出了右手竖起了大拇指，她也马上伸出右手，我俩用大拇指互相盖了个戳儿，嘴里念叨着"拉钩上吊，一百年不许变"，两个拇指重重地一扣就许下了这郑重的承诺。

这时，只听门外"咔嚓"一响，啊，我的学生把这瞬间拍下来了。

这时姐姐倒也不介意地对学生说：进来，小姑娘进来，一起听吧。我的学生很拘谨地说：不，奶奶，我还有事儿，我走了，你们聊吧。

琴姐姐颤巍巍地站起来，走到了阳台，那里有一个小柜子，这个柜子漆着深褐色的油漆，在阳光的照射下锃亮锃亮。她轻轻地打开柜门，从里面搬出一个小木箱子，看得出，这是女儿出嫁时父母陪嫁的那种小樟木箱。实际上就是首饰盒，但比首饰盒又大一些。

琴姐姐从腰间拿出一串钥匙，轻轻地扭开了箱盖上的锁，里面一摞一摞放了许许多多的信。每一摞信大概有十几封，都用一条红丝带打了个蝴蝶结，捆扎得结结实实。

另一摞信没有信封只是信纸，但也叠得四四方方，也是用一根丝带，红丝带，把它系成了一个蝴蝶状。

我有点吃惊，很多老年人都会珍藏一些珠宝、首饰让后人观赏，而珍藏这一摞一摞信件的还真的不多。

这都是我和初恋情人的通信。
是情书吧？
不是，就是普普通通的信。
初恋情人，这普普通通的信怎么能说得过去？
就是的，就是普普通通的信函，我从头告诉你……

那是六十多年前，他叫阿伟，我们同在小岛读书，我家和他家都是当地比较富裕的侨商，家境很好，家教也很严。

有一次他在踢球，不小心将球踢到我腿边，因为我们女生在旁边观看。他向我鞠了一躬说，对不起，我当时很窘迫，也站起来回了他一个鞠躬礼，不想被同学们起哄，哄笑说我们是在行夫妻对拜礼，这一下把我们俩就给哄到了一起。

慢慢地,他就经常给我书桌里放一枚落叶、一个红果,或者是一根青草,有时我不知什么意思,他就说青青绿草,我心陪着你,永远不老。

我有时觉得他很土,但又觉得他很用心。比如我们去饭堂打饭,只要他看到我在他后面,他就跑过来把我拉到他的位置上,然后他再在后面排队。

有一天,饭堂的窗户不知被谁打破了一个洞,我恰巧坐在那里吃饭,他就好像是漫不经心地敲着碗,站到了那个窗口,用身体堵住那个风口。

我能明显感觉到他对我的爱,我也回馈给他。那一年我十六岁,他十八岁,我给他织了一条毛裤,用那种天蓝色的毛线。织好以后在一个月色朦胧的夜晚,我们俩溜到了那棵榕树下。这里的榕树根深叶茂,特别是它那长长的气根,向地下使劲地延伸,就像那一缕缕扯不断的情丝。

我们都喜欢来这里,我们很多同学的恋爱都是在榕树下。我背靠着粗大的树干,特别特别不好意思,把这条毛裤用一张报纸包得平平整整,就像是一本书的样子,递给了他。而他则让我闭上眼睛,就像电视剧演得那样,我真的乖巧地闭上了眼睛。我以为他会吻我,我很害怕,那时候我觉得接吻就有可能怀孕,所以我特别紧张。我用手紧紧地护着自己的嘴唇,而他没有,没有亲吻我,而是把我的手拉开,往我手里递过来一个盒子,一个四四方方小巧的锦盒。

他让我睁开眼,我睁开眼,打开盒子一看,里面是一把小提琴造型的别针。非常小巧玲珑，是银质的，那琴弦很细很细，而那琴座却非常浑圆，我真的很喜欢。因为我也喜欢拉琴，所以我当即把它别到了胸前。

那时战乱纷飞，我们俩在考虑着学校老师讲的话，老师说，同学们，国难当头，我们年轻人要为国为家为我们的青春做点什么，我们要参军，我们要走向革命的道路。我们俩商量着说我们去参军吧。那时候，我们都是革命进步青年，我们也读了李大钊、毛泽东的文章，我们决定要去投奔共产党，到延安去上抗日大学或是鲁艺大学。就这样，我们约好明天，明天晚上简单收拾个小包，就一起去投奔革命。

第二天夜幕降临，榕树的影子在月光下显得那么修长，细根就像是年迈的老爷爷的胡须，低垂着，低垂着。

我们俩各自背了一个挎包就来到了这棵榕树下。我看到他，他看到我，没有情人相见那种拥抱，也没有卿卿我我，只是说：你想好了吗？

我想好了。

你决定了吗？

决定了。

好，我们一起去投奔革命，投奔延安。

走。

我们俩一起肩并着肩向码头走去，乘最后一艘渡船离开了小岛，离开了我可爱的家乡。

离开时，我们没有想那么多，用时髦的话说就是说走就走，可这个"走"不是去旅游，不是去希腊，不是去爱琴海，而是要投奔革命的大潮。作为年轻学生，我们的热血沸腾，作为初恋情人，我们顾不及卿卿我我，义无反顾地投身革命。

上岸之后，他想拉着我的手，因为街面上已经是人头攒动，不时还能听到远处传来的枪声和炮声。这里纷纷扰扰的混乱远没有小岛的宁静。

我出于羞涩没有让他拉住手，而是紧紧地跟着他向前走，向前走。路面上相当拥挤，他再一次伸出手要拉住我的手，我还是轻轻地推开了他伸过来的手，只是说，我跟着你呢，我跟着你呢。

有的时候，女孩子的羞涩，也许会酿成一场大错。

我时时后悔，如果说当时我们十指相扣，紧紧地拉住手，还会有人能把我们分开吗？还会把他从我身边夺走吗？

回忆是不堪回首的，因为有的人注定要陪着你走完这一生，有的人只能留在你的心底，在心灵深处，时不时地就会惊艳你的回忆。

不用我多说，你知道了，我们俩被人流冲散了，我随着几个战士走到了延安，投身了革命。而他却鬼使神差地进入了国民党的部队，第二年到了台湾。

我惊讶地用手捂住了嘴巴，不由地说：您这是故事啊，您这就是大片，这桥段，就在您的身上发生了。

琴姐姐没有惊慌也没有指责，只是用手轻轻抚摸着躺在锦盒中的信件，接着又向我娓娓道来：不久解放了，我转业到地方做了一名医生。因为我一直喜欢林巧稚大夫，所以我就以她为榜样，做了一名妇产科大夫。经我手接生的婴儿，数不过来，可我都记得，有的哭着闹着来到了世界，有的却一声不响闷闷地来，这时我就要伸出手掌在他红红的小屁蛋上拍两巴掌，他就会哇哇大哭。

有的女人生小孩儿号啕大哭，确实很痛苦，但是她们都知道女人生孩子就是儿奔生，娘奔死，生死之间只是一层窗户纸。

这层窗户纸会断送一些女人的性命，也会为世界带来许许多多的优秀人才，我为我的职业而自豪，我为我的工作而努力。

我通过各种方式不断地打听阿伟的下落，没有，没有，没有！

有时我还写些文章，是的，我常写一些抒情散文，《夕阳西下的时候》就是回忆我们俩在小岛榕树下的见面场景。

《你为何走得这样急匆匆》，就是回忆我们俩怎么就没有十指相扣、匆匆地就走了呢。

人生从来不在意聚首的时刻，可不知道哪一次是聚首，哪一次再见就是永别。

不，不，不，我不想说永别，因为他永远活在我心里。这枚琴形别针伴随了我六十多年。

这时，我已经忘了自己的义工身份，就像一个幼童迫不及待地问着：后来呢，后来呢？

琴姐姐这时真的像一位慈祥的长者，伸出她那温暖的手，她那接生过无数婴儿的手，抚摸了一下我的脸庞，然后捧起我的脸，笑眯眯地看着我的眼睛说：有的时候人生没有后来，因为就在那聚首的瞬间，你松开了手，没有抓紧，他就到了另一个世界，就不再属于你了。

我默默地点了点头，站起身为琴姐姐倒了一杯茶。清亮的茶杯里，随着水的滋润，茶叶翩翩起舞，南国的茶真是风味独特，它没有烈烈的醇厚，却是淡淡的清香，茶叶轻轻地浮上茶杯的水面，而琴姐姐的话语却渐渐地低沉了。

我知道琴姐姐陷入了无穷的思念之中。思念长长，往事悠悠，此时我不宜久留，我悄悄地倒退着离开了房间，坐到了楼道的大厅。

坐在那里久久回味着琴姐姐的话。我知道，琴姐姐一会儿就会来叫我，因为她是那样一个坚强的人。

我知道姐姐的坚毅，所以我坐在这里静静地等着。桌上一盆非常艳丽的花，就像那卷丹百合花的一种，低垂着，盛开着。我知道它叫红石蒜，也就是我们常说的彼岸花。

彼岸花，近在眼前，你却不能触摸，只能仰望。为什么？你只要用手轻轻触到它，它就会闭合。彼岸花就是人心中的一隅，有那样一朵永不凋谢的心花，这心花用爱情来浇灌，用心血来浇灌，它永远开不败。我正在沉思着，琴姐姐出来叫我回去，我们相拥着又回到了她的卧房。

阳光在窗棂上跳跃，桌上的彼岸花盛开，锦盒里新扎的蝴蝶抖动了翅膀，好像要翩翩起舞，原来是琴姐姐把这些信都一一地展开。我真的还有很多疑惑，还有很多疑问，还有很多好奇，我问琴姐姐：姐姐，那这些年你就是为等他一直这样独身吗？

也不是，主要是工作一直很忙，而且父母年龄大，需要我照顾，我又没有其他的兄弟姐妹，所以慢慢就耽搁了。

我知道琴姐姐的父母前两年过世，父母刚刚离去琴姐姐就住到了老年公寓。在这里她就是一个义务卫生员。哪个老人去看病她陪着，哪个老人的孩子要生小孩儿找她来咨询，哪个老人要吃药也要拿着药瓶让她来看说明，她很忙，很乐观，大家都很敬重她。在每年的春节晚会上她还会为大家演奏，大家都喜欢听她拉琴，可琴姐姐轻易不动琴，真的轻易不动琴。

只是在十年前，地方政府要召开招商引资大会，从养老院请出几位有名望的老年人参加联欢会，不知道市里哪个领导的儿子是琴姐姐接生的，所以这个领导对琴姐姐一直心存感激，而且两家一直有往来，这次点名要琴姐姐上台演奏，琴姐姐拗不过，既是当地政要的盛邀，也是为了繁荣当地的经济，琴姐姐登台演奏了一曲。

琴姐姐不想说出曲目的名字，我知道，因为我看过那场演出，琴姐姐拉的那曲叫《彩云追月》：站在白沙滩，翘首遥望，情思绵绵，何日你才能回还。波涛滚滚绵延无边，我的相思泪已干。亲人啊亲人，你可听见我轻声地呼唤，门前小树已成绿荫，何日相聚在堂前。明月照窗前，一样的相思一样的离愁，圆缺尚能复原，日复一日年复一年，一海相隔难相见，亲人啊亲人，我在盼望相见的明天，鸟儿倦飞也知还，盼望亲人乘归帆。

我知道当时琴姐姐演奏这首曲子时如泣如诉，感动了很多人，很多台胞、侨胞都热泪盈眶。第二天，当地的报纸还登出了大幅照片，琴姐姐一袭白色暗花旗袍，一条淡蓝色的披巾，旗袍的左胸襟上别着一枚琴形别针，更衬出衣饰的高雅华贵。

琴姐姐演奏的这首《彩云追月》勾起了多少台胞回归的心，勾起了多少人对远去亲人的思念和期盼。就是因为这次演出、这张报纸，琴姐姐在第三天就收到了这第一封信。

琴姐姐拿出用红笔标着第一封信的纸笺递给我说：你看看吧，这就是我们第一封信。

这是一封来自台湾的信，上面写着：阿琴，请先允许我这样称呼你，如果不是你，请您原谅我的冒失。我和阿琴是在六十多年前离开琴岛乘船到了岸上被人群冲散的。今天我看到了报纸，看到了你的名字和我那个阿琴的名字一模一样，年龄也相仿，特别是你那枚琴形别针我觉得很熟悉，所以我想与你相认。如果你不是我的阿琴，那就请您原谅一个古稀老人，盼回归、盼同学相见的心情吧。落款是一个中国老兵阿伟。

琴姐姐说：当我接到这封信的时候，我的手颤抖不已，怎么也打不开信封，这么多年，我一直习惯把所有的信件都用一枚特别小巧的樟木刀轻轻地划开，因为我尊重每一个为我写信的人，其中有很多是我接生的孩子长大以后给我的来信，我都保存着，但唯独接到这封信我的心颤抖了。

冥冥之中定有月老，也定有神仙，他们牵动着你的心，他们时时就像这榕树的根系一样，丝丝缕缕缠绊着你的思绪，让你为之一动。什么叫初心动？这就是时隔了六十多年的初心，又一次被这封信搅动。

当我颤颤巍巍打开信，看到下面的落款的时候，我的眼泪扑簌簌地落下来。这些年我已经没有了眼泪，因为我一门心思在救治产妇。产妇的哭声，产妇的眼泪足够装满一湾湖。而婴儿的啼哭则是我最愉悦的时刻，所以我很少哭，我更多的是欢乐和欢笑。

可我心底这湾思念的湖水被今天这封薄薄的信笺搅动了，泄闸了，就像黄河决口一样喷涌而出，泪水不住地流，埋藏已久的爱，如汪洋洪水将心灵堤坝冲溃，隐秘难言的爱，终于在孤寂衰老的今天有了唯一一次的奔腾突发，尽管这是在六十年之后，人都是这样。我趴在那里哭了许久许久，展开信纸马上给他回信。

我说：阿伟，我就是阿琴，我就是阿琴，你在哪里，你在哪里。就这样几段话我就匆匆地寄出了。

时隔很久，足足七天我才收到他的回信，因为我每天都在数着，我每天都要到公寓的门口传达室等着邮差。这里的邮差一天来两次，我每次都准时站在那里，我都快变成一个邮筒了，可是没有信，没有信。

第七天早上，我接到了第二封信，急匆匆地把它攥在手里，揣在兜里就回到了房间，展开信，厚厚的一叠，足足有十九页。

阿伟详细地向我叙述了当时被人群冲散，他不知道怎么就随着几个当兵的走啊走，最后走到了国民党的军队里面。因为他写得一手好字，又会拉琴就成了一名文艺干事。因为他年纪小，也不知道怎么就糊里糊涂地又被带到了台湾，在台湾他开始上学。

在学校组织郊游活动中，他们被一场大雪困在山里，他因为在野外为大家站岗，防止山中的野兽来袭击，冻坏了双脚。到了天亮，同学们走出帐篷的时候，他已经冻僵了。大家把他抬回帐篷，这时，他的双脚已经冻得失去了知觉。而靴子、袜子和脚已经粘在了一起，怎么也脱不下来，如果硬脱下来的话就会撕破肉皮。这时，一个女生也叫琴，把他双脚揽入自己的怀中，只隔着一件毛衫，就这样为他捂着，暖着。不知过了几个小时，他的袜子可以脱下来了，可是，那个琴姑娘的胃却被他的冻脚给冻坏了。后来他们就结了婚，生了一双儿女，就在当地过起了平静的日子。

这些年，他儿子来家乡经商，开办了艺术画廊，也有他们夫妇的作品展示。儿子经常和他们通电话，也向他们详细描述了那场盛会，所以，他才给我写了这封信。

这时，信笺上已经看不清字迹了，我的泪滴滴答答都在上面，我要说什么呢？

我真的不能说什么，原本我想告诉他，我在等你，等了你六十年。可是我不能说，因为他已经娶妻生子，他生活得如此平静。

有的时候，人生就是这样无常，世上没有什么公平不公平，有的人能够走在一起，有的人却不知所措地站在你的对岸。

扛得住流年的爱不是那种轰轰烈烈，不像榕树的气根一样死死地缠在一起，应该是像蜻蜓点水般轻盈自在。

细水长流为你牵挂，各自精彩着，但思念却一生一世相随不断。

我走上前，轻轻地扳住琴姐姐的双肩，琴姐姐又一次迸开了思绪的闸门，伏在我的肩头哭了起来。

这哭声犹如那琴声，断断续续，忽弱忽强。这滴滴的热泪从她的心底流出，这热泪曾为她接生的啼哭着来到世界的孩子们，而这热泪今又随着她的流出滋润了早已干涸的心田。

爱是什么？爱不是房子、车子、票子，爱是一种牵挂，是一种承诺，执子之手，与子偕老，当年我们没有执手，所以造成了终生的遗憾。

终生遗憾中又有着不为人知的幸福源泉，那就是思念。

不知什么时候，窗外淅淅沥沥下起了小雨，雨滴划破了所有的回忆和怀念。我不知如何是好，因为姐姐在哭泣。我知道琴姐姐不能忘掉这些回忆，在人生旅途上有些人陪你哪怕只是一夜、一段，这些记忆都让你刻骨铭心。

有的人已经走了，已经在别人的屋檐下演绎着自己的人生，可是，他却不肯把他的美好回忆带走。留在我们的心田，而这一地的狼藉我们没有办法，我们只有交给时间去处理。

我多么爱琴姐姐，多么想分担她的这些伤痛，可是我却无法走进她的心里，无法帮她像挂电话一样删除回忆。我想我真的很无能、很无力，只有轻轻地拥着琴姐姐，任她的泪滴打湿我的肩头，流进我的心底，是的，流进了我的心底。

过了一会儿，好像是窗外的雨声惊扰了姐姐的回忆，琴姐姐慢慢抬起头，又恢复她往日那笑眯眯的模样，打开又一札信，让我看了她的信。她的信纸都是刻意挑选的淡绿色的，我看到那一行娟秀的小字就像看到一颗少女的心，其实，这时的琴姐姐已经年近八十岁高龄。

　　琴姐姐说：我给他回信，他给我回信，就这样周而复始。我们通信到第三年头的时候，我说出了我的一个小秘密。

　　我对他说：真的很抱歉，当年我送给你那条毛裤是我亲手织的，但是我年纪小不懂也不会，所以给你织的毛裤没有分款式。

　　写到这儿，琴姐姐好像是不好意思往下写了，然后就出现了省略号，看到这里我和琴姐姐都笑了。

　　你猜他回信怎么说？
　　我不猜，快告诉我吧，我的心都让您搅乱了。
　　那我告诉你，他回信说，我也一直不敢告诉你，你真是个傻丫头，你给我织的毛裤不分款式，所以我也没法穿，就一直带在身边，直到今日还躺在我家的衣柜里。

　　我和琴姐姐抱在一起哈哈大笑起来，因为我也有过这样的经历。

　　琴姐姐这个人有一个最大的特点，就是非常豁达。在她沉入几十年前的回忆时，也没有不可自拔。

琴姐姐接着说：就在我们通了五年信以后，有一天，他忽然又来信说，你给我照几张岛上的照片吧，照十二张。而且你要在画面当中，可不能是你一个人。

为什么？

我想看看家乡的山山水水，家乡的榕树啊。

我想也是啊，离开家乡六十多年的老兵该有多么怀念小岛啊。于是，我就找了几个学生，我没有找同龄的同学们，确实我们同学还都健在，但是我没有告诉他们，怕大家起哄，也怕传出一些流言蜚语。所以我只找了我那些学生。另一个小秘密也是小私心，就是怕他在同龄人当中忘记了我的模样找不到我，那我会很伤心的。要知道恋人的一个眼神都会令人心碎的。

所以我找一群学生，大家在林巧稚纪念碑下照了合影。我穿着一件白色旗袍是滚边短袖的，外面披了一条淡蓝色的披肩，在领口处我别上了那枚琴形胸针，也就是他送给我的那枚胸针。

然后，我们又在榕树那里，就是我和阿伟一起约会的那棵榕树下，我和学生拽着长长的气根，面朝大海照了相，照了日出照了日落，整整照了十二张。他还要求我按照一个尺寸，六厘米乘以十厘米这样一个长方形，把它洗印出来，当时真难坏了我。我找了很多洗相的地方，人家都说只有六寸的七寸的，没有听说过六厘米还要乘以十厘米，这是一个细长条啊。

我就写信去问他，他回信说：你个傻丫头，你可真傻啊，在台湾这个地方还是习惯用挂历的，挂历十二页，每一页下面都有一些风景和明星，我就把画面换成你给我拍来的照片，我不就可以天天月月年年看着你了吗？

我恍然大悟，回信说：好你个小哥哥，你可真坏啊。于是我就按照他说的要求，跑了很多摄影部，才按他的尺寸放大、做好，给他寄去了。

寄去之后他马上回信：当年你就是校花，如今你还是一朵花，园丁花，永远的鲜花开在我的心里。

从此以后，他的信就多了很多的情诗。像李清照的，欧阳修的，他说了很多。每一封信都让我的心萌动，每一封信都搅得我几天几夜睡不好觉。我也有种冲动，他也有冲动，我们要见面，见面。

我时时在用良知、用理智鞭打着我萌动的心。我告诉他：你已经娶妻生子，而且是那么恩爱的夫妻，我不能扰乱你的生活，我不能和你见面。

我明白，我们的痛苦莫过于责任和规矩，中间还有道德底线，任何不合时宜的相见，都只能是更深的遗憾。

我们的关系进一步退一步都有阻碍，我们只能是思，不相见，爱，不纠缠，平平淡淡方能思念永远。

于是，我真的是含着泪、滴着血，为他写下了一封决绝信，我说：你再提见面的事儿，我就要去周游世界，永远在你的视野里消失，让你永远找不到我。

把他吓坏了，他特别快的，根本不是回信，而是打来一封电报告诉我：一定遵你指示，你别走。

我释怀了，笑了，其实脸上的笑掩饰不住内心的痛苦，我是多么想见他啊。可是，我从来没有跟他索要照片，我怕控制不住自己的眼睛，会把他紧紧地盯在自己的心头。

就这样又过了几年，直到去年年初，地方政府举办春节晚会，还是邀请我去演奏。那时我已经八十五岁了，我说不行了，可是这次有个学生是主办单位的投资方，学生的儿子、女儿都是我接生的。所以他们一定邀请我去。

拗不过，我就去了，我特意换上一件紫色的滚花旗袍，别着这枚银光闪闪的琴形别针，演奏了一曲《明月千里寄相思》：夜色茫茫罩四周，天边新月如钩，回忆往事恍如梦，重寻梦境何处求。人隔千里路悠悠，未曾遥问星已稀，请明月代问候，思念的人儿泪常流。夜未尽周遭寂寞宁静，桌上寒灯光不明，伴我寂寞苦孤零，人隔千里无音讯，却待遥问终无凭，请明月代传信，寄我片纸儿慰离情。

这琴声丝丝缕缕打动人心，如泣如诉如赞礼。我在赞礼我自己一个普普通通的南国女子，竟然有如此博大的胸襟，不是我夸自己，我们通信将近十年，已经十年，而我却拒绝相见，因为我知道有的爱是相守，有的爱就只能是思念，事过无悔，情出自愿。

我不敢往台下望，只听到一片唏嘘声，我不知道怎么回事儿，心里有一股涌动的热辣辣的潮水，我觉得他一定坐在台下。因为近期看报纸和电视上说，有很多老年人组织寻根团，叶落归根回家养老，我想他也会来的。不知是我的直觉，还是我第六神经感应。

第二天早上，我接到了一个粉红色的信件，上面的地址竟然就是岛外一个高档社区，有具体的门牌号码还有电话。我迫切地打开一看，真的是他，他说：琴，昨晚我看了你的演出，因为这场晚会是我儿子投资的，所以我坐在贵宾席第三排，我一直目不转睛地看着你。听那首《明月千里寄相思》，我的心已经碎了一地。

没有月光，可你就像月光一样照亮着天地日月。你的琴声已经撕碎了我的心。六十多年了，不，是七十年，我们通信又过去了十年，今天我终于看到了你。

这不是年轻人的梦中情人，而是我心底一直矗立的一个亲人。昨天回家以后，我把我们的故事和太太、女儿、女婿、儿子、儿媳都说了。他们一致举手同意让我来看你。

我们已经年过八旬，今年再不相聚，何年何月才能再聚首啊。琴，答应我，答应我吧。

琴姐姐说到这里，慢慢地站起了身，走到了窗边，窗外雨停了，不知什么时候一抹彩虹印在了天际，姐姐没有哭，也没有微笑，眼神呆滞地望着窗外。

姐姐坐下吧。

琴姐姐摇了摇头：你可知道人世间最痛苦的并不是别离，并不是分手，而是就在眼前却不能聚首。

我知道他的太太一定是个有教养有内涵的中国传统女子，她同意她的先生与他的初恋情人会见。他的儿女也是如此孝顺，这都是中华传统家庭才有的教养。

可是我不能，他有家有儿女有子孙，我孑然一身，我不能给他们带来一点点的不愉快，我于心不忍。我决定离开这里去北京，我不想和他见面，真爱到极致，不能相见。

于是，我当即回信，告诉他再有这种想法我立即在人间消失。

小的时候我就是一个很倔强的姑娘，他知道的。我们两家是世交，有一次，因为妈妈不允许我和同学上街游行，我就断然离家出走，任妈妈哭喊都没有用，我一甩头就走出去了。

他知道我的性子，所以很快他又发过来一封信：琴，不要着急，不要发慌，我们不见，我们不见，我听你的。只要我远远地能看到你，每年能来听你拉琴就可以了，我们继续通信吧，好吗？

琴姐姐说：女人最柔软的不是眼泪，最柔软的是心底那个没有张开的花蕊，为他守身如玉。过去也有很多同事为我介绍朋友，有部队首长，有医院院长，我都没有应允。是真的没有爱情的渴望，因为我的心在十六岁那年已经被他带走了。

我之所以这样忙碌的工作，有人说我是崇拜林巧稚，甚至连自己的婚姻大事也效仿她。不是的，不是的，我不知道林老师是不是这样的心态，是不是有过这样刻骨铭心的爱，才使她断然一生走完自己独身路。我不是，我是心真的被他带走了。没了心就没了滋润，怎么去浇灌爱情之花？爱情之花是不允许作假的，我不愿意辜负那个爱我的人，更不愿辜负现在爱我的人，所以我选择了独身。今年我已经八十六岁，我不想让别人对我对他有指指点点，他这些年一直和那个琴姑娘生活得非常完满，他的心底有我这就足够了。

琴姐姐高声对我说：你不要劝我。

其实，我只张一下嘴并没有说什么。

琴姐姐说：我已经想到了，把这个故事告诉你的时候，你一定劝我去相见。如果你劝我，那我们就不是朋友了。

我马上把自己要说的话咽了回去。

好，不见不见。那你们现在怎么样了？

这时，琴姐姐的眼泪就真的像断了线的珍珠，泪流满面。我站起来把她揽在怀里连声说：怎么了，怎么了？

琴姐姐哭着诉说：就从去年我给他发了第二百三十四封信，他一共给我来了二百九十九封信，我回得比较少，他写得比较多。从那以后，整整一年再没有音信。过去，我的生日、春节、十一，他都会来信。但是，今年我的生日他没有来信，国庆节他也没有音讯，到今天已经是四百零七天了都没有他的消息了。

我有一天晚上梦见他款款地向我走来。

我说：你要去哪儿？

他说：要去找部队，要去找共产党的部队，要走了，去鲁艺上大学。我一下惊醒了，眼前一片恍惚，我知道那是一场梦，但我记住了他说的话，他要走了。

所以我觉得这一年多没有音讯，他一定是离开了人世。他以前在信里说过，既然今生不能相见，那就愿早早地托生，托生到来世与你相会在那棵榕树下。

我无语，天边彩虹瞬间消失，雨不知为什么滴答、滴答，又急促地下了起来，滴答、滴答，窗棂被敲打得噼啪作响，我的心滴答、滴答，流出的不是泪，是血。

看着窗棂下哗哗向下流动的雨水，突然眼前蹦出了一行诗：蒹葭苍苍，白露为霜。所谓伊人，在水一方。

一直喜欢《诗经》，里面有太多的诗篇说出了世间所有女人的情感。而这情感在《诗经》里面尽情地渲染，从不嘲笑，不搬弄，只是一种懂得。

这种懂得，这种洒脱大气，让《诗经》流传了这么多年，就像那流不尽的江河湖水一样，流入女子的心田。我特别喜欢孔子那句话：《诗》三百，一言以蔽之，思无邪。

看到琴姐姐这些尘封的信件，我觉得琴姐姐真的是女中豪杰，虽然她也痛苦，她也流泪，但她拒绝了初恋情人伸过来的手，而她穿越过他心里的河洲，已接近了幸福的彼岸。

她认为这种思念，就是阿伟只不过换了一种方式在陪伴着她。

琴姐姐站起身，就这样对我说：你不要难过，你也不要伤心，我已经看得很开了，爱情有的就在你身边，有的却要驻扎在你心底。

一个好女人能够一心一意地爱着一个男人，那就是很幸福的事了。有了他这二百九十九封信，足以让我的暮年生活充满了爱，充满了情。

他可能远去了，可能在奈何桥那边翘首期盼，我不会去和他相见。因为与他携手走过这一生的不是我，而是那个琴姑娘，那是他的伴儿。我不会去打扰，我可能就是远远地跟在他们后面，不会走过去和他们聊天，也不会去占有他们的时间。

人生旅途的伴有很多，有的用整个人、用整只手拉着你整天、整月、整年陪着你，而有的只是驻扎在你的心底，怎么删也删不去，这也是一种爱，这种企慕情境可以看得见，可以望得见，我所追求的爱就在对岸，可就是没有船可渡，没有车可行。

在对岸，对岸可以眼望心至，却不可以手触怀拥，是永远可以向往，但永远不能到达的幸福境地。

就像那首歌唱的一样，有情无缘，有缘无分。所以，不要去追求不属于你的那份情感。

我不会像他那样想，什么早死早托生，不是的，我已八十六岁高龄，但我还有很多事要做，这院里面有很多兄弟姐妹还等着向我寻医问药，还有很多学生时不时地来向我请教。人总有未完成的梦，而且心里记挂着，下辈子才有奔头。不管他是生是死，他永远活在我的心里。

你不要去找他，我知道你已经把他的地址记在心上了，你一定会去找他，会去问个究竟。

不要！世间很多事情是剪不断、理还乱，倒不如随了它去。不是说难得糊涂吗？在他的生死问题上我就糊涂一把吧。

琴姐姐又恢复了往日的笑容，笑眯眯地将我送出了房门。

走在雨后的大道上，空气格外清新，可我的心却一颠一颠的，很重。我想，人生旅途是需要伴儿，可这种伴儿有的是实实在在陪伴你的人，有的只是一种信念，有的是断断续续的偶遇人。

其实，人生最大的陪伴是自己，有些路只能一个人去走，不念过去，不畏前方，一路向前走，就一定会走出一条幸福的人生之路。

这天，我早早地来到这幢高档小区的门口，把车停在那里，坐在车内静静地观望着这紧闭的大门。

时间不久门开了，有个小阿姨模样的姑娘推着一个长者，长者精神矍铄目光炯炯，虽然坐着轮椅但身板挺直，我觉得他就是阿伟。

我走上前，请问，您是阿伟吗？

长者对我笑了笑说：我不是，我是阿义。

第二天，我又来到这里，又静静地坐在车里，我看到一个非常有风度的女子由小阿姨陪着走了出来。看她那身姿一定是一个非常有教养、有学识的智慧女子。

我迎了上去说：请问，您是阿伟太太吗？

她对我嫣然一笑：不，不是，我是李太太。

第三天，我又来到这里，照样是静静地坐在车里，等着那里的大门打开，走出来是我想找的人。

只见一对中年男女文质彬彬相貌不凡，牵着一双儿女走了出来。我迎上去问：请问，您是阿伟的儿子吗？

两个中年人对我笑了笑说：不，我不是。

第四天，我又来到了这里，依旧是静静地坐在车里，眼睛盯着那扇门，希望从这扇门里面走出我想找的人。

一个漂亮的女子挽着一个先生的臂膀走了出来，我想她一定是阿伟的女儿,他说过女儿是电台的播音员非常有气质。

我走上前说:请问,您是阿伟的女儿吗?

她非常客气地对我说:抱歉,我不是。

朗读者 罗文章
银龄书院

扫码听故事

绿树青苔半夕阳

你对我不离不弃，我许你白头偕老

深秋。

一场突如其来的秋雪覆盖了京城，大地一片白茫茫，雪花漫天飞舞，汽车一路向北，越走雪花越大。白茫茫的一片，挡不住我前行的路，因为答应了养老院的长者，要去看望他们，就必须前行，走走停停，停停走走。一路上不是剐蹭，就是堵车。所以一直走了三四个小时，才到了养老院。

走进养老院的大门，没有了往日的欢笑，也看不见一个长者的身影，我一猜就知道，他们保准在三楼的阳光大厅，在那里赏雪景，打麻将，聊天，读报。

随行的小司说：不会吧，应该在睡觉。

不，老人们在雪天不睡觉，都喜欢在雪天看雪景。院里怕他们滑倒，不让出大厅，他们全都到三楼的阳光大厅去，在那儿围着像小孩一样，不信你去看。

我们走到三楼阳光大厅，还没进去，就听那里面哗啦啦洗麻将牌的声音。贴条，贴条，你输了，你输了，我抠底了。老人们三五成群在一起游戏着，还有一些老年人，趴在窗户上，用手指指点点，点着那些雪花：看那个雪花多大，看那个，那个像什么，看它落在哪儿，哦，它落在月季花上了，那个落在玉兰叶上了。

他们在看着雪花，嬉笑，逗闹，就像童年的孩子，真的像走进了童话世界一样。

我一眼就看到了梅姐姐，梅姐姐最喜欢下雪了，她觉得梅花欢喜漫天雪，一到下雪天就拉着老伴儿到院里遛弯儿。今天，她却静静地在落地窗前，坐在轮椅上，老伴儿扶着她的轮椅背儿，在那里数雪花，一片、两片、三片、四片、五片、六片、七八片，落到地里都不见。

原来，两个人在那里逗笑，用话剧的台词逗笑呢。我走过去，轻轻地叫了声梅姐姐好。

你来了，薛老师，下这么大雪您还来呀。

当然了，答应您的就要做到啊，不然您该哭了。

谁啊，我不哭，我不爱哭。

您怎么不爱哭啊，那天聊天就哭了。

那是为老伴儿掉的眼泪。

她老伴儿魏大哥赶紧就说：哪儿啊，我可不招你哭，我天天逗着你乐，我怕你不乐。

哎哟，你们俩又在这儿秀恩爱呐，猜猜，我给您带什么来了？

梅姐姐把手伸出来，特别自觉地闭上眼睛。我摸摸，我猜猜，毛茸茸的，热乎乎的，围巾，一定是。上次我说了，我气管不好怕着凉。

对啊，我答应为您织一条彩条围巾，今天终于给织好了。

我给姐姐围在脖子上，让她多围几绕，这样就能够护着气管不冷，毕竟将近九十岁的人了。她皮肤很白皙，是典型的南方小女人。戴一个金丝边眼镜，配上这个橙色、黄色、绿色、白色羊绒线编织的围巾，衬得她的脸庞更俊俏了。

这时候她老伴儿魏大哥就叫起来了：坏了，坏了，坏了。

什么坏了。

你要老这么打扮她，她跑了可怎么办呢，你知道我追她多不容易啊，追了这一辈子才追上呢。

旁边的人都笑了。

梅姐姐脸上竟泛起了一抹红晕，她说：别逗了，哪儿啊，没有什么谁追谁。我们是情投意合，自由恋爱，自主结婚。还真的是《小二黑结婚》里面那词，把大家逗得更是笑起来了。

魏大哥说：薛老师，人家都说，下雨天打孩子，闲着也是闲着，下雪天，我给您说说我们的故事吧。

魏大哥看我犹豫了一下，因为我今天下午还有一个授课任务。

他就快速说：您可不知道，今年是纪念中国人民抗日战争和世界反法西斯战争胜利七十周年。我这个小梅啊，可是出够了风头了，上台讲话，领导献花，佩戴纪念章，这个照相，那个化妆。哎哟，她可出尽风头了，我都怕我们家小梅跑了，这么多人找她，还有人找她合影留念呢，说八路军姐姐跟我照一张相吧，把我都甩一边了。

梅姐姐说：瞧你说的，哪儿啊，我不一直都跟你拉着手在台上吗，连我发言的时候，我都拽着你。

哎哟，我这悔啊，我这后悔啊。你瞧人家，人家就那么有主见，人家从南方到延安去找八路军，我呢，就知道在山里打游击，不是正规军啊。人家都佩戴纪念章了，我没有，其实呢，我还打死过好几个鬼子呢，那不行啊。咱们不沾边啊，虽然我也是离休干部。可是人家是大部队，我是游击队啊。

到这时候，还说这个干吗呢。

就是要薛老师听我说故事，这些日子你们净采访抗战女兵了。我们游击队的不是兵啊？我是那个永不消失的番号。我要给我们番号争个名。

好，好，我听您说。

今天不说这些，我给您说，我题目都想好了，老游击队员是怎样追求八路军女干部的，行吧。

行，那您就开始说。

梅姐姐就那样温柔地望着她的老伴儿，然后从轮椅上站起来，说：我坐椅子，你坐轮椅，说话气累。

如果不知道梅姐姐身世，会觉得她真的就是一个南方小女人，那么温柔，那么儒雅，其实人家才不呢。她是赫赫有名的八路军女战士，而且是个女干部。经历过两大战役，她比《渡江侦察记》里那个女游击队员还要厉害，智勇双全啊。

她亲自指挥着部队，解放了自己的家乡。梅姐姐功劳赫赫，军功章一大抽屉，可这时一点儿都看不出来啊。

魏大哥说：您看，就这么好的女八路，谁不追啊，我可是追了一辈子。

您以为我不知道呢，您不是才结婚没几年吗，怎么就追一辈子了？

哎哟，小孩没娘说来话长，我先问您两个问题。第一，您相信缘分吗？

所谓的缘分就是在对的时间遇到了对的人。

您说得不全对，不全对。缘分也不是光靠天上掉下来的，不是靠月老牵红线的。还得靠自己努力，还得有个坚定的信念去追求，缘分是求来的，是追来的。

第二个问题，您相信命吗？

不太相信。但我承认，人有时候是会被命运眷顾，也会被命运捉弄，就看你怎么对待这个命运，所谓的命运，就是一些极端事情，影响了你的一生，影响了你的行走轨迹，仅此而已。

行，这道题算您答对，那我开始说，跟您说第一个小问题。你梅姐姐可是我年轻时的梦中情人。

我今年八十六，我比她小三岁，她八十九。我们俩都是在抗日战争时期参加革命的，她是老八路，我是老游击队员，打鬼子，我们那时扛起枪就上战场，英勇无畏。在追求爱情上也是这样。新中国成立以后，我先不说她那段啊，先说我。

解放以后,我到兵工厂工作。那时候新中国刚成立,需要一些储备力量,因为我读过几年私塾,领导就派我去读大学了,人民大学啊,我跟你说,人民大学历史系。

毕业以后就分配到教育局工作。有一年全国扫盲运动,让老百姓每个人都识字,我就发明了一个看图识字法,画一个苹果,教苹果,画一个灯泡,就教灯泡。

我负责的那个区考试及格率百分百,我就被评上劳模。去参加北京市扫盲表彰大会,在会上我有一个发言,还没轮到我上台讲,前面有一个说是那个远郊区县一个女同志,她的名字很特别叫梅花,你说这名字多好记啊。

她梳着两个小羊角辫,穿着列宁装,背着军用书包,说明她肯定是当过兵的人。然后蹦蹦跳跳上台了,她讲这个比我这个更先进。人家讲的,用现在的话叫形象识字法。比如说这个红旗的旗,她就画了一面红旗,同时告诉大家,这个小旗子像什么?像4,还记住了一个数字。这个男生的男上边是个田,一个力嘛,她说在田里劳作,就是四个兜,所以就是男生的男。她讲得会场上一片掌声,我也使劲地鼓掌。我真的是又佩服她的口才,又看上了她的这个人。那两个大眼睛忽闪忽闪的,小辫上还扎了两个粉绸子,像蝴蝶一样,那小脸蛋粉嘟嘟的,我这热血青年,一见这么有才华、有能力的女生,真喜欢。

那时候也时兴去找人签个字什么的,我不敢去,稀里糊涂呢,就散会了。

这一散会不打紧，我想上哪儿找她去呢，哎哟，我心里急哟，回家以后，我就病了。你知道什么病吗？相思病。就跟那个《小二黑结婚》里面那个似的。参加劳模会，我看上人一个。人家呢，是看上那个二黑哥，我呢，是看上梅花姐。真是茶不思，饭不吃，我就病了。我们书记说，你这开次会回来怎么病了呢。你是不是有什么思想问题了？那时候时兴做思想工作，书记就找我谈话。说你刚入党，新同志，开了一次劳模会，回来以后怎么就这么萎靡不振的，你一定是遇到什么问题了，跟我们说说。我就给他们唱了一段评戏《小二黑结婚》，领导说你看上谁了，我说我看上那个叫梅花的同志了。她说那好办呢，咱们都一个系统的，下次我去市里开会，我问问她在哪个区。我说好像在远郊区县，那没问题，远郊区县能有多大？北京市十八个区县，怎么也能找着她，尤其是那名字那么好记，甭管了。

　　这女书记呢，还真没过一个礼拜，就给我回话了：小魏，你过来一下，我告诉你，梅花同志已经结婚，而且都有孩子了。她爱人是部队的大首长，如果你再对她有什么非分之想，那就是破坏军婚，知道吗？别再想了，我给你介绍一个，赶紧结婚，就断了那念头吧。

　　我说：哎呀，那要破坏军婚，那可是杀头的罪啊，可不敢，不敢再想了。好，那你给我介绍一个，我就跟她结婚吧，那你也给我找一个叫梅花的吧。

　　上哪儿找梅花啊，我这个叫黄花，你见不见。

干吗的呀？小学老师，挺漂亮的。

为了让我这颗心死掉，为了别再惹出什么破坏军婚的罪，所以我就在书记的撮合下，匆匆忙忙三个月就和小学老师结婚了，您听好，那是我的第一个爱人。

你有几个爱人啊？

您先别问，我告诉您，记好，我的第一个爱人，我们过得很好，生了五个孩子，我们走过了十来年，踏踏实实过日子，我也就没那些想法。可是别赶上让我上南方出差，或者是我们这边有个北山，北山后边啊，有梅花，只要我一看见梅花，或者谁要一提毛主席那句诗，"梅花欢喜漫天雪，冻死苍蝇未足奇"，我就想，我就是那被冻死的苍蝇啊。我就觉得这梅花太高洁了，我就开始想了，想她那上台的样子，想她两个大眼睛，哎呀，那真叫大啊，滴溜溜圆。现在他们追什么小燕子大眼睛，她那叫什么，眼大无神，梅花当年的大眼睛，那是炯炯有神啊，因为什么？她当过兵啊，打过仗啊，眼神里面那种素质，你知道吗？高素质，既有南方女子的姣美，又有大将风度，那叫一个美。

旁边那些老人们啊，都听得津津有味，没有一个人打断他说话，只有他的老伴，梅姐姐拽了拽他衣袖：哥，少说两句吧，多不好意思。

您叫他什么呀，您比他大。

不，那他也是我哥。他就是哥，我就叫哥。

好，好，好。要知道梅姐姐撒起娇来啊，可嗲了。每次给她化妆，她都让我抱抱她，吻吻她才走。

梅姐姐老伴儿接着说：天有不测风云，孩子们都慢慢大了，上学了。都挺好。突然我爱人得了一场大病，搁现在不叫什么病，就是肺炎。那时候叫痨病，没治多久，就走了。

走了以后，我伤心得哭啊，这毕竟是我的结发夫妻啊，我的初恋啊，不，不，不，初恋是梅花，虽然我没跟她说几句话，但是我也是恋了她，初恋她，但这是我初婚啊，初婚的爱人啊，哭得昏天黑地。

这五个孩子，最小的才几岁，你说我怎么弄，一大老爷们，你瞧我一米八几的大个，五大三粗，我哪会带孩子啊。让大的给小的梳头、给小的洗脸，一会儿他和他打起来，不行啊。

我们书记又找我说：你这样不行啊，得赶紧找个女人成个家啊。好多工作等着你呢，你这大风大浪都不倒的老同志，哪能让你受家庭的拖累啊，这样吧，我再给你找一个吧。

那你千万别找带孩子的，这前一窝后一窝的，我可弄不了。

书记说：行，我给你找这女的，有点病，不会生孩子。

太好了，太好了，我连避孕措施都不用了。

梅姐姐又拽了老伴衣袖，瞧你老说这，多不好听啊，人家该说你老不正经了。

什么啊，这我说的实话，当时我就这么说的。

没事，说吧，您说什么我都听着呢。

结了婚,她哪是不会生孩子的病啊,她比我老婆的病还厉害,她肺结核,你说我怎么跟这肺病干上了,肺结核两年,就又走了。孩子还没大呢,才两年呢,怎么就走了呢。

我又是牵着这个抱着那个。哎呀,一天到晚,生这个炉子我都不会生啊。那时候住平房,有一年呢,生完炉子也没有安风斗。我们爷仨,那俩一个上学,一个当兵都在外面,我带着这三个孩子,全部中煤气了。

亏了我们书记心细:大魏从来不迟到啊,离单位又近,怎么会没来呢。派人到我家一瞧,赶紧把门给踹了,把窗户打开了,让我们吹冷风,都吹成重感冒了,但是煤气中毒没什么大事。可能我现在脑子慢,就是那时候煤气中毒闹的。

梅姐姐赶快说:你不慢,你脑子一点都不慢,你脑子好着呢,哥不说那段,不说那段。

梅姐姐老伴儿接着说:我煤气中毒不要紧,我们书记又着急了,不行,还得再给你找一个。我说还就一条件,别带孩子。

她说行,不带孩子,但是有一样,她有残疾。

哪儿残疾啊?

腿瘸。

腿瘸没关系,会做饭吗?

会。

只要会做饭就行。得,我第三任爱人,就娶进门了。那时候结婚也省事,到街道办事处登个记。我们家这几个孩子啊，我给你说是真好，他们啊，特仁义，就盼着家里来个女人，能照顾他们。我两个儿子三个丫头，都愿意。甭管亲妈后妈，说说话就行。况且呢，她又没孩子，也拿这几个孩子挺疼。瘸着腿吧，给孩子们做饭，然后洗洗涮涮全是她。

　　她把院里的砖，给撬了好几块。干吗呢？撒点种子，种上几棵茄子、黄瓜，别人家都没菜吃，我们家那小黄瓜，结得一堆一堆的。你说这女人多好啊。我那时候也麻木，没什么爱不爱。一家人过日子，就是个亲情吧，我们就踏踏实实过日子。

　　接着我要说第二个问题，什么叫命，我们这个啊，倒不是肺结核，也不是肺炎了。有一天去买东西，出了车祸，本来她就腿不利落，你想想，过马路能像常人那样吗？那骑蹦子的，就以为说，她能过去呢。

　　我说，你以为行吗？她是个残疾人，她瘸啊。

　　结果就把我爱人撞了一个脑震荡。在医院，我守了她十天还是没救过来，还是走了。

　　这回我可是死了心了，说什么我也不再结婚了。

　　我就开始想，我呀，忍着，我就心里忍着。忍着干吗呢，忍着我就拿这个梅花当我的梦中情人，每天啊，只要一有空，我就想我的梦中情人。

　　这时候呢，改革开放了，好多新歌像什么《萍聚》《迟到的爱》，我都听，不在乎是否拥有，只要我们有过曾经。

对，曾经我还跟她握过手，所以就这样过着。

慢慢地，我离休了，我这几个孩子，当兵的，上大学的，各个找了好对象，而且都是干部，对我也挺孝敬。可是呢，我一个人住大三居，他们全搬走了，就我一人。

人家说养个狗吧，不养，那个狗汪汪叫，多吵人啊，不养。

弄个花吧，我就种梅花。我从市场买了几棵梅花。可是，咱不会弄，它是南方的东西，到北方不好活。开着花来的，没几天就死了，搁屋里也不是，暖也不是，冷也不是，怎么都难伺候。哎呀，我就心灰意冷，有时候也不爱做饭。我们家买方便面是一箱一箱地买，火腿肠一箱一箱地买。我老去小卖部买这个。现在叫超市，结果呢，超市一个女孩看上我了。

梅姐姐插话说：哥，说清楚点，是女孩想介绍你跟她妈。

姐姐怎么知道。

他全给我坦白过，我都知道。

哦，您慢慢说。

超市这售货员看上我了，觉得我怪可怜的。再瞧我家吧，逢年过节一来，就是小汽车一片，我孙子都有车。觉得我们家条件不错，我又是个离休干部，就想把她妈介绍给我，我说那行吧，我看看。

一看，她妈还挺好，在外地，咱北京要不要户口也无所谓。外地的一个什么幼儿园老师，脾气好。我说行，见个面，没几回，我也急着有个伴，屋里有个热乎气，我们就结婚了。

她小女儿挺懂事，轻易不上家来。电话问酱油还有吗？

送来，挺乖，挺懂事。

我就和第四任爱人搭伙过日子，我让她没事就跟我一块儿上公园，干吗去？看梅花去。我就给她讲了这个故事，她说你还真行，白娘子说过那都是千年修得同船渡，遇不上了，你就凑合吧。好在我这个名字里面也带个花。对，我忘了给您说了，我这个第四任爱人，也叫个花，桂花。

我们就一起遛弯、买菜、做饭、包饺子。东北人会做酸菜，做的酸菜饺子，要有多好吃，有多好吃。

我们俩人上公园，看人家唱歌，我不唱。我们俩一块散步，还带她去旅游，反正工资也高，留着也没用。

第二年，跟您说，您听清了，第二年她病了，脑中风，半身不遂了。我就带她满世界看啊。我那孩子呢，是部队医院的一个主任，给找的最权威的医生也没看好，就落下个半身不遂，我就伺候她。

我跟您说，我伺候了她十年，整整十年。我都七十多岁了。给您说得清清楚楚，那年，我这第四任爱人走了。十年，照顾她十年，她走了。

这十年我怎么受呢，怎么照顾我都不嫌累，干吗呀，我得有个伴儿啊。甭管什么，回来念叨有个伴儿。我的一儿一女，也在那一年走了。我七十七岁走了三个亲人，你说我这日子怎么过。没法过啊，我就天天以泪洗面，我下决心，我不再结婚了，人家克夫，我是命中克妇，不能再害这些好女人了。

我这两个孩子走了以后啊,我就哭啊,哭着哭着我也病了,住了一年半的医院,孩子们轮流照顾。

我说这也不是个事啊,轮流照顾我,多耽误孩子,孩子们也都好几十岁了。我说给我联系个养老院吧,孩子们不干啊,说您革命一辈子,老了老了,我们能给您送养老院?不行。

你们再不送我去养老院,我就是死在家里头了都没人知道,三居室空落落的,到养老院一块儿下棋、打球、看报纸、读书,多乐呵啊。

选了好几家,我就看中这家了。这家怎么好?它离山近,我可以到山里边溜达,山里面肯定能看到梅花。

我就来了,一看老人们真好,都跟我笑呵呵的。还看见更多的是拉着老伴儿的手,上哪儿都领着,这院里净是这样的,我都不敢出去。一看见这些手拉着手散步的,我心里头就酸。

有一天呢,我在后花园这个小亭子里坐着,我就突然间有个念头,我就大声嚷起来了,老天爷啊,老天爷,你能不能显显灵啊,你也给我从天上掉下个林妹妹吧。

小护工在底下嚷嚷了,哎哟,贝勒爷,他们管我叫贝勒爷。那会正播一个什么电视剧,里面有个贝勒爷,他们就管我叫贝勒爷。贝勒爷想媳妇了,给他娶一个呗。

嘿,你说这帮孩子。

有一天呢,在图书馆,我在那儿翻书,就是杨绛写的《我们仨》，她老伴走了，女儿走了，写得挺悲伤的。我就不由自主掉眼泪。掉着掉着眼泪还呜呜地哭出声了，您说我不是神经嘛。

走过来一个老大姐，说：大兄弟你怎么了？

没怎么。

你哪儿不舒服？陪你找院医。

不用，不用，我看那书有点惨。

你看这书就惨了，她不就走了一个闺女，走了一个老伴嘛。我啊，走了一个老伴，走了两个儿子啊。

那咱俩同命相怜啊，我走了一儿一女啊。你几个孩子。

五个。

我也五个。

嘿，我们俩人三同，赶上《三笑》里面那个三同了。没有同年同月生，可同时都走了老伴，同时都走了两个孩子，都是白发人送黑发人，我们同到一块了。哎哟，我就更想哭了。

可是，这老姐姐一点都没哭，正了正眼镜，金丝边眼镜，瞧了瞧我说：看着你有一米八几吧，这么一大个，一老同志，走了两个孩子，你没有对不起他们，也给他们治了，也给他们医了，也给他们养大了，但他们走了，这是天灾人祸，我们扛不住。我呢，走了两个大儿子，我告诉你，我那大儿子都是司级干部的，你说，国家也受损失啊。我呢，躲在被窝里哭了两天，不哭了。我是共产党员，我得活出个样儿，不能让那三个孩子惦记我。你听明白了吗？

活出个样儿,别让那三孩子惦记,你能做到吗?

能。

也不知道怎么回事,我就瞧着这姐姐啊,特别的慈祥,特别的可爱。她皮肤白白的,个子矮矮的,头发梳得亮亮的,眼睛大大的。看着这双眼睛啊,我这心里头腾腾地一下子冒出来了,叫什么,爱的火花。

我突然就问:您贵姓?

我姓梅。

我这心里一惊,名讳?

我叫梅花。

啊,哪个梅啊?

梅花的梅。

花呢?

梅花的花啊。

您是在教育口工作吗?

是啊,我一直在教委离休的。

你怎么是离休干部呢?

我是八路军啊。

你哪部分的?

哪部分不能随便说啊。你是怎么着?

我是游击队的,也是离休干部。

那我们还真是三同。

我再问您,那年扫盲表彰大会,有一个小同志发言,背着一个军用书包，是你吗？

是啊。

我怎么觉得不像你啊，那是一个小姑娘，你这一白毛老太太了。

大兄弟，犯浑了不是，当年我是一个丫头，梳俩羊角辫，我现在是白毛老太太，你也不睁开眼看看你自己，你是什么呀？你比白毛老太太还老三分呢，我尊你一声兄弟，是我瞧着你个儿大，不卖个老，其实你不比我年轻。

老师，您瞧瞧我这脑子不管用，可能是那年中煤气，落下后遗症了。我怎么能这么说人家呢。

我赶紧就说：梅花同志，我找你找得好苦啊。

把梅花吓着了：什么叫你找我找得好苦，你找我干吗啊。

小孩没娘说来话长，你听我慢慢给你说。

这时管理员叫上了，爷爷奶奶开饭了，今天吃饺子了，热汤饺子。

好，那咱们先去食堂吃饺子，等我下午讲完课，咱们再接着聊。

雪花依旧在飘飘洒洒，玻璃窗前我们围成一圈，继续听魏大哥讲那爱情故事，他的爱情故事多多少少有一些与众不同。

他说：到了我这个年纪，经历过四次婚姻，还敢不敢追求自己的梦中情人，还敢不敢追求自己的幸福，这确实是个难题横亘在我面前，使我望而却步。首先，我反思自己，在那几段婚姻中，没有一个是因为我和她相处不好而终结，都是因为生老病死，这与我的情感世界无关。

我尽心尽力，可以对天盟誓，我问心无愧，我都把她们送到了天国。没有亏待她们任何人，对儿女，我尽自己最大的努力，给了他们一个温暖的家。

我对自己要求是很严格的，不许偷懒，在工作上不能偷懒，在家庭中不能偷懒，应该说，我还是比较优秀的好男人，我应该去追求自己的幸福。

半个世纪过去了，我心目中的梦中情人到底是怎样的，我需要了解。我不像年轻人那样冲动、那样盲目，追星追到你死我活，甚至一宿一宿在院外守候，就为目睹明星的芳容，我不会。

我有那么几点体会，想跟您说，也是让您提示，有再婚需求的老年人到这时候的婚姻要注意几点。

首先，爱从了解开始。

自从我知道了她就是我五十多年前心仪的那个梅花姑娘，我就开始越发地关注她，只见她每天奔波于图书室读书，她好读书，好读书的人不一定有多大作为，但她一定是心地敞亮明白的人，这第一点和我很相同。

第二点，她每个月都在我们的院刊上发表文章，这些文章都宣传的正能量，这一点我很敬佩。

第三点，她乐于助人，不管是哪个大哥大姐、小弟小妹，有点头痛脑热，她都会去看望。

她的儿女经常来看望她，送很多水果，她就会给别人带去。晚上大家在一起，聊天的时候，她会抓出一把枣子来大家吃。

冬天天气寒冷出不去的时候，她就会拿出糖果来给大家吃。这种乐于分享的精神是现代人最欣赏的，也是我最欣赏的。

综合她这三点，我觉得且不说我通过媒体，通过今年七十周年庆祝活动更加知道了她当年作为八路军战士的英勇和那些功绩，这些都是过去的，我看中的是现在。

过去她是女将军，现在看中的她是个好女人。综合三点因素，和我有百分之九十以上的契合点。

于是，我开始了第二步，爱，关注细节。

我发现她特别喜欢粉色的东西，她有一件粉色毛衫，还有一件粉色T恤，还有一件粉色的外罩，还有一件粉色马甲。

她孩子给她送来了一个发带，我看她一直放在桌上，我知道，她不喜欢戴那紫色的，她喜欢戴粉色的，可是我们这小卖部没有。于是有一天，我就对她说，我要上街去买东西，离超市不远，但是我不会挑，你能帮我去挑吗？

好啊，我跟你一起去。咱们俩坐公交去。

坐公交也行，打个车也行，起步价就到了。

那我们还是坐公交吧，就一站。

坐一站公交，你两块我两块。咱打个车才八块钱。舒舒服服的。

也是啊，好。

我们俩打个车，就去了附近的一个大超市。哎呀，商品琳琅满目，我们俩一边走，一边聊。

看看这也新鲜，看看那也新鲜。在上二楼的时候，那个电梯坡度特别大，我呢，就顺势扶了一下她，我真怕她翻脸，凭什么拽我啊？没有，她反过来伸出手，和我的手拉到了一起。

我再往前走的时候呢，她竟然揪着我的手，啊，我意识到她想让我拉着她的手。跟你说，就是战场上的女兵，战场上的女将军，在和平年代，在暮年之时她也有一种女人天然的、与生俱来的那种柔弱。

她希望男人像把伞，给她遮风避雨，希望男人像棵树，能让她依靠。我果敢地伸出我这坚强的右臂把她挽住了，她就在我的臂弯下和我一起逛了超市，没有人看，也没有人笑话。

老了嘛，人家投以的都是赞许的目光，还有的小年轻向我们伸出了大拇指点赞呢。她呢，开始脸上有一抹羞涩，但是渐渐地就习惯了。主要她没来过这个超市，她特别新鲜。

你多少年没进超市了？

快十年了吧，因为孩子们总说不放心，不让我出来，就在养老院待着。

以后只要天气好，咱俩就来逛。

好，好。

逛着逛着，我就带她逛到了那个饰品柜台，一眼就看上一个粉色的发带和发箍。

我要这个。

我知道，知道。

你怎么知道。

我看见了，你喜欢粉色的系列。售货员，来两个，浅粉的，深粉的，各要一个。

我执意要花钱给她买，她执意不干。

我们八路军有三大纪律八项注意，不拿群众一针一线，绝对不能用你钱买。

这是我的一点心意。

心意也不行，我们没确立关系之前，我不能花你一分钱。

好好好，你来买，你来买。

我们俩买了各自心仪的东西，还买了点水果，小点心，她还想着给那个张老带了一条特别漂亮的纱巾，因为张老要过九十岁生日。

我们俩打车回去了，从那以后，院里就发现了我们俩恋爱的踪迹，有社工科领导来问我：您是怎么想的啊？

我想追求她，我想和她结婚，但是我怕她不同意，我配不上她。

那我们给您问问吧。

你们先别问，我自己听听她的意见。如果说你们冒冒失失去问了，她要不同意，以后我们俩连朋友都做不成了。她就会不理我了，以为我是图谋不轨，所以呢，你们先别问，我们俩再处一段时间看看。

好,那祝福您,阿米尔,冲。

我们都记得一部电影《我们村里的年轻人》里面那首插曲,至今记忆深刻,幸福不是毛毛雨,社会主义等不来。幸福真的等不来,需要进攻,需要像阿米尔那样冲。

以后每天,我都瞄着她的踪迹,她去图书室,我也去。她去唱歌房,我也去。她去哪儿,我跟到哪儿,而且我每天都写一首诗给她。也不是什么诗,我就把《诗经》上那些诗翻译成现代文了,这个"关关雎鸠,在河之洲",我呢,就写:那个树杈上的小鸟看着对面的美人,发出了我爱你的叫声。因为我也是个优秀的鸟儿,想向你示爱,我就瞎写。

反正就是每天都会把《诗经》里的诗翻译过来,我还学电影里那些插曲的歌词,我抄下来,写给她。

每天我都给她写,她呢,从不拒绝,还经常给我回。有时候,我写写风景,也不能光写诗。腻啊,巧克力谁能天天吃啊,老吃也腻,换点山楂片。有的时候我就写点这个春天百花盛开,秋天不能悲秋这样的诗句。也说不上诗,就是顺口溜吧。她每次都给我回复,这样,慢慢我就攒了好多诗篇,我看时机快成熟了,她对我已经不反感了,我就开始了第三步。

第三步什么呢?就要学会倾听,爱就意味着倾听。

我就开始有事没事找她,我说:你给我讲讲你过去的故事啊。

好啊。

我这一招太灵了，你知道每个女人都是一本书啊。这本书需要有人去读她，以前可能是她老伴儿读，后来儿女大了，老伴儿也走了。她没人读了，她寂寞啊。她需要说啊，我还有一个特点，她讲的时候，我绝不插话，我要细细地听。还要配合一些肢体动作，比如她说到骑着马去追赶部队，怀里抱着刚满月的女儿时，我的心就跟着她真的跳，我就攥着手，哎呀，慢点慢点，别摔了。

她觉得我跟她在一起，她说到一个马失前蹄，孩子就摔下去了，我就"哎呀"一声，真的不是装的。我就"哎呀"了一声，双手就抓住了她的手，她没推开我。

她说我就在地上摸啊摸啊。我也双手就摸，我没摸地下，我摸她的后背。安抚她，我这个肢体语言和我的情感是一致的，表现得相当有功力，慢慢地她把她的家事，把她小时候的故事，她在战场上打鬼子的故事都讲给了我听。

还告诉我好几个小秘密，这我不能跟你们说了。我觉得水到渠成了，有一天，我就跟她在花园散步，我就随手编了一个迎春花的小戒指，然后突然单膝跪地说，梅花同志，你愿意嫁给我吗？

她先是一愣，然后哈哈大笑说：我愿意，我愿意，我也等着这天呢。

哈哈，我们俩没有拥抱，就双手紧紧地握在了一起，就是那种战友式的双手紧紧握在一起，四只手紧紧握在一起，我给她套上那枚草戒指。

结婚以后，我们俩搬到了一个房间。相敬如宾，恩恩爱爱，那个甜蜜，真的是比蜜甜。

然而，天有不测风云，就在我们婚后不到一个月，蜜月还没度完，我们蜜月知道怎么度吗？

我们俩今天指着地图说，今天我们要到哪儿旅游，我们的目的是走到西藏，到那里去祈福，为天下所有的老年朋友，为还有爱情的老年朋友祈福，期盼我们的爱情美满，身体健康。

我们第一站从北京出发，一站一站走，每天我们都是这样说，还记录下来，我们叫蜜月旅行日记。

就在我们刚走到成都的时候，她们机关例行体检，我就陪她去了，体检以后发现她身体出了问题。有一处癌变，怎么办？做手术还是保守治疗，做手术有80%的希望，保守治疗只有50%，我说这么大的事，我不敢做主，还是听听孩子们的吧。

我就把她的三个孩子都叫过来了，来了之后，孩子们都说保守治疗，不能再手术。我那三个孩子知道以后也来了。说在这个世界上就咱们这两家是亲人了，咱们是一家人。

他们都是部队上的人，比较好沟通，对我们也很孝顺。孩子们都说保守治疗，可不管多少票反对，她一票否决。坚定地说我要手术，我不能保守治疗，我的幸福刚刚开始。虽然我八十多岁才结婚，但我还要享受更好的时光。好容易找到了魏大哥，我们志趣相投，我一定要把这段幸福的婚姻进行到底，不能让他再背着什么妨人的罪名。我一定要去做手术，我自己签字，我自己签。

最后又请示了她们机关的老干部处，老干部处尊重她的意见，给她联系了最好的医院、最好的医生。她特别镇定地自己签了字，她说如果万一手术不成功谁签字谁该内疚了。我更不能让你签，虽然我们是夫妻，我已经是你第五任爱人了，我不能给你这个沉重的包袱，我自己签字。我自己签字。

你听听，多么刚烈的女子啊，这就是女兵，女兵才有的胸怀。

梅花姐依旧是笑眯眯地看着她的老伴儿，我忍不住把她揽在了怀里，使劲亲了亲她的额头，她就势把头放在了我的肩上，就依偎在我身边，静听她的老伴儿讲述她的故事。那画面被我的助理拍下来，确实很美，真的很美。

她老伴儿魏大哥继续讲他们的爱情故事：

就这样我们送她进了医院，进了手术室。过了十二个小时才出手术室，看她浑身插着管子，被推了出来，不顾及那些孩子们在场，我就上前说，梅花，梅花你醒了吗？你知道我是谁吗？

她艰难地动了动嘴"哥"，就一个字，我心踏实了，知道她醒了。护士说在手术室已经醒了，现在把她送进重症监护室，不是她有什么问题，是因为年纪大了，又是老革命，我们要对她进行加倍看护，如果今天晚上没什么问题，明天就可以转入普通病房了。

就这样她渡过了一个又一个的难关，最后住进了普通病房。

我每天都由孩子开车接送去看她，在医院我只陪了她十几天，她就坚决要出院，她说不行，太耽误孩子的事。你自己打车我又不放心，孩子也不放心，何必呢。咱们回去吧。

她的女儿说，去我家吧，你和魏叔叔一起去我家。她说不不不，我自己有家，我结婚了，我们的蜜月旅行还没结束。回去回去。

就这样拆了线，她就跟着我回了养老院，躺在病床上，继续我们的西藏之旅，向着太阳出发。我每天到食堂给她打病号饭，然后喂她吃，她非常地坚强。

切掉了两个器官，那么长的大刀口，她竟然在十几天就坚持下地走路。我扶着她走。刚开始，一米的路她能走半个小时。哪叫走啊，那就是挪啊，一点一点挪。

我很心疼。有一天，我说，梅花，照你这个速度，我们离西藏可太遥远了，我们放弃这个西藏之旅吧，好吗？你就在床上静静地躺着，只要你有一口气，就是我的幸福。

你不知道梅花，那么柔弱的梅花，她的暴脾气就像雷霆一般。一下子推了我一个趔趄，我不注意啊，没有防备啊。

你胡说什么呢？我们刚刚起步二万五千里长征，万里长征只迈出了第一步，离西藏怎么就遥远呢？

二万五千里长征人家都走过来，我们把日本鬼子都打出去了，我就走不到西藏吗？不行，我要加快步伐。要知道八十五岁的老人，刚动了两个大刀口，那每迈一步是多么的艰难。

她就那样，头上的汗珠真的就像黄豆粒那样大，啪啪地往下落，我擦着，抱着，哄着。

不，她一定要坚持，这样每天坚持，每天坚持锻炼，一个月她就和我一起走到食堂去吃饭了。

她不忍心我端来端去，也不忍心总让食堂大师傅开小灶，这样我们度过了她手术后的最艰难的恢复时期。她回赠了我一首诗，我不能跟你们说，太私密。

我要深深地在心里背，溶化在血液里。总之一句话，老年人也有追求爱情的权利，有梦就有希望，有梦就能够实现，只要你努力，只要你用心，老年人的爱情也一定会是五彩缤纷、万紫千红。

我禁不住为他鼓起掌，这时，梅花姐姐从我肩头一下移过头，对着她的老伴儿说：哥，你说得真好，哥，我爱你。

哎哟，让我们全场人都吃惊啊，这个爱字是那么自然而然就叫了出来。而我们憋在心头，对母亲的爱，对孩子的爱，对自己爱人的爱，都很少说出来。

梅花姐姐这三个字，让我们警醒，我们以后要多对自己喜欢的人说：我爱你，我爱你。

山月不知心里事
患乳腺癌宁死拒手术

银龄书院朗读者 石磊
扫码听故事

　　阳光下，波光粼粼的银滩就像一条白色的绒毯引导着人们涌向潮的舞台，那里有七位美丽的采珠少女，赤露着美妙的胴体相互牵着手拥抱着这颗南海明珠。

　　车上的旅客纷纷到这北海时尚地标前拍照留影。一个身穿黑色长裙、红色毛衫的女子闯入了我的镜头，只见她站立在钢雕前默默地掉眼泪，旁边站着身穿绿军裤、白衬衫的老男生，束手无策就那样呆呆地看着她，女子动情地哭，甚至放声大哭。

　　我走过去，从衣兜里掏出纸巾递到这个捂着脸哭的女人手上，她接过了纸巾。

　　我以为她会迅速地擦干眼泪，没有。

　　她可能是从指缝间看到是我，可能是出于一种信任或者是一种倾诉冲动，她没有擦拭眼泪，而是一把搂住我的双肩，把头埋在我肩头哭了起来，哭得是那样伤心、那样动情。

　　我知道这时候多少语言劝慰也无济于事。凭着这一路观察，我看出他们夫妻两个很恩爱，她的哭不可能是因为吵架，更不可能是因为花钱，看得出来他们有个富裕家庭。

我没有吱声，只是轻轻地拍着她的后背，感觉到她的眼泪热辣辣地滴到了我的肩头，也不知道怎么会突然有一种不祥的感觉。

过了一会儿，她抬起头冲我笑了笑，拿纸巾擦干了眼泪，又伸出手向我要了纸巾擦了擦说，谢谢，不好意思。

我没有问什么，也没有说什么，默默地离开。

大巴车载着旅客，在蜿蜒的路上行驶，车窗两旁一闪而过的景色，令车内的游人们兴奋不已。

蓝天、白云下高低错落的青山，翠绿、翠绿。

山脚下一块块水田，像被鬼斧神工般凿出来的金色方块。金黄色、翠绿色相间，不知道是什么作物，在微风的吹拂下，一闪一闪，那样耀眼，那样晃人。

大家纷纷拿出手机、相机，咔嚓咔嚓照起来。用不着对焦，用不着调光，拍出即是明信片。

猛地看见，坐在车厢最后一排的他和她，竟然那样安静。女子把头侧歪在男人的肩头，男人没有拿相机，只是目视着前方，偶尔低下头，看一眼熟睡的女子，也许是半睡半醒之间。看到他们，回想起昨天在北海银滩潮钢塑下的一幕，心里不禁多了一丝担忧。

名仕田园，青山、绿水、紫荆花，池塘、麦田、鸡鹅鸭，还有那一声接一声的呼唤：水娃子，回家吃饭咯。

大家欢呼着，跳跃着，说说笑笑走进了艺术酒店。这里到处彰显着现代时尚元素，许多抽象的艺术品，被这钢架结构，拼得七零八碎，让人恍惚间觉得从田园溜进了香榭丽舍大街。

吃过晚饭，大家随着导游走在通往篝火广场的小路上，小石子忽闪地硌着你的脚尖，让人们随着这条蜿蜒的小路，追捕着倒影，追捕着灯光。篝火广场没有灯，只有篝火噼啪作响，不知是它在和流萤相遇，碰出了爱的火花，还是被大家的热情所感染，愈加热烈。

篝火边已经有很多少男少女在翩翩起舞。在篝火的映照下，他们的身姿婀娜，身材凹凸有致，尽情着舞着。

我们也走上前和他们手拉手，跳起了民族舞蹈。不管大家会不会跳，只要合着拍子行走，那就是一片欢乐的海洋。

不经意一回头，看到座位上还是那对男女，依旧静静地坐着，女人不时会鼓两下掌，或者和男人喃喃低语，看不清她的面庞，看不到她的表情。但是可以看得到，她那宽大轻薄的毛衫遮掩着那凸挺的胸部，她坐得腰板很直很直。男人更是标准的军人坐姿，在她的身旁，就像一座山，守着她的优美，护着她的柔弱。

大家跳啊，跳啊，跳了一支又一支。那么熟悉的舞曲《阿瓦人民唱新歌》唱了一遍又一遍。最后，篝火慢慢地减弱了，木炭发出了一种暖暖的味道。

大家散了。

回到酒店，很多男人都在看电视，女人们则洗洗涮涮以后，换上了宽松的衣衫，披上薄纱披肩，摇着小折扇，来到露台，四周环绕着高高低低的鸡蛋花树，厚厚实实的绿叶衬托着象牙白色的花朵还夹杂着一抹鹅黄色，真的就像是煮了七分熟的鸡蛋。这里白天是咖啡屋，夜晚已经停止营业，但是还留着一盏灯。

她，穿长裙的女子拖着皮拖，还带着响声，噼里啪啦地走了过来。她脖子上戴了一条不知什么材质的项链，绿色的，一闪一闪，发着幽幽绿光。

薛老师好，谢谢您。

谢我什么？

昨天啊。

哦，没什么。

我起身，准备边说边走。不料，她却伸出手，拽住我的胳膊说薛老师，您能坐下陪我聊会儿天吗？

行啊。

我坐了下来，她也在这舒适的咖啡椅上坐了下来。我准备听她说些什么，可是她久久没有出声。

我们就这样在黑夜里对坐着，一盏灯光很弱，我看不到她的面容，只看到一个轮廓，看到她那挺板的腰身和隆起的胸部，很美，像一道弧线在眼前划过。

她还是没有吱声，只是用一只手托着腮边，向着漆黑的山观望。我不知道她看到山上有什么，可我却听得到身旁那鸡蛋花在啪啪地绽开。鸡蛋花开了，真的能听到声响。偶尔会传来一声一声的蟋蟀叫。

我们这样静静地坐了大约有十分钟。

夜，大山的夜，静谧无声。

这时她开口说话：您知道我为什么看到潮钢雕就哭了吗？

不知道。

我这儿有病。

哪儿？

在昏暗的灯影下，看不清她说的是哪儿。她指了指自己的胸部。

啊，乳腺？

是。

是增生？

不。

那是？

那个字我没有说出口，她就赶紧把两个手指放到我嘴边说，嘘，不要说出来，不要说出来。您知道这个字像什么吗，就像潘多拉的盒子。那几个盒子摞在一起，只要一说出来，它就会伸出毒蛇，变出妖怪来吞吃人，来毁掉人。

哦，我知道了，我不说，我不说。这是什么时候的事情？

一个月前，学校例行体检中，查出了这里有问题。然后我就去了北京很多家医院，中医、西医、专科医院、私立医院，都去了。

我丈夫，我管他叫大兵，大兵陪着我，去了一家又一家的医院。所有医生不管是主任医师，还是特约号专家，都一致建议我必须要立即切掉。

我不用再问是什么性质的了，这肯定是不言自明。

于是我和大兵商量，准备去做这个手术。

临做手术的前一天，我早早地洗漱完毕，换上漂亮的内衣，那是大兵特意为我买来的外国品牌，粉红色的底拖上面，撒着紫罗兰花瓣，那蕾丝就像紫罗兰花蕊一般点缀在花拖上。

可能是我们农村的女孩子，自幼就要挑水、做饭、砍柴，劳作练就了身躯高大，我身高1米74，而体重则只有110斤。这样瘦弱的高挑个儿，衬托着两个浑圆的乳房，会是多么美丽。不用大兵说我也知道。

长裙女子的声音压低了八度，她用手摸了摸脸颊，然后微微低下头接着说，就在那天晚上，就是准备第二天去住院做手术的晚上，大兵洗漱完毕，换上洁白的衬衫，然后在我的身边躺下。

我哭了，我的泪水就像决堤的水一样，喷涌而出。大兵把我紧紧地搂在怀里，我的脸颊上被他那两行热泪融化了，真的是非常炙热的泪。我们就这样相拥着，哭泣着，挨到了天明。

长裙女子叹了口气，提了提肩上的披肩，又静静地说：

第二天早上，我们来到了医院，走进病房，这间病房里有八张床，里面住了七个病人。我坐了过去，旁边的女子说，啊，你是来复查的吧？

没有，我还没有做。

没有？你看你的胸，就是垫的义胸吧，在哪儿买的义胸，这么漂亮。

不是，我不知道什么是义胸。

就是假的呗，假乳房啊。咱们每个人不都得买吗？你在哪儿买的？

不是，我还没有做手术。

啊，还没有做手术呢，那么漂亮，真是可惜了。

最里面那张床上躺着一个年轻的姑娘，本来她一直低头向里在看一本杂志，这时也由不得转过身，把目光投向了我的胸部。

我害羞了，赶紧坐到了床沿，低下了头。就听她们叽叽喳喳地说，老天真是不长眼，越漂亮的胸，越遭它祸害。

那个女人说，哎，不要怪老天，怪自己的命吧，我当年是多么美的一朵莲花啊。现在怎么样？你们看看，我都做了三次了。

我悄悄地看了看她，只见她的左侧是凹进去的，我很吃惊，怎么可以这样。右边像一座山峰挺立，左面却像一片洼地。她看我这么迟疑地看着她，竟然毫无羞涩地撩起了衣襟。你看看，这就是做过的结果。

我从来没有想过，在那么美丽的女人身上，竟会有这样的刀痕，就如同一扇排骨被剔了肉，只剩下一层薄皮，露着一条一条的肋骨。哇，那还能叫女人的胸吗？那简直就是被牲畜践踏过的一片狼藉的废墟。

我惊呆了，捂住了眼睛，从床上起来站在地上，倚着床沿，蹲了下去。

这时，大兵已办好了入院手续，过来说，你去换衣服，休息吧。我疯了似的抓住他，我不要，我不要，我要回家，我要回家。

大兵在部队是非常暴躁的，可是对我，却从来都是那样温柔。他好言好语劝说着，不要这样，不要这样，我们不是说好了吗，我们不是说好了吗。

这时，旁边有一个女子说，什么说好了，你们男人没有一个好东西。说好了什么？等我们真正把乳房切掉，你们就会不认我们。

不要说你们，我们也觉得自己是个怪物，而你们就会扬长而去抛弃我们，女人没了乳房，还叫女人吗？

大兵愣了愣说，我不会，我不会。

旁边的几个女人都笑了起来。我真的想象不到，平时都是矜持的女人，不说谈乳色变，至少也会羞涩的，怎么可以得了这个病之后，在这样的病房，在这样特殊情景下，就会口无遮拦，大谈其谈呢。我实在忍不住了，不顾大兵的撕扯，一溜烟跑到了医院外面。

后来，单位的同事、亲戚都劝我，但我执意不再回去。有人甚至说，你看演林黛玉的，得病才几天就走了。

不，她是演员，她有她的想法，她有她的美丽。而我只是一个普通的音乐教师，但是我有我的尊严，有我的想法。

说到这，女人一下站了起来，披肩滑落到地上。

南国的夜，还是有着一丝丝的凉意。这倒成就了那些被日间太阳晒蔫的小虫们。蛐蛐儿、蝈蝈儿、蟋蟀、瓜达扁儿，它们都纷纷从四面八方赶来，在一起叽叽喳喳欢唱着。

秋虫呢喃，倒为这山的寂静，平添了几分秋趣、野趣。

她拉着我的手，我们就这样站立了几分钟。突然"啪"的一声，不知是一只青蛙，还是癞蛤蟆，跳进了前面的池塘。随之引来了一片蛙声。

长裙女子又一次开口了：

我和大兵在三十多年前结婚，我在省城教书，他在北疆当兵，驻守在一个高山上，后来他当了排长。我们婚后聚少离多，我寒暑假去探亲，可那里都不允许家属久留，部队规定只有十五天的假期。

那年，在我生小孩前，就赶到了部队医院，在部队医院生下了我们的儿子。然后，我就随他到山上的营房，婴儿的啼哭为这宁静的山顶营房带来了欢唱，带来了活力，小战士们天天围绕在孩子身边。孩子哭，他们笑，孩子笑，他们更笑，甚至孩子尿尿，他们都会笑作一团。

我在那里待了十几天，按照部队的规定，就要下山了。突然一场暴风雪封住了下山的路。他给上级领导打电话，领导说，不要冒这样的风险，让她娘儿俩在那儿多待几天吧。

于是，我们母子就在这营房住了下来。谁知没有几天，我突然发起高烧，连续几天不退。卫生员着急了，要我服阿司匹林，可炊事员不让，炊事员年长，他有两个孩子。他说，喂奶的女人不能吃药，那会把孩子吃坏的，她一定是得了奶疮。

卫生员说，我只知道有可能是奶疮，可我也没敢给嫂子看过呀。还是我家大兵发了话，有什么不敢的，我跟你一起去。

卫生员在大兵的带领下，走进了我的房间。我烧得有些迷糊，卫生员蹑手蹑脚地走到床边，用手轻轻地隔着衣服碰一下，我就疼得哇地叫了一声。

卫生员说，报告排长，嫂子肯定得的是奶疮，如果有个吸奶器就好了。

这山顶上，上哪儿去找吸奶器？

我下山，我下山到医院去取。

卫生员撩开棉布帘，一头扎进了风雪中。

大兵搓着手，在屋子里踱步，我继续发烧，昏沉中，只听见炊事员端着一碗米汤进来对大兵说，先给孩子喂点儿米汤吧。

孩子拒绝米汤，一点儿都喂不进去。大兵用一个特大的勺子，往孩子嘴里送，送得孩子脖子上、身上、脸上都是米粒。看着孩子那样痛苦地嗷嗷大哭，战士们也不敢进来，听得见他们都趴在窗户那儿干着急，怎么办啊，怎么办啊。

这时，炊事员悄悄地对大兵说，你自己想个办法吧，你帮她把淤奶吸出来。

说的什么话，我又不是吸奶器。

那些战士又笑了，毕竟是十八九岁的孩子，他们哪里懂得此时当父母的焦虑和做丈夫的焦虑。

炊事员搓着大手说，没法子，没法子，月子里发烧，是要出人命的！

这短短的几句话，惊醒了大兵，听见他冲出了房门，不一会儿回来了。

我朦朦胧胧地感觉到，他坐到了床边，脱去了外衣，那么厚实的棉袄脱掉了。

我，摸摸索索地摸到了他的脸，感觉到他剃了胡须，而且从嘴里呼出的气息，好像闻到了中华牙膏的气味。

你要干吗？

我来当吸奶器。

不行的，吸吮母亲的奶汁是婴儿的天赋，别人是不行的。

我试试吧，总不能让你烧下去，总不能失去你，更不能让孩子没奶吃啊。

我有气无力地说，那你可轻点儿，真的很疼，真的很疼。

结婚这么多年，我在他面前不会嗲，不会撒娇。因为我们都是农村人，在农村我们一起下田，一起砍柴，我们两家是邻居，他比我年长几岁。

那一年，我到省城去姨妈家住了一段时间，然后就考上了中专，毕业就留在了那里教学。而他则参军到了北疆，我们只有通信往来，通信往来中，他也是一本正经地称我为同志，我也称他为同志。

后来互相省略了同志，他也是直呼其名。他是一个粗朗的北国汉子，在北疆更练就了一股火辣辣的壮气，他从一个战士到班长、到排长，带着战士们在这山上摸爬滚打了近十年。

多少年，他都不下山，把探家的机会让给战士们。多少次，他曾经遭到过对面敌人的偷袭，也遭遇过山中的野兽，但他都是那样坚强，那样勇敢。就冲这一点，我真的不能给他添乱，也从来不会在他面前撒娇。

我今天是第一次对他轻柔地说，你可要轻点儿，我真的很疼。说着，委屈的眼泪就流了出来，他用那粗大的手指肚，轻轻抹去我眼角的泪。

他从怀里掏出一个小酒壶,巡逻战士都有一个小酒壶。为的是在冰雪天御寒,还有就是谁摔伤了,扭伤了,把这个小酒壶中的酒,倒出来一瓶盖,点上火柴,用手抓一抓,就会消肿止痛,他们都有。

他把这小酒壶拿出来,看到他手微微颤抖,咬开了壶盖,喝了一口,并没有咽下去,在嘴里漱了漱,然后才咽下去。

接着,他又倒出了一小壶盖,只把舌头伸进这个壶盖,浸满了酒的壶盖当中,用舌头不断地在这里沾一下,沾一下。这个动作连续做了几次,估计这一小壶盖酒已经被他沾干了,他才轻轻撩起我玫红色的秋衣,我的两个乳房已经肿胀得像碗口一般大。上面突暴着一缕一缕的青筋,就像一条一条的小青蛇,在侵蚀着我的身体,在发出那毒性,在毒害着我的孩子。这些小青蛇环绕着,好像轻轻一碰,它就会跳起来,吐出长长的信子,就会把我吃掉一样。

大兵怒目圆睁,就像踩到了敌人的地雷那样。他挽了挽袖子,向毒蛇开战……

我嚎叫着,他流着泪。

不知睡了几个时辰,当我醒来的时候,用手轻轻摸了摸自己的乳房,又恢复了柔软,而且没有了疼痛。我的额头上,铺着一块冰毛巾,我退烧了。

那个卫生员连夜带回吸奶器,像个雪人一样站在我的屋前，把这个吸奶器从门缝递进来，他不敢进屋，他说：嫂子，我一身的凉气不能进去，你用吧。

大兵哈哈大笑说，傻小子，不用了，我们有了。

卫生员一脸不解站在那里。老炊事员心疼地帮卫生员抖落掉身上的冰雪，说：傻小子，别问了。走，回屋喝点儿红糖姜水去。战士们在屋外哈哈大笑。

这时，大兵穿戴整齐，对我说，你没事了，我要去巡逻了，待会儿你可以喂孩子奶了。

我轻轻地坐起来，自己在后背垫了一个枕头，抱起了孩子，孩子对这突然天降的幸福有些吃惊，大口吸吮着奶水，咕咚咕咚，我都听得见。他那幼小的身躯，就发出咕咚咕咚的响声。孩子饿坏了，如今他又回到了母亲的怀抱，又吸吮到了母亲甘甜的乳汁。孩子幸福地吃饱了，睡着了，我搂着幼小的婴儿，一起进入了幸福的梦乡。

这时，不知什么地方发出"啪啪"两声，非常刺耳，它绝不是青蛙，不是癞蛤蟆，也不是秋虫的鸣声。

长裙女子说，谁？这是一种下意识地问。

我非常镇定地说，没有谁，是花落地的声音。

你怎么知道？

我从小就喜欢和妈妈种花，听到过花落地的声音，只不过这是在寂静的山中，山是很静的。它是有灵性的。当它静的时候，它是在聆听，是在倾听，倾听人们灵魂深处的声音，而花落是被你感动了，被这个传奇的故事感动了。

你是诗人吧？

不是，我也是一名普通的教师。

嗯，反正我看你不一样。

没什么，我们都是女人。

刚才就是白天我们看到的那些鸡蛋花，是花落地的声音，它被你感动了。

她说，没有啊，我也是一直憋在心里，没有对任何人说过，今天只对你说了。

不，你不是对我说，我不知道你是谁，你也不知道我是谁。你是对大山在说，大山的怀抱让你安静，让你净化，所以你才会对大山袒露心扉。

你说得真好，你还愿听吗？

愿意啊。

长裙女子继续说着：就这样，我们在部队，在山顶上的日子，真的是甜蜜又幸福。

可是时间不长，雪化了，我们母子要下山了。

下山前，战士们搜肠刮肚地给我们准备着礼物，有给孩子用树杈做的弹弓，有用松果给孩子拴了根红绳，做的长命锁，还有用那些树枝条，可能是桉树叶，非常阔大的树叶做成了一个伪装帽，说夏天可以遮阳。我一一收下战士们给孩子的礼物，抱着孩子穿好了棉大衣，准备下山。

这时，大兵让战士们都退了出去。他轻轻接过孩子，用刮过的没有胡茬的脸颊亲了孩子，吻了吻孩子红红的脸庞，从他的左脸颊、右脸颊、小鼻头、小额头、小嘴巴，到左边的耳朵，右边的耳朵，他都一下一下亲了个遍。

然后又紧紧地抱着我，轻抚着我的乳房……很久之后帮我整了整围巾，拉了拉帽檐说，走吧，回去注意身体，有时间就写信。

我早已被大兵的柔情融化了，我迈不开步，我真的迈不开步，真的不愿离开这个温暖的小屋。

舍不得离开但也要走，还有一群孩子在等着我去讲课。大兵还有祖国神圣的使命要他去巡逻，我不能再耽搁，不能再耽搁。

我快速走出房门，钻进吉普车，头都没有回就一路驶出了大山，回到了学校，回到了学生中间。

一颗流星滑落天空，引来了两束耀眼的光打在我们咖啡桌上。我知道是那两个男人来寻他们的妻子。

这时，山中的风多了些犀冷，摸摸头发竟然湿漉漉的，露水润物细无声，很静。

我伸出手，拉住她说，我们回去吧，明天还有活动呢。

她说，我们明天到了巴马就离团住下，我带了些老中医开的药，准备在巴马住一段时间，不管怎么样，我决不会做这个手术，我一定保持一个完美的女人身子给我的大兵。

我没有赞许也没有反对，只是用力捏了捏她的手。这时，大兵走了过来说：谢谢您！并给我敬了个军礼，我赶紧松开拉住女子的手，也还了一个军礼说，不客气。

躺下，久久不能平静，但还是抑制住自己，要睡，要睡觉。我睡了不知道几个时辰，突然听到窗外的鸟叽叽喳喳地叫。这种鸟鸣远不是我们在花鸟鱼虫市场所听到的那种浑浊的声音，而是那样清脆。我也分不清什么是黄鹂什么是黄莺，这些精灵在叽叽喳喳地叫早，这声音可比那闹钟悦耳多了。更奇的是，在窗前竟有几枝鸡蛋花敲打着窗棂，发出的声响由不得你不起床。

起床痛痛快快地洗了个山泉浴，换上衣衫懒散地走下楼，到了餐厅。

一个人影在眼前一闪，原来是昨天那个她，巧合的是她穿着藏蓝色的拖地长裙，玫红色的毛衫打着蕾丝的花结。而我则穿了玫红色的长裙，上面缀满蕾丝般的花结。藏蓝色的毛衫，露着一个月牙白的小领口。

餐厅里所有的人都对我们俩说，你们是不是姐妹啊？怎么会穿得这样搭？来，给你们照个相。

我们俩同时对大家摆摆手，不，不，就像我们俩从来不认识一样，微笑着点了点头，各自拿着白色托盘走向了自助餐台。

真的，就像我们从未相识，不知道她从哪里来，也不知道她到哪里去，就像这首歌唱的一样，我们各自取了喜欢的食物，坐在自己的男人身边吃起了早餐。

阳光透过山间洒落在地面，竟有了一种一抹阳光万花灿烂的感觉。这时山的轮廓那样清晰，不太高的山上不知是布满了青草还是树丛，葱绿葱绿，这种葱绿远不是我们在北方所见的那种。

门前的小池塘，也就是昨晚跳下了一只不知是青蛙还是癞蛤蟆的池塘，里面竟有了很多只小鸭子。小鸭子轻轻地划着，水面留下了一片片的涟漪。

我时不时地就瞄向了那个和我穿着同款衣装的女子，她旁若无人低着头在吃早餐。

当一个人向陌生人倾诉之后她一定很轻松。

大巴车驶入巴马，这是一个怎样神奇的地方啊。这里的百岁老人个个精神矍铄，耳不聋眼不花，在农田里劳作。多少外来的人涌向了这里，不光只是旅游观光，很多人都像那长裙女子一样要到这里求平安、求医治。

巴马的河水两岸被拦上了高高的铁丝网,可我亲眼见到男女老少剪开铁丝网,剪出一个大的豁口,在那里排着长龙似的队伍去提水,他们手提肩扛一桶一桶地把这些水运到自己的暂住地,这里有很多供游人租赁的房屋,房价不高,里面设施也还算齐全,只是没有电视,这里收不到什么信号,但可以收听到那种最原始的广播,散步的人身上大都别着这样一个收音机,而且音量非常大,有的放着歌曲,有的听着评书,很是热闹。

我们依次下车,只见长裙女子和大兵拖出自己的行李,径直走向停车场附近的巴马乡中共党支部所在地。他们就像冬子妈找到了组织一样,就像找到了安宁、找到了神医一样,他们昂首挺胸,毫不留恋车上的人和我们将要去的百魔洞。他们径直走向那里,一个镰刀斧头的标志性的牌子矗立在那里,非常醒目,白底红字:党员服务站。

我站在车门旁,目光一直随着他们的脚步向前移动,我从心底盼望着她回回头,她能向我招招手,可是,她没有。

她没有,我们就像两个互不相识的陌生人,她走向了她的路,我只能随着导游的呼叫声,继续前行。

下午,夕阳西下把巴马乡染得一片红彤彤的,巴马河清澈见底,日夜不停地流淌,我们登上了大巴车准备回到县城去居住。

　　这时，我心底还是放不下那个长裙女子，我又一次站在停车场寻觅，突然一抹玫红色让我眼前一亮，我看到了，是她，她手里举一个大大的广口杯在那里吸吮火麻茶，我顾不得矜持，急切地向她走去。

　　她也赶快把粗大的吸管从口中导出来，微笑着对我说，我安排好住处了，祝你们旅途愉快，谢谢你。

　　这时，导游在急切地呼唤：上车了！我匆匆地跑回到车边，就在登上车的一刹那，我回头看她站在一个小小的土坡上向我眺望，我一手抓住车门把手，一手向她挥舞着。

　　她开始只是把手放在右胸下五指张开轻轻地向我摇晃，这种摇晃很优雅，但又很懦弱，她向我展示的是她的无助还是她的信心，不得而知，只是这种挥手让人心里酸酸的。

　　酸酸的。

窄破罗裙红似火

新婚遭批斗，那日子

银龄书院
朗读者　徐心红

扫码听故事

　　春雨潇潇，养老院一派春回大地的景象，那一片樱桃林郁郁葱葱，嫩绿的枝叶衬托着纯净的小白花，楚楚动人。

　　我刚刚走出养老院的餐厅，就听见护工小玲大声喊：看，看那两个老情人又去雨中浪漫了，还是当过兵的人呢，那么腻歪。

　　随着她那声叫喊，我看见一顶红色的双人伞，伞下是樱子姐和大山哥。他们相互搀挽着向院门口走去。电动门缓缓地为他们打开，他们手挽着手向前走，那把红伞在雨中格外耀眼。

　　小玲在这里干了两三年，对老人的情况非常熟悉，只听她又扯着嗓子唱了起来，春雨贵如油，下得满地流，雨贵情更贵，相思到白头。她嘻嘻哈哈地唱着，大家也跟着哈哈地笑着。

　　我经不住问，你干嘛说他们是老情人呢？人家可是原配夫妻啊。

　　您不知道，薛老师，他们俩是这院里最有情的人。

哦，你还真是个懂情的小丫头，他们去干什么了？

去散步。

雨中散步？

不是，他们要去伊甸园。

伊甸园？

是啊，他们每天都要去他们自己的伊甸园。

这里有伊甸园？你知道伊甸园？

我不光知道伊甸园，我还知道诺亚方舟呢。我可是我们村中考状元啊。

没有，没有，小玲。只是觉得他们这个年纪还会有自己的伊甸园。

当然有了，您想听吗？我看您天天跟大家聊天听故事，准是搞文学创作的，告诉您一个秘密，您要想听好故事，您就晚上跟着他们出去。

跟着他们出去？去哪儿？

去这后花园啊，后花园里有个小山坡，山坡上有一个小亭子，只要有月亮的日子，她们好多奶奶就会聚在那里，爷爷不许去，叔叔不许去，我更不能接近。她们在那里讲故事，讲的都是不让我听的故事。

真的吗？

真的，您要去，一定在有月亮的夜晚去，没月亮的时候去了也白搭，她们不去。

我记住了小玲的话，天天盼着有月亮的日子，过了一天又一天，这天，终于夜空出现出了月亮，不知是被我盼出来的还是它也寂寞了，在天上一闪一闪的格外明亮。

这里天高云淡，这里月明风清，这里院子非常开阔，有小山，有流水，还有那弯弯曲曲的连廊。这连廊连通着各个房间，不管你住在哪个房间，都可以顺着连廊在雨雪天毫无顾忌地走来走去。

春天鸟语花香，夏天百花争艳，秋天果实累累，冬天雪景怡人，很多老年人都聚集在这里颐养天年。

我拿着小手电，顺着连廊的地灯指引走到了后花园，后花园的小亭子上已经影影绰绰有人影，这时我打开手电向上面晃了晃，她们警觉地问：谁？

是我，姐姐。

在这个院子里只有我叫她们姐姐，其他人都叫她们张老、李老、王老，或者说爷爷、奶奶。只有我和他们年龄相仿，有的也相差二三十岁，但他们都喜欢听我叫哥哥、姐姐。

哦，是薛老师，上来吧。

我走到了她们中间，她们有的坐在小亭子的靠椅上，有的拿了一个厚厚的蒲团席地而坐，把背靠在长廊的椅子上来回蹭，来回按摩，她们说这也是锻炼。

看到那天在雨中散步的樱子姐也在这里。她穿着红色的毛衫，很长，但袖子却提到了胳膊肘上，显得很干练，她还戴了一条披肩，也是红色的披肩，难怪大家都叫她红樱桃，红彤彤的，经常喜欢穿红色的衣服。

这时，只听她说：今天晚上又是咱们月亮会的时刻，我们开始吧。

她起了个头：月亮，在白云莲花般的云朵里穿行。五六个女人一起唱：月亮，在白云莲花般的云朵里穿行，我们坐在高高的谷堆旁边，听妈妈讲那过去的事情。唱到这，她们停止了。

樱子姐说，今天该谁讲了？

只听一个姐姐脆生生地说，我都说完了，把我的初恋都说完了，你说该谁了，该你了呗，该你这个老情人说说了。

老情人指的就是樱子姐，樱子姐也不含糊：行，谁小谁先说。谁定的规矩啊？

没说是规矩，谁愿意说就说，不说就拉倒。

我们可是对着月亮发过誓的，谁都得说出来，谁不说就要有惩罚的。

另一个姐姐说，是啊，当初我们说了，月亮代表我的心，星星知我心，我们只对月亮说，我们不对星星说，让男人对星星说吧。

大家哄地一声竟唱起来：天上布满星，月牙亮晶晶，生产队里开大会，诉苦把冤申。然后就是哈哈大笑。

有人说，薛老师，到时候你去听听男人的星星会，保准都是诉苦讨伐咱们女人的。

你问我爱你有多深，我爱你有几分，我的情不移我的爱不变，月亮代表我的心，轻轻的一个吻，已经打动我的心，深深的一段情，教我思念到如今。你问我爱你有多深，我爱你有几分，你去想一想，你去看一看，月亮代表我的心。你去想一想，你去看一看，月亮代表我的心。她们肆无忌惮地大声唱着、笑着，谁也不会想到她们都是年近八旬的长者。

樱子姐说，这个提议好，明儿个就请薛老师去星星会卧底。

原来男人聚会叫星星会，女人聚会叫月亮会。

大家你一言我一语这样说着，可是谁都没有切入正题。我知道是因为我的到来，大家有些拘束，于是我打破了这种热闹中的寂静，我说，我先说行吗？我说一个婚外恋的故事好吗？

哇，大家一下子就来了精神头儿，纷纷向我靠拢，我坐在凉亭的椅子上，有一个姐姐竟然拉着她的蒲团坐到了我的脚边，把身子舒舒服服地靠在了我的双腿上，把两个胳膊肘支在了我的膝盖上，那份舒服，那份惬意，就等着听我说婚外情的故事。

世间的男人和女人，自从知道了亚当和夏娃的故事就一直渴望着爱情，而这个爱情又多种多样，有的是真真切切的爱，有的是明明白白的情，还有一种就是那种不了情，明明知道那只是一个谎言，明明知道那只是一句轻轻的承诺，可人们还是愿意听那样的故事。于是，我就清了清嗓子和大家谈起了在梅花山的那次奇遇。

我先卖关子，对大家说，从前有座山，山上有个洞，洞里有个老和尚讲故事。

大家噼里啪啦地向我伸出了拳头。樱子姐说，薛老师，您这么一个时尚人，怎么会说这么古老的故事啊？说真的，说最时髦的。

好，今天我是豁出去了，哪怕明天回去（在养老院最好不要提回家两个字）挨打，今天也说出来。

大家笑得更欢了。看大家已经被我吸引过来，我在想我要编不出故事，她们可不会饶了我，而且以后也别想找她们聊天听故事了。

豁出去，说啦！那一年，南京梅花节，我们几个闺蜜一起游玩。在梅花山情人谷遇到了一个职场上的商业伙伴，平日里我都是职业正装，笔挺的黑色西服，不过膝的短裙，十公分的高跟鞋，在职场上打拼。

在情人谷我竟披了件画着大红蝴蝶的披肩，穿了白色的小毛衫，紧紧裹住我身子。那时自己身材还不错的。就在那里和几个姐妹们在花丛中翩翩起舞、放声唱歌。

这时，手机响起，商业伙伴打过电话说：是你吗？

是我啊。

你在哪儿?

我在南京。

你是在梅花山的情人谷吗?

是啊。

我在对面小亭子喝茶。

哦。

那你过来一起坐坐行吗?

好吧。

原来他都不相信眼前的我,就是平日那个女强人。他很儒雅很客套地请我坐下,一起品梅花茶。他为我讲了梅花仙子的故事,讲了很多咏梅的诗词。

我知道这些年我们在职场,他一直和我走得近,他是有些追求者的意思,只见他从树上折了一枝梅花递给我说,喜欢你的孤傲,喜欢你的冷艳,送给你,请接受我的爱慕。

我惊呆了说,这哪儿和哪儿啊,这是哪儿? 这是南京,这是梅花山,这是情人谷,不是你我这个年龄的人说这种话的地方,收回你的话吧。

他惊呆了,没想到我这样的决绝,于是他就连声地说,对不起,对不起。

其实,我心里也是有一种甜甜的、酸酸的滋味在心头,只不过是嘴上拒绝,心里已经默默地接受了,并不是接受他这个人，而是接受了这份表白，哪个女人不喜欢男人对自己有倾慕之情呢。

说到这儿，我看大家那样专注地听，有些于心不忍了，于是我说，各位姐姐对不起，后来，后来，他就走了，没有下文了。

有个姐姐说，好好好，原谅你，新人一开始是不好意思张口，那么该老情人说了，老情人说吧。大家又把矛头指向了樱子姐。

樱子姐大大方方地说，要我说，我就说，我还真的愿意说。

大家笑了起来，好样的，说真格的，说真格的。

樱子姐还没张口，大家就悄悄地鼓起了掌，掌声不很响，却非常有力，因为大家都猜测樱子肯定有动人的故事。因为平时樱子和大山那真是形影不离，他们俩肯定有许多许多鲜为人知的故事，于是大家都自觉地屏住气听她讲。

樱子姐说：那就从"文化大革命"那年，也就是我们刚结婚说起吧。

在"文化大革命"刚开始的时候，我们俩一块儿退伍回农场果园搞实验，要把毛樱桃嫁接成红彤彤的又甜又香的大樱桃，作为向国庆二十周年献礼的品种。

那时，我和大山刚刚结婚，大山有一篇论文就是讲如何引进国外品种，把我们的毛樱桃嫁接改造成红彤彤的大樱桃。论文发表在科技杂志上，还没来得及拿稿费，红小将就把大山揪了出来，说他是修正主义的苗子于是天天就是批斗他，让他挂着一个牌子，上面写着：我是修正主义苗子，我是现行反革命。

每天轮换着挂，有的时候还把他的论文——登在科技杂志的文章，当着他的面撕得粉碎，然后摔到他脸上。

在这段日子里，身为正宗根正苗红红五类家庭出身的我，又是一个优秀的共青团员，我知道这是伟大人物发动的"文化大革命"，我不能反对，更不能怀疑。

可是，我看着自己最心爱的人遭受这样的侮辱和打骂，真的很心疼，有多少次我都想冲进会场把他救出来。可是不行，那样我也就成了反革命，所以我就默默地忍了下来，批斗他的时候我尽量躲得远远的。

那时候，果园还没有被查封，还有几个人和我一起继续着实验。再到后来提出了口号：宁要社会主义的草，不要资本主义的苗。樱桃园被一群红小将闯进来，噼里啪啦地一通乱抽乱打。刚刚挂果的樱桃噼里啪啦地落了满地，有青的，有白的，有大的，有小的，就像那散落的珍珠，就像我自己用心血浇灌出的麦粒撒了一地，心真的很痛，很痛。我也不敢说什么。

那时候我心里连个磕巴都不打，我知道这是革命行动，我不能反对。我也期盼着能有一天戴上光荣的红袖章，可是他们不给我。因为我是修正主义苗子，现行反革命大山的新婚爱人。

好在因为我家是几代的红五类，批斗没有更多影响到我，我继续留在果园里，没有实验可做，我就整整土地，翻翻排水沟，我想有一天果园还会再弄起来，因为离二十年国庆只有几年的光阴了，所以我还不紧不慢、按部就班做着自己的工作。

可是一到傍晚看到我爱人回来以后，那浑身的疲惫，衣服上被吐了唾沫，被刷了墨汁，被扔了西红柿，被扔了瓜秧，我心里那个难受啊。我给他打了水让他洗，他也不洗。我给他做了荷包蛋，当时我在园子里养了一群鸡，还没有被抄走，那些小鸡娃特别聪明，只要见人来抓，它们就扑愣愣地飞走，飞到树上或者草丛中谁也抓不到。可是到傍晚，我只要"咕咕咕"地一叫，它们就都回到鸡舍钻进鸡笼。这些小鸡娃真的很乖巧，果园里有的是虫子，有的是散落的果子，它们天天吃得饱饱的，每天都下蛋。

每天大山哥回来我都给他卧几个荷包蛋，他也不吃，偶尔端起来吃一口就合衣躺下，也不跟我说话，也不看书。他最喜爱的果树是不是发芽也不看，什么都不看，就直不棱登地躺在床上，什么也不说，也听不到他的鼾声，我知道他没有睡着，他心里头一定是"四海翻腾云水怒，五洲震荡风雷激"，他不知道怎么办，面对着突如其来的革命洪流他束手无策。

我倒是比较镇静，仔细想想，这场大革命到底有没有必要啊？像大山哥工人阶级的后代，他爱读书，爱学习，从农大毕业以后就扎根农村，就在农场搞实验，发表了论文，有什么不对呢？他研究的攻克苹果病虫害的技术，使很多苹果都免去喷洒农药的危害，他那种套袋、灭蚊、灭蝇、灭虫害的方法，使苹果长得又红又大，当年我们农场出的苹果还受到总理的赞扬呢。

我想来想去大山哥没有错，这些革命小将的斗争精神也没有错，但是他们不该打人，不该侮辱人，更不该侮辱文化。真的，你们别笑，当时我的觉悟就是这么高。因为我知道秦始皇焚书坑儒那是一场灾难，人类离不开书籍，人类需要知识，没有知识就不能进步，薛老师你说是不是？

我们被樱子姐这一番激昂的话语震住了，喘了口气大声说，你说得真对，咱们都是那时候过来的人，你的觉悟真的比我们高啊。

不是的，你们也有疑问，只是你们不敢想，因为你们可能有各式各样的顾虑，比如出身不好，比如单位不允许你们胡思乱想，没有那个环境。而我在空旷的果园，每天夜晚星星眨着眼睛，我就和星星对话，我就和星星说：我要问你们几个为什么，没有十万个那么多，但是你们要告诉我。星星眨着眼也在思考，我最后得出了一个特别正确的理论，就是大家都没错，我的男人更没错。

　　我要好好养活他，天天给他做好吃的，天天荷包蛋、打卤面，保护好他，就是不能让他伤了身子。要让他知道自己是男人，是男人就得顶天立地，天大的难事也得站直了，别趴下。

　　过了几分钟，樱子姐继续说：于是我就想着法子为他营造一个特别浪漫、温馨的环境。真的，那时候讲浪漫你们想也不敢想，只有我这么浪漫的人才想得出来。

　　你怎么浪漫了？你怎么浪漫了？大家七嘴八舌地问她。

　　你们想我在哪儿啊，我那是果园啊，果园是什么地方？看过朝鲜电影《摘苹果的时候》吗？

　　看过，看过，那一群姑娘戴着小花帽摘苹果，那轻盈的步履，那香甜的果香，还有树下浪漫的爱情，真的很美。

　　就是的，环境造就浪漫，在樱桃园里我把通往大门的小路打扫得干干净净。樱桃园的门口有一个铁栅栏门，上面都是铁丝，那时候农场管理是很严格的，外人一般不许进，我们养了一只大黄狗叫阿黄，阿黄特别忠诚，就在那里守着，任何人，就是我们场长来也得先嚷一声：阿黄，告诉你家樱子，我来了。

　　阿黄一听他们能叫出樱子的名字，就知道那一定是我的亲人，跟我熟悉的人，它就不叫，我就过去开开门迎接大家。

如果来人只是东张西望向里看，阿黄就会大喊大叫，那天有人说要打死它，我上前说这狗可是红五类。

怎么叫红五类呢？

它是我那老八路爷爷养的狗下的崽，留给我那当解放军的爸爸，我爸爸养的狗，下的崽留给了我，你说是不是红五类？出生在红五类世家的狗，你们敢打死它？

就这样我保住了阿黄的性命，阿黄照旧在那里值班，看守着这片即将荒芜的果园。我把那些没有被抽坏的果树精心修护一下，该授粉的时候我继续授粉，照常浇水、施肥，已经挂果的我想用报纸把它遮挡起来。可又一想，不行，报纸上如果有那三个字那也是反动，怎么办呢？我就在园子里割了很多草，编成那种草帽似的罩子，把那些结了果的樱桃都用这种草帽罩子遮了起来。

我又把这些编成的草帽插上黄鹌菜花、荠菜花，还有牵牛花。果园牵牛花特别多，我就把牵牛花用一根绳子牵引到大门上。牵牛花特别通人性，它就顺着那个大门的铁丝网往上爬，整个大门都爬满了牵牛花，开满了紫色的喇叭花，非常好看。

紫茉莉这时候也都开花了，虽然被他们踩踏了一些，但还有些非常顽强，有一棵已经被踩倒在地上，可就在它横的枝杈上照样生出了根，继续生长，继续开花。紫茉莉的习性，就是在傍晚开花，傍晚人们都回家吃了饭，出来乘凉的时候，它才开花，特别香。难怪南方人管它叫洗澡花，就是玩疯了一天的孩子在妈妈的督促下吃过饭洗了澡，拿把蒲扇来乘凉的时候它才开花。

每天，等我大山哥挨完批斗回来的时候，这几株茂盛的紫茉莉，有紫色的花，黄色的花，还有紫色黄色相间的，还有白色的这些花，都欢天喜地向着他微笑。

不要说这世上只有女人爱花，美，对任何人都有挡不住的诱惑，美，看不见的竞争力。

这可不是我说的，这是作家说的。我没能力让他开心，没能力让他欢笑，可这些小喇叭花却做到了。它们真的就像小喇叭一样叽叽喳喳，叽叽喳喳挤满了大门口，只要大山哥一过来，阿黄先跑到他的脚边嗅一嗅他的脚，再跑到他身后嗅一嗅他的腿，还时不时地看他后面有没有脏东西，甚至还伸出长长的爪子，把他身后挂着的稻草秧或者瓜秧给撕扯下来。

这时大山哥就会非常感激地摸摸阿黄的头往前走，可这些紫茉莉不放他走，都在他跟前晃，他只好过来又掐起一朵紫茉莉放在鼻尖闻了闻，这些小茉莉花才放他走。

他沿着这条小径，这是我们两个用红砖头一点一点铺起的小路。我说不要铺直路，我们把它铺成弯弯曲曲的一条小路。一边干一边念那句诗"曲径通幽处，禅房花木深"。

记得当时大山哥还指着我的鼻子说，傻丫头，你懂吗？什么叫禅房花木深，禅房是和尚住的地方，老和尚花心呀。

我和大山哥说说笑笑铺就了这条小路，后来就每天说着曲径通幽处，搂着走进我们的安乐窝，每天我们都是禅房花木深啊。

这时大山哥却是心情沉重，走过这条被我打扫得干干净净的红砖小路，回到我们的房间。房门口我也洒上水，扫得干干净净，一尘不染。

我把大山哥叫过来说，大山哥，对这场运动我没什么更高的认识，你也没有，不管它是正确还是……我不敢说出口。我们不管心里怎么想的，我们也要接受这个现实，而且我们要活过来……

我终于把大山哥说动了，我忍不住搂住大山哥的脖子，对他说，大山哥，我不想你这样活，我们一定要坚强地活下去，我们要一起面对任何的困难，暂且不说这是灾难，只当是对我们爱情的一场考验，好吗？

这些天，大山哥看我默默地一个人整理着果园，继续着我的实验，而且晚上还抽时间看书，大山哥可能是被我的坚强所感动，所以他竟然说：做饭了吗？吃饭吧。

别，别，别，咱们立个规矩，你我都是受过高等教育的人，我们不能就这样稀里糊涂昏昏沉沉地过日子，我们心里怎么想可以不说，但是我们日子还要过，我们每天要干干净净地过日子，你说好吗？

好。

听到大山哥应允了我的请求，我高兴得心怦怦直跳。

那好，你先冲个澡。

行，给我打一桶井水来。

不用，从今天开始我们每天要沐浴更衣，而且是天然浴场。

疯丫头，哪儿还有天然浴场。

你跟我来。

我把大山哥带到我们房后，房后原来是一片菜地，被他们都给踏平了，我也真的不敢再留了，只是在犄角旮旯还有那零零散散的几棵小白菜，几棵豆秧，那边还有几棵茄子，中间那片地空起来。我找了一些树枝把它围成了一个四四方方的圈，也就有两平方米左右，上面我支了一个天棚式的架子。

我们农村出来的孩子，特别是在农学院上过学的人，都会搭棚架，篱笆墙更是手到擒来。我在棚架上放一些被踩掉的樱桃树杈，成了花阴凉，三面都是爬满了花花草草的篱笆墙，还安了一个篱笆门，从上面伸下来一根管子，园子里浇水有的是橡皮管，我扯了一根，然后把这橡皮管和一个大的塑料桶放到一起，园子里有很多浇水或者盛肥料的大塑料桶，我把它们都洗得干干净净，搁在了我们屋的后面，前面是看不到的，里面注满了水，经过太阳的暴晒那水特别温和。

我用一个大夹子把水管夹住，反正园子有的是土地，也不怕水往外漏，有时偶尔也滴答滴答，滴几滴水，它再滴水也没有桶里的多。

我对发愣的大山哥说：你去洗个澡吧。

大山哥给震呆了，好啊，你还弄了篱笆墙，还是天然浴场，我要不好好冲个澡，怎对得起你这番浪漫的心情啊。

大山哥飞快地脱掉衣服进去了，把那个夹子一打开，那水"哗哗"地流了下来，冲得那叫一个痛快。

递我肥皂。

不用递，就在那篱笆墙的小竹篓里。

嘿，你还真行。

我用一些细细的树枝编了一个小竹篓挂在篱笆墙上，里面放了一块灯塔肥皂，旁边还挂着事先准备好的跨栏背心，制服短裤。

他穿上衣服，拿毛巾擦了擦头说：你想得真周到，把毛巾挂在篱笆墙上，又能晒阳光，又能快速干，拿起来还方便，你真了不起。

了不起的还在后面呢。

还有什么？

今天不说了，欲知后续如何，且听下回分解。

你还卖上关子了。

这是从他挨批斗一个月以来第一次有了笑脸，就着他现在这高兴劲儿，我说，走吧，进去吃饭。

屋里的折叠桌上我已经摆好了饭菜，有贴饼子，有拌野菜，还有他特别特别爱吃的，永远吃不够的西红柿炒鸡蛋。这一餐我们吃得非常好。

有一点酒就好了。

对不起，现在供销社都关门了，上哪儿打酒啊，明天你还得去挨斗，不能喝酒。

不喝酒也行，咱俩演个节目吧，我给你唱吕文科的《樱桃好吃树难栽》。

他扯着嗓子唱了起来：樱桃那个好吃树难栽，心里有爱说出来。

我们俩唱啊笑啊，我真的被他的情绪给感染了，他呢，被我精心营造的温馨小窝感染了，我们俩就这样说着，笑着，搂着，闹着，熄灯睡觉。

可是我怎么也没有想到，睡觉竟出现了问题。他，他那样了。

几个姐姐纷纷捶着樱子的肩膀说，他哪样了？他哪样了？

樱子姐急了：还用问吗？还用说吗？让你天天背着大黑板，天天挨斗，你还能怎么样？

大家停止了欢笑，骤然间就像天空突然出现了一片乌云，压得大家心里重重的，沉沉的。我抬起头看了看天上，怎么月亮没了。原来真的不知道，从何方飘来一块云彩遮住了月光，遮住了。

我轻轻地伸出手拉住樱子姐，什么也没有说，让她在我的肩头靠了靠。

樱子姐慢慢地抬起头，继续讲：你们想，我那是新婚啊，我心里那个害怕啊。我以为他得了大病，我就说要给他看。

看什么，这不是病，这是心病，慢慢熬着吧，守得云开见月明。

我特别喜欢大山哥，也特别爱听大山哥讲话，他不光是学农科，他还很喜欢文学，经常给我讲一些文学故事，我慢慢地也被他的文学情愫所感染，也学着看文学方面的书籍。我知道书中自有黄金屋，明天，明天我好好看书，一定要给大山哥寻找一副良药，让我的大山哥像以前一样，那样地爱我，爱我。

这几个姐妹又叽叽喳喳地笑开了。怎么爱啊，怎么爱啊，给我们再说说怎么爱呢。

樱子姐拉着我的手说，薛老师，你看，有这样的人吗？听了人家的故事不鼓掌也就罢了，听了人家的苦难你陪着我落滴泪，我就很感激了，可还让人说那么多那个，有你们这样当姐姐的吗？

我说，好了，好了，今天太晚了，我们回吧，不然一会儿主任该满世界找我们了。

是啊，是啊，可是明天樱子姐你还得继续说。

樱子姐爽朗地说：既然我已经敞开胸怀，向你们大胆吐露我爱的真谛和爱的心路，我就要说，我凭什么不说啊？我要让你们都知道我是多么伟大的中国女性。

哇塞,臭美吧。大家说着、笑着,几个老姐姐互相搀扶着回到自己的房间。

清晨,院子里的小鸟叽叽喳喳地把老人都叫醒了,养老院有个最大的特点,就是老人们起得特别早,很快就把这寂静的小院弄得生气勃勃。这边在练太极拳,那边放着音乐跳广场舞,还有人在高声地朗读。清晨是这些老小孩儿最快乐的时光。

我推着一个老军人沿着花径小路散步,途中看到了昨天晚上那几位姐姐,她们就像什么事都没发生一样,冲我礼貌地点点头,各自道了早安就忙各自的去了。

这时候,小玲姑娘跑了过来。

薛老师,昨天您去了吗?她们说什么了?

小孩子不要打听大人的事儿。

什么小孩子,我也二十多了,要在我们老家我早就该结婚,没准儿都当妈了,就你们拿我当孩子。

这没你事儿,去玩吧。

小姑娘一扭头就看到了樱子姐和大山哥走出了餐厅,她就快步追了上去,奶奶,奶奶你要去哪儿?

樱子姐冲她笑了笑,也看到了我,向我招了招手,全然没有了昨天晚上那股冲劲儿,那股野性迸发的冲天牛劲。这时的她小鸟依人地和大山并肩站在那儿,穿着蓝色裤子,笔直的裤线，薄薄的蓝色毛衫，脚下却穿了红皮鞋，而且还是带跟的红皮鞋，那叫一个俏，真叫一个俏。

小丫头缠着她，奶奶，你们昨天去凉亭了吗？

没有，没有，早都睡觉了。

真的？那你们今天去干吗？

今天我们要去听讲座。

什么讲座啊？

养生堂，你听吗？

哦，我不去，我不去。我家奶奶该叫我了。

小丫头蹦蹦跳跳地朝着她护理的那个小区走去，樱子姐又一次回转过身，可能是她意识到我一直推着这个姐姐望着她，冲我招了招手就走出了大门。

我推着老军人继续在花径散步，她说，我知道咱们院有个月亮会，您知道吗？

知道啊。

她们都在讲自己的故事，你说，女人为什么爱讲故事呢？

首先女人爱听故事，然后女人有故事。

还是老师水平高，你说得真好。

您就没有故事告诉我吗？

我的故事不能说。

为什么？

那是纪律。

这时,几个姐妹走了过来,一定要带她去唱歌。我也匆匆地离开养老院,要去查一份资料,这份资料里面记载着刚才我推着的老军人,她是一个地下工作者,她的故事也非常非常感人,我准备查一些资料,然后回来再和她一起深聊。

从图书馆回来,已是傍晚时分,大家又聚在院子里散步,这些散步的人群中就有月亮会的姐姐,可大家谁都没有过多地说什么,照常是散步、聊天,嘻嘻哈哈在院子里走。

晚上,没有月亮,我站在阳台使劲地望着、望着也没看到月亮。我不甘心,又一个人走到了后花园的小凉亭那儿,看到影影绰绰有个人影。

我怕吓着姐姐,就故意咳嗽了一声,谁在哪里?我是薛老师。

那里却传来了一个女人的哭声,断断续续,很轻很弱,但是在这寂静的夜里却是那样刺耳。

我快步走向凉亭,看不清她的面容,只是看到一个姐姐在那里低声的抽泣,我什么也没有说,走过去把她揽在肩头。她哭了一阵就停止了哭声,然后说,没事儿,我就是想家了。

我们回去吧。

我拥着姐姐沿着这条花径小路走出了后花园,一直送到她的房间,然后不甘心地又望了望天空,天空有些暗淡,没有月亮，不知道月亮跑哪里去了，我在盼着月亮，盼着月亮出来的日子，好和姐妹们一起望星空，讲故事。

一连几天都没有盼到月亮。这天是周末，工作人员给大家发了周末的水果，大家吃完了又出来散步。

空气中弥漫着许多花香，原来不光是樱桃开花了，桃花也开了，榆叶梅更是满树都挂满了花，都看不到它的叶子，还有那紫璐草，小紫花是那样的淡，那样的雅。香气怡人的是谁呢？是紫薇。紫薇花开了，紫藤花也开了，满园春色，真的是那种春光明媚的大好天气。

我碰到了樱子姐，她冲我眨了眨眼睛，那调皮样就像是一个十八九岁的少女。我也冲她会意地点点头，这样我们又各自回房间去，等到看完《新闻联播》，月亮出来了，几个人不约而同走出了自己的房门，又来到了后花园的小山上。我们五六个人坐在凉亭继续听樱子姐讲那凄美的爱情故事。

樱子姐清清嗓子对大家说，都严肃点儿，我在说我的一段痛苦经历，你们却还要笑，如果有谁笑出一声，我就立刻封嘴。

掌嘴好不好？

哄笑声中樱子姐继续说道：自从那天他那样以后，我就想尽办法帮助他。他说不是病，就是有病，这种病要到哪儿去看呢？那时候，很多权威的专家都被游街，都被批斗，哪还有什么医生坐班呢，况且我们农场只有一个卫生院，卫生院的大夫几乎都被批斗了，上哪儿去看呢？就是有医院开门，这种病也没法儿说出来，也没法儿看啊。

我就想，我没有地方去看病，可我有书，我就看书。我看了很多中外名著，看到了《安娜·卡列尼娜》中她和卡列宁有名无实的爱情，看到了她对渥伦斯基的钟情，以及他们在一起的快乐时光，对我有很大的启发，同时我又想办法从卫生院找到几本卫生知识的书籍。

忽地一闪，天上有颗流星划了过去，不知要落向何方。它带着闪电般的光亮晃了我们一下。

樱子姐说，快快快，看到流星的人要马上许个愿，有什么愿望都能实现。大家不约而同说出了保佑健康，健康是人类最大的心愿，没有了健康，谈何梦想，谈何爱情。

樱子姐，继续说你们健康阳光的爱情故事吧。

樱子姐又继续和大家讲述她那刻骨铭心的爱情桥段：我看了那么多书，每天晚上就和他重复书中的故事，当我讲到《一生》中于连和安娜在山上……

有人插嘴：不要说了，我知道，我知道，别说了，说了我都该回忆我的初恋了。

樱子姐说，本来我就没想说，给你们卖个关子。但是我也发现光读书不行，我也要改变我自己。于是，我把灯塔肥皂换成了蜜蜂牌香皂，你们知道那蜜蜂牌香皂要多香有多香。我又把我们的房间打扫得干干净净，每天都去园子里采很多野花撒在地上，洒在床上。那哪是床啊，那简直是花床，就是铺满鲜花的花床。

有人插嘴：那你不怕有虫子咬你啊。

哪啊，我都把它晒干透了，没有虫的。再说了，我们这些成天和树木花草打交道的人，怕什么虫子啊，虫子是什么？虫子是人类的朋友。现在你吃苹果，有虫咬的，你才放心大胆地敢咬皮，对不对？

樱子姐继续说：每天我会用不同的方式向他表达我的爱，表达对他的尊重。不光是用语言，不光是用肢体语言，有时候我还要大声说出来。比如说他今天要去挨斗，而且是押到别的农场去巡斗。我就会说：大山哥，我等着你，你挨批斗的时候往底下看看，看看有没有比我更漂亮的人。

大山哥也风趣地说：没有，没有，全世界就你这么一个傻樱桃。你知道怎么能看见漂亮女孩呢？头向上，对向上，你看吧。

然后我就趁他微笑的时候过去亲一下他的额头，又亲亲他的脸颊。

然后，他就昂首挺胸唱着那支《樱桃好吃树难栽》的歌曲，向樱桃园外走去，走向那挨批斗的会场。

我在后面看着他的背影，感到这个男人一天一天地壮实起来。傍晚，大山哥从批斗现场回来，早就没有了以前的垂头丧气，而是照样哼着歌曲，今天他竟然哼起了《打靶归来》：日落西山红霞飞，战士打靶把营归，把营归。唱着歌还摘了一大捧花花草草，大声喊着：傻丫头，我回来了。还没等我见着人影，人家径自走到了天然浴场，沐浴更衣，而且偏要亲自下厨给我做打卤面。

我一下子猛醒了，原来我以为女人恪守本分，每天做好饭，和爱人一起持家理财就是好女人。不对啊，我每天在地里除草做实验，回来用柴火做饭，那一身的农药气味再加上一身的饭菜味，怎么能让大山哥心旷神怡呢？

不行，我也赶快去沐浴更衣，用蜜蜂牌香皂使劲洗身子，还用那黄澄澄的洗发膏洗头，不用他闻自己都觉得香喷喷的。

然后我穿上他的大背心，又长又肥。脖子上还戴了一串樱桃花茉莉花，就跟那外国女人戴的花环似的。

大山哥都看傻了，惊呆了……

刚才还是亮晶晶的月亮，不知道什么时候害羞地躲了起来，凉亭一片寂静，突然不知谁小声问：后来呢？后来呢？

哪还有什么后来，后来我们家文革就出生了呀。

有人说：薛老师您不知道，他们家文革现在是我们区长呢！

樱子姐纠正说：不，不，副区长、副区长。说到我家这个文革，我们对她的要求不是必须读大学，必须找什么高富帅，不是的。我们就让她自由恋爱，结婚的时候我就告诉她，那真是耳提面命，不住地跟她讲：结了婚就是男人的老婆，不管你在外面有多大成就，不管你是研究生，他是大专生，在他面前，在家里，你就是他老婆，你就要尊重他。

女儿结婚以后经常回家，我还是告诉她：你必须要尊重他，好女人要懂得尊重男人，这是最基本的底线，这是本分。你一定要记得男人不稀罕你的面子，不管你在外面多么光鲜，他不要这个面子，他要的是里子，他在乎的是里子。

有人故意问：什么叫里子？

你懂得。

一句话，大家又哈哈大笑起来。

樱子姐一本正经地说：老了就不用顾及任何里子、面子，只是随心所欲表达你的爱。

比如我们可以手挽手上街，比如我们可以手挽手去散步，比如我们可以手挽手去河边看鱼，我们也可以斗嘴，也可以吵架，也可以拿花瓣来互相洒到身上，还可以写张纸条逗闷子。

有人说：老情人还真是浪漫，那年，我们院里组织大家外地旅游，当时房间分不开，院长让我们三个女的住一起，三个男的住一起，这样就可以腾出一间房，她就不干，非得和她大山哥住一块儿。

樱子姐反驳说：本来嘛，晚上没有他在屋里，我害怕。我告诉你们，他洗澡我都要在门口听一听，时不时叫一声怎么样啊，大山哥。我洗澡，他也会在门口，只要时间长就敲敲门，没事吧。

　　知道为什么吗？我们年纪大了，不知道什么时候发生什么问题。只要你十指相扣，紧紧拉着你爱人的手，就没有任何人能把他夺走，就是老天爷也夺不走。

　　但是如果你稍一不留神，也许这一次的分别就可能成为永远的遗憾。为了今生今世我们不再有遗憾，一定要记住我的话，紧紧拉住他的手，和最爱的他一起向前走，不管走多远都是个伴。

　　伴，老来伴。

明月楼高休独倚

四十二岁失独，内伤极致

银龄书院朗读者 陆庆宏

扫码听故事

中秋佳节，阖家团圆之日，也是失独家庭最难受之时，惦记着香姐姐，捧着一束花来到养老院。

刚走到门口，就看见香姐姐拎了一个点心包笑盈盈地走了出来，这是一个比较传统的糕点包装，土黄色包装外面还压着一张印有老字号的红纸，很是喜庆。

姐姐去哪儿？

看闺女去。

不知道内情的人，以为香姐姐是去女儿家。其实，香姐姐的女儿早在二十年前就已经离开了她。

好啊，我们一起去吧。

香姐姐照样是笑盈盈地挽着我的胳膊，我们一起走到十字路口。

香姐姐把点心包一层一层打开，取出了几块月饼，然后望了望天空。

这时，夜幕降临，月亮已经爬上了树梢，月白风清，平时繁忙的十字路口，静静的，没有了平日拥堵的车辆和行人。

是啊，大家都在这时回到家里和老爸老妈或者和自己的子女一起过团圆节。

我的心陡然沉重起来，而香姐姐依然是和颜悦色地对着月亮说：宝贝，妈妈今天来看你了，妈妈给你带了你最爱吃的五仁月饼，你在那边好好吃啊，别忘了回去给玉兔姐姐带一块。别忘了妈妈爸爸嘱咐你的话，好好读书，把研究生读完继续读博士，等你博士毕业爸妈和你一起去荷兰，去看郁金香啊。

香姐姐的女儿名字叫玉金香，他们姓玉是满族人，香姐姐又叫书香，所以她丈夫就给女儿起名叫玉金香。

月亮好像听懂了香姐姐的话，眨了眨眼睛，就这样深情地望着地面上的母亲。我搀扶着香姐姐一起回到了养老院。

香姐姐说：来，来，我们一起吃块月饼吧。

不了，模特队还有几个姐姐等着我呢。

那你去吧，去吧，一会儿我还去呢。

香姐姐快人快语，在养老院是模特队长，她每年这个时候，都要去看望那些失独老人和孤老们，不管是大哥哥还是小妹妹，她都会给人家带去月饼或者鲜花。

走出养老院，看到万家灯火，这许许多多的窗口，许许多多的家庭都幸福地团圆在一起赏月吃月饼，可是这失独家庭，他们该怎么度过这难挨的团圆之夜？让我们一起听听香姐姐的故事。

香姐姐的女儿在十八岁那年考上了理想的大学，她非常努力地学习，努力参加各项社会活动，因为爸爸拉得一手好二胡，妈妈也是京剧票友，耳濡目染她自幼就会唱很多京剧名段。她在学校又是文艺骨干，又是体育健将，她的千米长跑真的有耐力，这源于从小爸爸就带着她一起沿着长安街跑，十里长街啊。爸爸从她很小的时候就带着她跑，爸爸说，我们家就是一个普通工薪阶层，没有任何权贵亲戚，将来只有靠你自己上大学，靠你自己找工作，不管做什么都要有个好身体，女儿记住了爸爸的话，在学校照样是锻炼身体，努力学习。

天有不测风云，真的不知道是哪只魔手突然伸向了这个如花似玉的女孩。一天，体育课上她突然晕倒，被同学们送到了人民医院。等爸爸妈妈赶去，她又笑呵呵地说：没事，我可能没吃早饭吧，没事，没事。爸爸妈妈也以为女儿一定是没有吃早饭，有点血糖低，就说：那好吧，咱回家。

这时，医生走了过来，拦住了他们夫妇二人：请到我办公室来吧。医生对他们说：真的很痛心，你们看似强壮的女儿，这么漂亮的女儿她得了一种很严重的病，她的肾脏出了问题，你们要赶快给她办理休学、入院，做全面检查和治疗。

香姐姐根本不相信：不会的，不会的。

初步检查结果已经出来了，等到其他检查结果出来就会更明确，先安排住院吧。

他们夫妇两个赶快回家取了一些钱，然后又到单位借了一些。那时候单位都有互助会，可以借些钱应急，他们给女儿办妥了入院手续，女儿还挺不高兴：就这点小事，还要住院，得花多少钱呢，我还怕耽误课。

香姐姐说：没事，没事，你在这乖乖地接受检查，等爸妈下了班就来看你。

检查结果出来了。那是一个冬日，没有太阳，呼呼地刮着西北风，那时候街面上没有这么多高楼大厦，西北风刮起来呼呼作响，非常瘆人，香姐姐和丈夫一起骑着自行车到医院来看女儿，医生把他们截住直接带到了办公室，非常沉痛而又严肃地对他们说：你们的女儿是尿毒症，需要做透析，透析的费用是很大的，而且要不间断地透析。

夫妇俩惊呆了，不知道说什么好。

还是丈夫拉住了香姐姐的手说：没事，有咱们俩在，孩子就有救，咱们就是砸锅卖铁也要救闺女。

对，砸锅卖铁也要救闺女。香姐姐是个特别硬朗的人，在单位是出了名的热心肠，谁家有困难她都帮，谁家没人换煤气，她蹬上自行车就去帮人家换，谁家老人要送医院，她也是蹬上自行车就去，所以人缘好、心肠好，性格也好。

她说：好，去看闺女。

到了病房，女儿病情没有特别大的变化，还是那样笑呵呵地在看书，看到爸爸妈妈进来，就放下书本说：妈，你们来了，并且要摘下口罩。

宝贝，听话，医生让你戴口罩你就戴着吧，我们也戴着呢。

外边冷吧？

没有，不冷。

香姐姐从大衣兜里，摸出了一个香喷喷的烤白薯，这是她在家刚刚用火炉烤出来的，香气四溢，馋得女儿说：妈，快给我。妈，快给我。

香姐姐强忍着泪水，把白薯剥了皮递到女儿手上，女儿咬着白薯，露出了甜甜的笑容。

不久，女儿的病情恶化了，开始发高烧，浑身无力，小脸煞白煞白，医生说要做透析，第一次看女儿做透析，看着殷红的血液在那么多管子里穿来穿去，就像万把钢刀戳进了香姐姐心里，心疼啊！可是女儿稍稍做了一会儿就来了精神说：妈，没事，感觉挺好的，感觉挺好的。

待透析完毕，丈夫用自行车驮着女儿，香姐姐在后面扶着女儿一起又走回家去，长期住院真的承付不起那几十元的床板费。

回到家里女儿就像没病的人一样说：妈，我帮你洗菜吧。

不用。

妈，我帮你洗碗吧。

不用，你就在床上躺着，你要心疼妈妈，你就好好休息。

女儿很乖巧，就乖乖地躺在床上看书，香姐姐和小玉爸爸一起努力为女儿营造了一个欢乐的温馨的家。

可是谁也没有想到，仅仅几个月的时间，女儿的病情就急剧恶化，每次透析只会给女儿带来半天、一天的精气神，其他时间女儿都是蜷缩在床上，一点力气也没有。这天，女儿用哀求的眼光对妈妈说：妈妈，我想去医院。

香姐姐心里明白，女儿是期盼着做透析，因为每做完一次透析，女儿都要舒服一些，可是家里真的没有钱了，和单位借的互助金也已经借到最大额度了，再没有多余的互助金可借了。

丈夫对香姐姐说：行，我出去办点事，回来咱们就去医院。

香姐姐知道，女儿的爸爸又去献血了，这几个月来，他们两个都是通过自己献血得来的补贴来给女儿做透析，她已经献了几次，最近去献血，医生说：你的血色素太低了，不能献，她坚持还要献。最后医生说：你献的血也对病人没好处，只有坏处，这样她才停止了献血。

女儿爸爸，已经献了很多次血了，今天又去了。下午丈夫回到家，脸色有些不太好，香姐姐赶快递给他一块馒头。

馒头上抹了白糖和芝麻酱，这是她家里最好的营养品了。

女儿爸爸接过馒头，刚想咬又放下来说：还是留给闺女吃吧，走，咱们去医院。

香姐姐坚持不让，坚持让他喝了一杯白糖水。然后，他们用自行车驮着女儿去医院透析。

就这样在通往医院不长的路上，他们仨的身影，走过了春、夏、秋，没有熬过冬天，女儿还是离开他们，远去了……

香姐姐和丈夫陷入了痛苦之中，他们天天以泪洗面，勉勉强强地去上班，也没有丝毫的精神寄托。很多天了，他们之间不说一句话，默默地干着自己的事情，香姐姐做饭，丈夫就刷碗，他们就这样挨过了那个漫长的冬季。

有一天夜里，大雪纷飞，北风刮得窗户纸呼呼作响，丈夫只听香姐姐又在喃喃自语，赶紧披衣起身，来到香姐姐床边。

自从女儿走后，香姐姐就独自睡在女儿的床上，丈夫走过来把她揽入怀中说：不要再胡思乱想了，睡觉吧，睡觉吧。

香姐姐竟一巴掌打过去，声嘶力竭地大声叫道：臭不要脸，闺女都没了，你还要一起睡觉。

一通怒骂，骂完以后香姐姐趴在床头呜呜地哭了起来。她的丈夫，那时也是四十出头的中年汉子，他本想伸出巴掌打她一下，可是他下不去手，他忍了又忍，双手紧紧地攥着拳头，攥得嘎吱嘎吱直响，他拎起一件棉袄，走出了家门。

从此，这个家庭就陷入了冷战，日出日落，两个人还是各自上班，下班回来开火做饭，做完饭刷锅、洗碗，做好明天的饭，装入饭盒就默默地各干各的，就这样，一个漫长的冬夜被他们一天一天地挨了过去。

第二年的春节，家家户户都重新粉刷了窗户，换了明亮的窗户纸，贴上了窗花。那一年春节，他们没有开灯，更没有放鞭炮，也没有看烟火，他们就在黑暗中，熬过了大年三十。

这年春天，香姐姐心情似乎好了一些，因为她的徒弟得了重病，她忙着去照顾，下了班就直奔医院，照顾徒弟。过去的师徒情分是很重的，她那个徒弟年纪还很轻，可得了重病，父母又在农村，不方便来照顾，只有香姐姐在那照顾她。一个多月，香姐姐日夜奔波，白天上班，晚上来照顾自己的徒弟。这天，骑自行车回家的路上，她晕倒了，被好心的路人搀扶着送回了家，进门就倒在了床上，待她丈夫回家看到这一切，很是着急，没有做饭、没有脱掉工装，就把她揽在了怀里对她说：你可一定要挺住啊，我可不能没有你啊，你可一定要挺住啊。

丈夫就这样抱着她，抚摸着她的头，很是心疼。

可不知道当时香姐姐是怎么回事，是怎么想的，她竟然又发怒了，她挣扎着、撕扯着从丈夫的怀里挣脱。然后怒目圆睁对着他骂：你个不要脸的东西，孩子刚刚走了两年，你又要想入非非了，你要来哄我。

这一次真的是惹怒了她的丈夫，丈夫随手抓起床头柜上的闹钟"啪"地一声摔了个粉碎。闹钟是他们结婚那年买的，因为上班不能迟到，将来孩子上学更不能迟到。

闹钟跟着他们已经几十年了，自从有了女儿，闹钟晚上还要加响两次，要给女儿热奶、喂奶。闹钟看着这一家人恩恩爱爱度过每一个幸福的夜晚，又看着他们四五点钟为女儿做早点，送女儿去上学，看着他们为女儿做好了早饭，送女儿去高考，看着他们拿到录取通知书的欣喜若狂。闹钟承载了太多太多这个家庭的欢乐与悲伤。

摔了闹钟，撒碎了一地的回忆，这时香姐姐真的是疯了、疯了。大声地喊出：我要离婚，我要离婚。

香香姐姐的丈夫没有吱声，又一次拎起了衣服走向了黑夜。

望着丈夫的身影，听到门被"嘭"地一声摔得山响，香姐姐的心碎了。香姐姐迷迷糊糊地睡着了，睡梦中，她梦见女儿哭着对她说：要找爸爸，找爸爸……

就这样香姐姐似睡非睡地迷糊到了天亮，门开了，只见丈夫披着一件外衣回来了，望着屋里冷锅冷灶的样子，撇下一句冷冰冰的话：咱们离婚吧。

香姐姐也是四十出头的女人，也正是血气方刚的性格，她一轱辘爬起来洗了把脸，拉开抽屉，拿出户口本说了声：走，离就离，谁怕谁。

香姐姐急步走在前面。

这时走在后面的丈夫却有点跟不上她了，是啊，他一宿没睡，一直就在路灯下徘徊。这时，只见一个蹬平板车的年轻人，快速地向前行驶着，眼看就要撞上香姐姐了。丈夫急步跑上前，一把将香姐姐拉到自己身后，三轮车的车帮却把他重重刮伤了，正好是在腰部，把他疼得蹲到了地上，香姐姐惊魂未定急忙抱住他说：你怎么了，你怎么了，闺女没了，你可不能再有个事啊，你要有个事我可怎么活啊。

丈夫说：没事，没事。用手捂着自己腰的左侧。

这时，她看到了血，急忙扶起丈夫，搀扶着他来到了医院，还好只是皮外伤，但划破了一大片肉皮，血肉模糊的样子。她只好向单位请了假，搀扶着丈夫一步一步走回家。

这时，丈夫单位的领导和香姐姐单位的领导都来了。那时候，单位的职工不管谁家里出了什么情况，领导都会在第一时间赶到，同志们下了班也都会去看望。丈夫单位领导说：家里出了这么大的事情，需要一个恢复的过程，可是你们想过没想过，如果说女儿在那边让人家知道，她没有了爸妈，她成了一个孤儿，孤儿的日子不管在哪边，都不好过啊，为了女儿，你们可一定要好好活着。

快放暑假了，学校组织劳模和献血个人去北戴河休养，你既是劳模又是献血标兵,这次你可以带家属,自己交一点饭钱就可以了,你们第一批去吧。

人有时候就这样,自己糊糊涂涂的时候,半睡半醒的时候,被别人的那一句话,就可能醍醐灌顶一般点醒了。

领导和同志们陆陆续续来看望,等大家走了以后,香姐姐对丈夫说:你听到了吗?即使到了那边,女儿也需要爸爸妈妈,我们为了孩子要好好地活着。为了不让女儿变成孤儿,我们俩要好好活着。

丈夫应允了,他们两个抱头痛哭。

北戴河历来是领导人和先进工作者疗养的地方,这里是海天一线,令人非常放松。他们来的那天刚好下雨,香姐姐执意要出去,于是,他们撑着一把伞来到了海边,站在一望无际的大海边,丈夫轻轻揽住了她的肩头,怕雨打湿了她,而把雨伞全部倾斜到她这边。

香姐姐又把雨伞扶正,这样他们就拥抱在一起更紧了,只听丈夫脱口而出那首《浪淘沙》:大雨落幽燕,白浪滔天,秦皇岛外打渔船。一片汪洋都不见,知向何边?

香姐姐接过来说:知向何边,知向何边,咱们家这条小船也是这样啊。

丈夫扳过香姐姐的身子,直视着她的眼睛说:小香,我们从相识到相恋,到结婚,到生女儿,到陪着女儿走过生命的最后时光，我们一起经历了那么多的风风雨雨，二十几年了，我们应该好好过下去，我们还会有自己的日子，为了孩子我们好好相亲相爱，好好活着吧。

小香点了点头，依在丈夫肩头又哭了，瞬间她又抹了抹眼泪说：不，我不再哭了，我们一定要好好活着，我们活着是为了孩子，也是为了我们自己。

两个人十指相扣，一直这样走在沙滩上。

柔软的沙滩刚刚留下的脚印，就被大雨给冲刷平了，是啊，人不能总是回头数自己的脚印，走过的路会被风、雨、鲜花、落叶覆盖，我们只有向前走，才会有光明美好的未来。

太阳朝升夕落，日子还要这样一天一天地过。这一天，香姐姐又拿出了女儿的书包、女儿的发卡、女儿的钢笔坐在那里沉思。丈夫去上班了，她一个人打开了好长时间没有写的日记：那一天，我们冒雨在海边漫步，然后相拥着回到了宾馆，丈夫说：你先去冲个澡，不然会着凉的。

我走进浴室，在花洒下，泪水、水珠，顺着脸庞缓缓地流下。我知道从今以后，就和丈夫一起在风雨中，把这条小船驶进幸福的港湾，为的是等待与女儿的团聚。

我擦了擦头发，头发湿漉漉的，用宾馆的大浴巾做了个抹胸包裹起自己的身体走了出来，丈夫在浴室的门边等着。

看到我的头发湿漉漉地搭在脸上，他轻轻地拿一条毛巾擦干。丈夫看到我原本浑圆的双肩已经消瘦，是啊，这三年来，随着女儿的离去，家里没有了欢歌，没有了笑声，有的只是泪水，作为一家之主对我亏欠很多很多。于是，他将我拥到床前，盖上被子说，你先休息吧，我去冲个澡。

他在浴室哗哗拉拉的冲澡声，让我的心为之一动，是啊，我们还很年轻，我们干吗要折磨自己，我们把自己的身体搞垮了，女儿会高兴吗？

记得小时候，每当丈夫驮起女儿，女儿都说：爸爸真棒，爸爸真棒。是啊，我们三口之家，尽管没有那么多钱，没有那么宽敞的住房，可是我们开心，我们快乐，我们健康，如今女儿没有了，我们再没有了健康，活着还有什么意义。

在灾难面前，女人受的伤害总是被哭声放大，而男人的内伤是看不见，摸不着的，男人的内伤需要慢慢调养。

星期天，香姐姐对丈夫说：我们谁都没有连累谁，我们孝敬父母，我们带大孩子，我们没有错，我们要更好地疼爱自己。

你说得对，那你说你想怎么过？

我想你还拿起二胡，我来唱戏，我们去公园唱戏好不好？

好啊，以前女儿住校的日子，我们没有事干，不是经常去那唱戏吗，这都三四年没去了，不知道那些老戏迷们还在不在？

在，我那天去了，他们还在那唱，还叫我们俩去呢。

是啊，丈夫是这一带是很有名气的二胡乐师，跟着他的胡琴唱戏绝不会跑调。

好，说走就走。

公园人很多，老年人聚集在一个小亭旁，有唱戏的，有唱歌的，也有玩扑克牌的。

香姐姐刚一到那儿，就热情地和大家打招呼：张大哥您好，李大姐您来了。

大家开始都不敢主动和他们打招呼，不知道说什么好，面对失独的人，大家心里是有一丝同情和一种忧伤的，不知道打招呼好还是不打招呼好，真的很为难。这时只见他们先露出了笑脸，大家一下子放松了，都围了上来。

李大姐过来竟抱着香姐姐，自己先抹起了眼泪，香姐姐反而劝道：好了，大姐，我们走过来了，我们走出来了。

好啊。

大家不约而同地鼓起了掌，齐声说：小香，来一段吧，来一段《苏三起解》。

琴声响起来，香姐姐也唱起来，日子一天一天地好起来。

从公园回到家里，只见街坊四邻站在门口，笑呵呵地迎着他俩：回来了，你们回来了。

大家好像迎接贵宾一样，他俩问：怎么了，怎么了？

这时，南屋的张嫂说：你可不知道，这几年看着你们两口子天天闷闷不乐，咱这一个院都不快乐。

香姐姐突然想起，这两年的春节，都没有人放炮，她非常非常感动地说：谢谢大家，谢谢大家，是我们给大家添堵了。

都在一个院里住着，没有什么添堵不添堵的，心疼孩子，也心疼你们，看着你们又拿着胡琴出去了，我们心里高兴。真的高兴，大家开心过日子吧，谁家没点儿难事呢。

人生活在社会中，无论是单位还是家庭邻里都要营造相互关爱的氛围，这种氛围就是一种友爱，友爱可以愈合伤口，友爱能使人振作精神。

香姐姐和丈夫开始有说有笑地做饭、洗衣，星期天就去公园唱戏，日子就这样开始慢慢地步入了正轨。可是他们的夫妻生活却不尽人意。

香姐姐从药店淘来了许多药方，给他用海马、枸杞泡酒，每天晚上他们还一起泡脚，丈夫也很配合，经常躺在床上一起看描写爱情的书籍，一起读到那些最让少女脸红心跳的话时，他们俩紧紧地相拥在一起。尽管一次一次的不如意，但是他们没有放弃，他们还在坚持，他们并不是为了什么，而是为了让自己少给别人添堵，这就是他们心底的愿望。

这天，他们一起商量着，等退休以后，要去养老院。因为香姐姐可以四十五岁退休，很快就要到了，而丈夫因为这些年身体不好，特别是上次的腰伤，真的是落下顽疾，也可以申请办理内退手续，他们俩做出的决定令街坊四邻都非常震惊。

他们走访了北京多家养老机构，终于选中了一家他们认为比较满意的，可以为他们提供比较舒适的，私密性比较好的单间，而且是在一层的把角，外面还可以种一些花花草草。于是，他们处理掉房子，迁出户口，悄悄地搬进了养老院。

进了养老院，看这里窗明几净，家具一应俱全，电视、冰箱全部都是新的，香姐姐就像当年结婚布置新房一样，买来了大红喜字，买来了红灯笼。这些年日子也好过一些了，物质也比较丰富了，她为自己买了一套特别靓丽的睡衣，为丈夫也买了一套相似的，人家说这叫情侣装。

香姐姐又为房间布置了花盆，把从家带来的花都种上了，有八仙花，有韭菜兰，还有郁金香。

丈夫曾经跟她说过郁金香的来历。在欧洲古老传说中，有三位英俊的骑士，拿着家传的王冠、剑和黄金，同时向一位美少女求爱，少女无法取舍，痛苦不已，最后求助于花神弗洛拉。花神把她变成了一株郁金香，花朵代表王冠，叶子代表剑，球根代表黄金。就这样，同时接受了三个人的爱，从此郁金香成了爱的花神，而且它还有世界花后的美誉。荷兰是郁金香的王国，那里郁金香遍地盛开，而且它早春开花，花朵就像一只高脚杯，陪衬在绿色叶片之上，亭亭玉立、光彩照人。

他们的女儿刚好有爸爸的姓，姓玉，妈妈叫书香，所以女儿的大名就叫玉金香，女儿真的如这一株株的郁金香，又简洁，又明快，又率真，所以她生下女儿就开始种郁金香。这几十年，郁金香一直陪伴着她，如今女儿去了，她把郁金香带到了养老院。郁金香没有多浓的香味，但它的花朵那样令人喜爱，当香姐姐把这些花花草草都摆到住所旁，引来了很多老年人观看。

其中，有的老年人穿戴也非常时尚，在当时叫时髦，她就想，我何不把她们组织起来，一起组成一个模特队，来唱戏、跳舞、唱歌呢，免得一到晚上就那样冷清。

丈夫同意她的想法，对她说：你去和院里的相关部门说说，如果可以，你们就干起来呗。

香姐姐首先到院里的社工科报名做一名志愿者，每天帮助收拾楼道，陪老人聊天，还带着老人一起做操、唱戏。一到傍晚，她和老伴就一起拿着二胡坐到凉台前，丈夫拉琴她唱戏，很快，她身边就聚集了一群戏迷，大家一下子就把院里的傍晚唱出了热闹。

她又和几个姐妹商量之后，组建了院里第一支模特队，十几个兄弟姐妹一起跟着她走台步，跟着她甩手亮相，把院里的文化生活搞得风生水起、热热闹闹，而在这过程中，她也和丈夫度过了一个又一个安稳愉快的夜晚。

这愉快的夜晚并不意味着他们开始步入了正常夫妻的生活轨道，香姐姐决定用自己的爱、自己的情救赎两个人的幸福。

　　这天是丈夫的生日,她早早起床,把所有的花都浇了一遍,又上街买了丈夫喜欢吃的水果、零食,然后特意从厨房领回了为老人做的小蛋糕和寿面。她想起了,丈夫最疼爱女儿,人家都说女儿是爸爸的小情人,那么自己就学着女儿的样子,为她的爸爸做一些小把戏。

　　她画了一张心字形的图片,贴在了冰箱门上,用什么呢?用女儿原来买的那种冰箱贴,冰箱贴上是一个圆圆的脸,笑眯眯的小娃娃头像,把它贴上去,纸上写着:官人,娘子爱你,爱你爱到骨子里,就像老鼠爱大米。

　　她又在丈夫的枕边放了一块巧克力,巧克力的盒子上写着《霍乱时期的爱情》最后一句话:爱你,一生一世。

　　丈夫起床,突然发现枕边的巧克力,看到上面的话语真的特别激动,然后丈夫洗漱完毕,刚要到冰箱去取牛奶,又看到冰箱门上贴着妻子写的火辣辣的爱情宣言,丈夫真的激动不已,立刻找来笔,再写上了两行字:娘子,我等你,等你在那桃花里。

　　他们一起忙乎着吃过了早餐,手牵着手又到公园去玩,转了公园后又到商场去买礼物。

　　丈夫说:我给你挑礼物,你不许跟着我,我们分头走,一会在一楼的电梯旁会合好吗?

　　好啊,咱们各买各的礼物。

就这样,他们在商场各自转开了。其实,丈夫早就发现妻子一直喜欢一种香水,可太贵了她舍不得买。她那天回来说,模特队的徐姐每天香喷喷的,那个香可不是一般的香粉味,是淡淡的幽香,说是大牌的。于是,丈夫就来到了香水柜台问服务员有没有,人家说有,丈夫没问价钱直接说来一瓶。

您要不要包装呢?要不要给您打个蝴蝶结,是免费的。

好啊。

一个粉红色的蝴蝶依附在紫色带有圆点小花朵图案包装纸上,把这瓶香水打造得像一个翩翩起舞的少女,真的是让人赏心悦目。

香姐姐这时来到了内衣柜台,为丈夫选了一套内衣,是那种紫色的,紫色的上面带了一些白白的圆点。那个时代的人,圆点情结是很重的,无论是衬衫还是棉服,都有很多带圆点的结构和图案。她为丈夫买了一套内衣,又去电动剃须刀柜台,买了一个电动剃须刀,她希望丈夫永远年轻,永远不要让胡茬成为他衰老的象征。

售货员同样问她:这个剃须刀您要不要包装起来?

都要包装,弄漂亮点啊。

香姐姐拿着两份礼物和丈夫在一楼的电梯旁会合了,他们谁都没有告诉对方是什么礼物,然后丈夫说:咱们去那家饭馆吃饭吧。

他们点了几个招牌菜,慢慢地吃,慢慢地聊,仿佛时光倒流，他们又回到了初恋时期。初恋时期经济和物质都比较匮乏，他们最奢侈的就是一起吃一个双棒冰棍。

香姐姐清楚地记得她还说：不分开，不分开。

可是丈夫说：分开了，我们把它吃到肚里了就融化了，融化到你的心里了，融化到你的肚里了，我们是一体的了，我们的心贴在了一起。今天，他们又说起了这段佳话，说着聊着，他们都很兴奋。

回到养老院，看到养老院已经派人送来了蛋糕和蜡烛。傍晚，他们关了灯，点上蜡烛，丈夫许愿，丈夫不知许了什么愿，可香姐姐猜出来一定是和她有关。果然，许了愿，丈夫一口气吹灭了蜡烛，然后对她说：你知道我许的什么愿吗？

什么愿？

我许的愿是，等明年你生日时，我带着你和闺女一起去荷兰看郁金香。

香姐姐激动地扑到了丈夫胸前，丈夫揽住香姐姐说：来，我们一起吃蛋糕。

不知是这些年电视剧让人们学到了很多洋派的东西，还是香姐姐内心的一种渴望、一种回归，香姐姐竟然为丈夫带上了头冠，而且亲手切了一块蛋糕，端着盘子递给丈夫，丈夫刚要接，她说：不，我要喂你吃。

香姐姐用小刀切了一个四四方方的蛋糕块，用小叉子叉着递到了丈夫的嘴边告诉他：天圆地方，我们百年好合。

丈夫一口吞掉了香姐姐叉上的蛋糕，顺势把香姐姐揽到了腿上，香姐姐坐在了丈夫的腿上，丈夫又切下一块蛋糕说：请娘子品尝，这是小的自制的甜蜜蛋糕。

说罢，两个人哈哈大笑，笑声飞向天际，很远，很远。

这天，是女儿走后的第七个年头，香姐姐和丈夫拥有了自己真正意义上的夫妻生活。

朗读者 孟群丰
银龄书院
扫码听故事

终日望君君不至
相识五十年失联，情归何处

　　金秋十月的北京天高云淡，抗癌明星代表大会在北京展览馆隆重举行。欧阳姐姐在一双儿女的陪伴下，缓缓地步上台阶。只见欧阳姐姐的红色毛衫、红色皮鞋是那样耀眼，满头银丝在阳光照射下闪闪发亮。她的女儿挎着老年证，儿子也是满鬓斑白。他们陪着欧阳姐姐一步一步走上台阶。我远远地望着那一团火似的影子走过来，心里分外激动，于是，疾步迎上去和姐姐来了一个大大的拥抱。

　　认识欧阳姐姐已有很多年，她的开朗、她的微笑、她的才艺让我敬佩，我们成了忘年交。尽管我们有一些年龄差距，但她还是喜欢我称呼她姐姐。姐姐非常不客气地对女儿、儿子说：不要你们陪我了，我要薛老师陪我。

　　儿子和女儿非常理解，笑了笑说：可以，可以，我们在下面给您照相。

　　不行，主席台是不许我进的，您是获奖嘉宾，您要上台讲话的，我也在下面为您照相啊。

那我也不，那我也要你和我坐一会儿。

欧阳姐姐像个孩子似的用手死死揪住我的衣角。

我挽着欧阳姐姐一起步入了会场。

当主持人请她讲话时，欧阳姐姐没有拿稿子就这样轻松愉快地娓娓道来：当自己得知患了癌症时心情十分沉重，不想放下我的事业，舍不得离开亲爱的家人，舍不得离开这个世界。还有一桩心事，那就是和我同龄的三十几名志愿军战士，不知道他们在哪里。

后来我从书中得知，癌症患者有70%是被吓死的。我冷静下来想想，应该努力争取做那30%活下来的人。于是，我认真安排了生活、调整了心态，力争延长生命。首先，坚持在医院治疗，一共喝了五年的中药。那五年中每一天、每一副都是大儿子为我煎药。

我自己坚持锻炼，每天到公园散步。为了让思想更加活跃以排解抑郁，我又走进老年大学，学习绘画，一学就是七年，两年花鸟虫、五年山水画，天天挥笔、日日提高。画画帮助我排除了杂念，给我带来快乐，充实了我的生活。

我想，我是一个共产党员，不应该在哭哭啼啼中离开人世，应该让生命不止、战斗不息，应该有春蚕到死丝方尽的觉悟。如果有一天，天公向我挥手说，你该回来了，我就拿着奖状、带上奖章对天公说，我在人间得到了好评，以此为证！

就这样我战胜了癌症！在患病期间大孙子出世，我想为他做一件小棉袄、小棉裤，心想，我要是闭眼了，没有棉衣穿的孩子该冻着了。所以我就支撑着虚弱的身子坐在了缝纫机旁，把这衣服缝得精精细细的。我坐在缝纫机前做衣服，这时儿子心里明白，含着眼泪把这缝衣服的情景拍了下来。这张照片现在我还保留着，在照片上我的身体显得很瘦弱，但我对家人的心是火热的。

在后来的治病期间，我又做了两次大手术，之后几十年，我一直注意锻炼身体、注意调节心情。这期间，我就想要为了回报社会，也是为了给家人一个安宁的环境，我走出家门，毅然来到了养老院。

在这里有很多同龄老人，天天说说笑笑使我忘记了自己是一个癌症患者。我的身体逐渐恢复就参加了义务工作，组织了老年绘画班。我自己一边上学一边授课，每半年举办一期，连续举办了二十八期也就是整整办了十四年。每期都会组织绘画展览，共举办了五十次画展。

画展名目繁多，有菊花展、荷花展、梅花展、贺年卡展、夫妻画展、个人画展，规模最大的一次是亚运会期间的书画手工艺品展，展出二百多件作品，展期长达两个月，得到了海内外观众和相关部门的好评；自己也被评为"老有所为的先进工作者"。

还有一次，养老院组织老人们去恭王府参观，恭王府的负责人说，既然都是养老院的老人，我们不收门票。院里觉得很过意不去就想表示一下心意。当时我就说：我画一幅画送给他们吧。这是我第一幅当作礼品的画，心想我还是有用的。

于是，我就抓紧画画，而且带着画和老人们去国际饭店展销，饭店大厅挂满了我们画的画儿。很多外宾非常喜欢我画的长城。我就想自己或许还是有用的，于是就更加努力地学习画画。我画万里长城送给武警战士、送给来访的外宾，都受到了大家的好评。

特别是那一年，当我把志愿军送我的锦旗捐赠出来的时候，我还把五幅长城画送给了来参加大会的战士们。我发言：我画的万里长城五幅画，春夏秋冬和全景图送给大家，就是让部队的战士们能看到一个老年癌症患者还有这样的精神风貌，以鼓舞战士们的士气。

为了提高画画水平，我经常到景点写生。我坐公交车一个多小时到八达岭长城脚下，看啊，画啊，真想把雄伟的山姿，仔仔细细地画进我的画儿中。

还有一次，我画北海的冬天，不知道怎样画才能表现出冰上积雪的美景。我就趁着下雪后的一天来到北海，坐在五龙亭仔细观察广阔的冰面，以及人们在积雪上踏过留下的行行脚印。我就这样，把它们都记录在写生本里。回家以后，我就画了一张北海冬雪，在白雪皑皑的河面上画上一行行脚印，有静有动使画面非常生动。

前些年，我跟儿女们去狼牙山旅游，几代人共同去为那里的五壮士祭扫。我拿起画笔画了一张图就是《狼牙山五壮士》。这些图画都作为礼品送给了外宾和其他福利院的老人。

今年八月份，《晚报》登出一篇文章，说记者在第一次见到我时，很难相信眼前身穿红色外套精神抖擞的奶奶竟然已有八十六岁高龄。那是在养老院的展室，有不少来参观的外宾，他们喜欢我的长城画作，我很开心。自己从事教育工作近四十年，在家里是家长，在学校是校长，但是在这里自己就是一个老小孩。这时记者的闪光灯亮了起来，照在我的脸上，我觉得自己的眼睛和脸颊都放射出了光芒。这就是我平凡而又多彩的人生。

欧阳姐姐的经历令大家惊奇、敬佩，全场响起了热烈的掌声。走下台，我迎上去拉着姐姐的手一同坐到位置上，她很平静地把奖杯和奖状拿给我们看。

我说：您有多少奖状了？

有很多。

从事教育工作将近四十年得到了很多的奖励，当年她用第一笔优秀教师的奖金制作了一面锦旗，寄到了朝鲜前线，这段故事我们大家都知道，但她很少对我说起。

快散会了，我们聊起了今后的打算，欧阳姐姐突然抓住我的手说：我要告诉你一个玫瑰色的秘密，你能帮我实现吗？

行啊，为什么叫玫瑰色？

玫瑰色就是一个浪漫的颜色。

您不浪漫吗？已经很浪漫了，天天穿得漂漂亮亮，背着画架、戴着墨镜去长城写生、去北海写生，您的形象已经上过很多报纸、杂志，您还不浪漫、不潇洒吗？

欧阳姐姐特别认真地说：不，不是的。你知道我先生去世很早，我是说我心里头有个小秘密。

我没有惊奇也没有好奇，因为这些年和长者们在一起慢慢地了解到，在老年人的心中都有一个秘密的角落，藏着自己大大小小的秘密，而这些秘密大多和爱情有关。

是啊，人生谁没有初恋？谁没有一段刻骨铭心的恋情？

我想欧阳姐姐可能也是有这样一段恋情。

欧阳姐姐她真的是老教师出身，一眼看透了我的心思，笑着对我说：你不要猜，我这秘密不是爱情，是友情，纯粹的革命友情，也掺杂了一点点的初心萌动，就只是一点点。

姐姐用词非常准确、非常精辟。

为什么叫初心呢？

当年结婚是父母之命，爱人去世很多年了，现在有了一次，一点点朦胧的初动。

其实也不是，这里面渗透着很多很多情感，主要是革命友情占了99%，只有1%是属于我们的。

什么呢？

儿女情长吧。

好啊，我来牵红线，让你来一次轰轰烈烈黄昏恋。

什么呀，我们失联了。

多久？

十年了。

我简直不敢相信自己的耳朵。什么？十年？十年了？为什么呀？

欧阳姐姐沉默不语，我也自知不该这么鲁莽这么冲动，招姐姐不高兴了。

过了一会儿，欧阳姐姐又恢复了平静与微笑，继续对我说：我们一共通信几十封，我只留下第一封信和最后一封信，其余的我都埋在花盆里了，这两封信你拿走吧，我不想看了。

为什么？

因为事情已经过去十年了。

十年了，十年了，您才来谈初心萌动，您不觉得有点晚吗？

可能我的话触到了她的伤心处，欧阳姐姐美丽的睫毛下闪起了一颗泪珠，我赶紧把她揽入怀中，她伏在我的肩头呜呜地哭了起来。她喃喃自语道：十年生死两茫茫，不思量，自难忘。千里孤坟，无处话凄凉。纵使相逢应不识，尘满面，鬓如霜……

我说：不，现代人的寿命都很长，可能他还健在，可能他是远走他乡定居国外，可能他患了阿尔茨海默病，可能，有很多很多种意外，意外也许就是惊喜！

欧阳姐姐就是这样一个爽朗的人，她立刻破涕为笑，拉着我的手说：来给我照相吧。

话题搁下了，我们一起拍照，我为她和儿子、女儿一起拍照，又为她和主持人一起拍照，还有一些粉丝也上来和她拍照说是沾沾喜气。当年，她已经被医生宣布存活期只有三年，而她又挺过了将近三十年。大家问：您抗癌的动力源于哪儿？她说：就是想要把我的爱传承下去。

欧阳姐姐一直在养老院做义工，义务教大家画画，而且她还做过一件当年在中朝两国引起轰动的事情。这件事情我也是隐隐约约听别人讲的，有的是在报刊上看到的，有的是在他们那本书《那些年那些事》里面看到的。她很少向我提起，我们在一起都是看她画画，听她聊自己的心愿。

当年，她对我说她有一个小小的心愿，我说我猜猜看，我猜中了。我们两个就把手指伸出来，做了一个拉钩上吊一百年不许变的承诺。

在她八十五岁生日那天，我将承诺予以兑现。精心为她策划、编辑、出版了一本她所有的绘画作品和她画画身影的画册，非常精美。

画面上的她鬓角插着一朵鲜红的玫瑰花。这是我亲手种的玫瑰，亲手采摘下来，给姐姐戴上的。其实，在鬓角插一朵红玫瑰，这也是我的一大梦想。我想将来到八十岁的时候也要戴一朵红玫瑰照相。

欧阳姐姐在忙着和大家拍照、留念，我坐在下面看着她那矫健的身影和那笑如夏花的脸庞，真的不知道，她会告诉我怎样的玫瑰色秘密。

散会了，我们一起离开了会场来到了她在城外养老院的住所。一推开房门，一个落地窗下有一排花架。花架上面摆满了她种植的鲜花，有月季而且是香水月季，还有八仙花、刺梅、吊兰、韭菜兰，还有一盆特别引人注目的仙客来，因为它是白色的。

这株仙客来我看到过很多次，只有在夏天看不到，其他季节来都会看到。

欧阳姐姐说：你是不是觉得很奇怪啊？

没有啊，没有让我奇怪的地方，只是这株仙客来夏天的时候我怎么没有看到啊？

告诉你吧，仙客来夏天是要休眠的，它得休息，它得储存精力和能量，待到春秋冬季它就会盛开的。仙客来的花儿是从根茎上发出的，也就是人们心底开出来的。

那就是心花儿。

她拍着手说：你好聪明啊，就是，它的叶子是心的形状。

欧阳姐姐从衣柜里取出一个四四方方的铁盒子，是一个印有"天涯共此时"的月饼盒子，里面用一方纱巾严严实实包裹着一叠信。

欧阳姐姐递给我说：这两封信你看看吧，一个志愿军战士，我们是同龄人，和我相知于五十年代，但我们相逢在新世纪,不,准确地说不是相逢是相识,也就是我们从来就没见过面,只是通信。但我们非常聊得来,而且也谈到他要来北京。

可是十年过去了,我没有再启封它,只是今天的大会让我觉得我还可以再活十年、二十年,所以我要把这个故事说出来,我要知道他的下落,我要问问他,和那些志愿军战士有没有联系。

好,是让我现在看,还是让我拿回去看呢?

你把它拿回去看吧,这样你可以早点回家,你路途太远了,这毕竟是城外啊。

好,我先把它用手机拍下来给您留底儿,然后拿回去看完,下周见面时再还给你。这次有没有君子协定要保密?

不用不用,你可以告知我的儿子、女儿,也可以告知天下所有人,没有关系,我想说的是,有爱就要大声说出来,有爱就不要憋在心里。这种爱不是单纯的卿卿我我的爱情,它包括一种友爱、大爱,而这种大爱有的时候会跨越时代,甚至会跨越国界,但这种大爱是我们中华民族不可缺失的,是应该弘扬光大的,所以我要把我心中的爱说出来。

您可以去鲁豫主持的节目《说出你的爱》。

我做了那么多期节目、上过那么多次电视台,可是这件事我始终没有说出来,只有今天我才想说出来,因为我觉得我还有时间,还有精力,还有能力,去把这种爱传播下去。

好,那我就带走您的这份嘱托和这份信任,沉甸甸的信任啊。

秋日的北京，是一片金黄和红色交织的天地。那银杏的金黄和枫叶的通红构成一幅非常暖人的画面。

走在回家的路上，夕阳暖暖地洒在大地上，我真的迫不及待想打开这些信。我一路疾驰，一路快跑，急急忙忙推开家门，一下子奔到书房，把这些信小心翼翼地打开，仔仔细细地看了起来。

这是欧阳姐姐让我看的第一封信，也就是志愿军战士在十多年前，一个偶然的机会看到了正在电视台表演的姐姐，于是发来的第一封询问信。

欧阳同志：您好！

首先自我介绍一下，我是原中国人民志愿军某部政治部一名政治干部，那是在五十年前朝鲜战争前线，是我亲手将您和母亲精心绣制的"为和平而战"的锦旗，赠送给中国人民志愿军孤胆英雄唐凤壶同志的。同时，我还就此事写了《朝鲜通讯》予以宣扬。

五十年过去了，今年五月九日，我在老年公寓收看电视节目，有幸见到了您出现在屏幕上，而且谈笑风生、乐观幽默。虽然我们没有见过面，我怀着深厚的敬意向您写下这封信，如果没有认错人的话，请接受我的来信，如果一旦认错了人，请谅解将信退回。

说起来，那是在五十年前的一九五二年夏初，政治部接到志愿军归国代表团从祖国带来的一面锦旗和一封信，经政治部认真研究决定，由我负责将此珍贵锦旗赠给"孤胆英雄"唐凤壶。我当即去到硝烟弥漫的502高地。

在502高地召开了隆重的赠旗仪式并宣读了信文。此时，战士们热血沸腾、情绪激扬。大家高举枪支面向祖国郑重宣誓：坚决攻占釜谷里南山阵地，歼灭美军为祖国争光。当时我撕下缴获的美国降落伞的一角，带头和全体指战员都签上名，上交志愿军政治部回赠给您。

接着釜谷里南山战斗打响了，这支小部队在唐队长的带领下机智勇敢地取得了战斗的胜利，将"和平而战"的锦旗飘扬在502高地。

战后，唐队长又立了一等功，被誉为"孤胆英雄"，他的事迹载入《志愿军英雄传》第三集。就此事，我写了通讯、新闻刊登在《志愿军报》《朝鲜人民军报》以及《东北地区分报》和《解放军报》，在中朝两国大力宣扬，你的名字广为人知。

说起来，简单过程就是这样，志愿军归国后，我数次由济南军区去北京开会办事，总想去海淀区学校和您取得联系，但因种种原因没有去成。

可是五十年后的今天，在电视屏幕上见到了你，我一看欧阳七十四岁六个字，心中为之惊喜，于是赶紧找纸草书几页。由于心情激动，只顾写事情的来由，姓名也没有来得及报。我叫苏晨，七十六岁，从朝鲜回国后，分配到军区政治部工作。一九五八年转业到地方，一九九二年离休，离休后在家住了几年，后来就到老年公寓居住。

我非常同意您提出的住老年公寓的观点。时光过得多么快啊,我们已经步入了老龄行列,一个崭新的世界迎接着我们,让我们保持童心、无忧无虑、锻炼身体、学习新知识,在阳光大道上愉快前进。

　　敬祝您平安、幸福!请回信。

苏晨
2003年5月16日发

苏晨同志:

　　您没有认错,我就是五十年前给中国人民志愿军寄锦旗的欧阳,您写的报道登在一九五三年《北京日报》上。这张发黄的报纸我一直保存着。现复印一张给您寄出,我很珍爱它。在半个世纪里,无论是在文革还是地震的情况下,我都精心保存着,您看到也会感到亲切。

　　您们用美国降落伞给我做的锦旗我保存了四十四年,现已赠送军事博物馆。《民生报》予以报道。现给您寄去一份,相信您看见其中便知一二。

　　我敬佩您的记忆力,您能在这屏幕中短短的闪光里捕捉出距离五十年的事儿,没有见过面的我佩服佩服。您的信是今日下午5时接到的。我十分敬重,马上提笔回信,千言万语不知从何说起,好在来日方长,敬祝您平安幸福!

欧阳
2003年5月19日发

欧阳姐姐接到信立即予以回信，看得出来，相隔五十年又重新相识该是多么激动。字里行间看到了两位长者敞开心扉，把他们隐藏在心中这么多年的思念都表达了出来。

我接着又看到欧阳姐姐保存的报纸：这是一个时跨四十四年漫长而又真实的故事。1953年，朝鲜前沿阵地的坑道中，中国人民志愿军某部三连收到了北京市优秀女教师赠给志愿军的一面红色锦旗。旗子上绣着五个金黄色的大字"为和平而战"。为了表达战士们对女教师的热爱和对祖国的眷恋，三连的青年团员把在战斗中缴获的敌人降落伞做成了一面锦旗。旗上写着鲜明的绿色大字"以战斗的胜利答谢你和祖国人民对我们的关怀和热爱"，三十七名团员青年在锦旗上写下自己的名字，锦旗从朝鲜战场辗转回到了祖国，回到了欧阳姐姐手里。

旗上一只白色的和平鸽扇着翅膀、衔着绿色的橄榄枝，红色铺就的底色中镶嵌着耀眼的五角星。锦旗被精心装裱，留在了欧阳姐姐身边，那些同龄人的名字也刻在了她的心里。

岁月的流逝永远抹不去旗上的白鸽、绿色的橄榄枝和红色的五角星以及那三十七名志愿军战士的名字。转眼四十四年过去，欧阳已是银发苍苍的老人，先后做了两次大手术，术后苏醒过来心情格外沉重，望着窗外的树木繁花、绿茵青草，欧阳想了很多，她不愿离开自己亲爱的家人，不愿舍下自己挚爱了三十五年的教育事业，更不愿离开这个世界，因为在这个世界上她还有一桩未了却的心愿。她要把珍藏了四十四年的锦旗赠给军事博物馆，在有生之年找到那些曾经在锦旗上留下姓名的最可爱的人。手抚锦旗老人轻声道出了他们的名字：王文贵、潘来有、周美扬、余富庭、郭大庆、罗有福、孙秉谦、王德华、李福才、吴致胜、王铭才、王煜全、焦兴旺、何永贵、王绍发……

四十四年的心愿、四十四年的等待，今天沉淀了四十四年的故事终于有了一个美好的归处。

7月31日，军事博物馆文物处有关领导接受了欧阳姐姐的捐赠并发放了荣誉证书。

继续往下看，看到了欧阳姐姐标注的最后一封信，那是2005年的春节前夕，她接到了千里之遥的电话，原来那个志愿军生病了，欧阳姐姐说那你快别多说了，好好休息，等你病好了我们再聊天好吗？谁知，就是这次通话之后，他们之间的鸿雁断了翅，再没有书信往来，再没有电话铃响。

欧阳姐姐后来对我说：这十年她每一天都在盼望着报刊，每当送报纸的护工过来，把报纸递到她手里时，她都会习惯性地抖一抖报纸，因为十年前这个志愿军的信是被夹在报纸里，她只要轻轻一抖就像变魔术似的蹦出来一封字迹端正、工整有力、语言诙谐幽默又充满温情的信。

可是十年了，再也没有过信函。欧阳姐姐说到这儿时眼角竟闪动了点点泪光。后来，我就想起了欧·亨利的短篇小说《最后一片落叶》，我想，我要给欧阳姐姐写信，让她重拾有信函寄来的美好时光。

我不间断地向养老院发出了一封一封明信片，可是因为欧阳姐姐年事已高，信件都是由护工直接带给她。护工也知道欧阳姐姐一直在盼望着信件，所以，她就兴高采烈地举着信说：奶奶，奶奶，有信来！有信来！

欧阳姐姐对我说：当时她的心都跳到了嗓子眼儿，她就疾步站起来一把抓过信，一看不是熟悉的笔迹而是一张明信片，是北海银滩的明信片，在沙滩上写了一行英文 I love you！欧阳姐姐把它紧紧地捧在心口，她知道这是我的信，她了解我，她知道我会用此种方式来慰藉她。她把这张明信片放在了座钟的前面，她要天天看着。可是，她说那也不及十年前收信时的喜悦啊。

最后一封信是这样写的：

欧阳妹妹：

恕我首次启用兄妹相称，记得去年咱们在一次通话中，你问我的生日，我说我是正月二十二日辰时生。你随口就说那您是哥哥了，我说顺理成章，那么您就是妹妹了。我俩哈哈大笑，这就是由来。因此，今天首次启用妹妹的称呼文字，请您能接受和使用。

除夕之夜，我们在通话中大讲缘分，而且我还给您讲了有缘千里来相会的小故事，您还要求我什么时候再讲些故事给您听,好！我一定奉命,而且今天就给您讲真人真事的故事。

说的是1954年严冬的一天,大雪纷飞,北风呼啸。

在某县有一位解放军青年军官,探亲休假期满,那天必须启程返回部队。五十年前没有公共汽车,他用5元钱雇了一辆马车要行程九十华里赶到火车站。

当马车上路走了几步之时,只见一位女学生急跑高喊"停车、停车",原来她要去省城上大学,想乘马车同行。青年军官热情地招呼她上车,看到她穿衣单薄便马上脱下军大衣叫女学生穿上,女学生坐在车的前半部,青年军官坐在后半部,双脚露于车外,一路上风吹雪打、寒气逼人。当到达火车站要下马车时,这位军官下不来了,他得了急性双腿关节炎,疼痛难忍不能支撑。就在此时,那位女大学生跳下车。女大学生跳下车后把军大衣披在军官身上,屈身背起军官快步奔向医院急诊。医生说,给你爱人挂号、交费、取药,她一一前往办理。经过注射、服药、理疗、针灸,到拂晓就不疼了。

第二天清晨,这位军官买了两人的车票同路登了火车。当车经过省城车站时,女大学生眼含惜别的热泪下了车,二人留下了通信地址,青年军官乘车准时到达部队。之后经过互相通信,女大学生暑假去部队看望青年军官,由深厚的友情发展到火热的爱情,就在这年春节二人结婚。

同坐一车,一件大衣、两颗火热的心、一对好伴侣的真实故事讲完了。要问他们是谁？男青年军官就是我,女大学生就是我爱人,我们婚后感情极好,小家庭很幸福,育有两男一女。可惜，我妻子于2002年病逝。

讲完真人真事的故事，再说说咱俩的缘分。我们俩相识也不是偶然的更不是奇遇，而是事物发展的必然性。可以这么说，是伟大的抗美援朝战争将我们联系了在一起。一个是身在北京的模范女教师心系志愿军，亲手绣锦旗奖励志愿军作战有功部队，一个是身在朝鲜前线志愿军政治部的青年军官接到锦旗后非常重视，亲自在枪林弹雨中将锦旗转赠给作战有功部队，且亲手撕下降落伞的一角又亲笔题词回赠给您。特别是立即撰写的《朝鲜通讯》由新华社播发，以及祖国各大报刊都大登特登这篇分量不轻的稿件。

是伟大的时代、伟大的抗美援朝战争将二人联系在一起的，但可惜的是，由于种种原因，也可能是上帝的有意安排，使二人相隔五十年，又在一个偶然的机会联系上。这时，我们二人都是古稀之年，这个事放在任何人身上都要激动，而且激动的燃烧程度也不奇怪，因为有根有源。每逢想到这里，我都要倍加珍惜今天的通信通话联系，这种情感多么可贵，多么难得啊。

随这封信寄上一张近照。春节前我在济南市古槐大街见到一家淘气猫儿童照相馆，我看到后引起极大的兴趣。我人老心不老童心很盛。进屋请摄影师给我照了一张布景全部是儿童范畴的，很有意思，给你寄去留个纪念。在附寄照片的同时，我还要将我的贺岁快板寄上。请老师修改指正。

贺岁快板

金鸡高唱传佳音，我们踏进七十八春。

十八正青年，返老还童，年华无水逝匆匆，保持童心日日新。

春有鲜花秋有月，坎坷人生似烟云。夏有清风冬有雪，顺其自然常静心。

文房四宝做朋友，翰墨林州普春秋。新逢盛世无忧愁，寄信提笔秀作文。

天天锻炼乐悠悠，强身健体有精神。心胸豁达天比高，知足常乐一身轻。

广交新友怀旧友，遥问天地话古今。意气风发向前迈，超过百岁又十出，轻轻松松度时光，健康长寿保青春。

即此停笔，祝您身心健康、合家平安、健康长寿。

苏晨
2005年2月12日
正月初四下午

信的背面欧阳姐姐写了备注：

关于苏晨，此信是2005年2月12日写给我的。苏是《朝鲜通讯》的作者，我的第一篇报道就是他写的。

再看看其他信的日期，此信大概是他最后的来信。记得他2005年11月病了，他在电话中说话的声音很微弱。我说您声音很小,他说我病了没有气力。我马上说等你好一点我们再通电话吧。从此,他再没有来信、没有来电话。五十年相识,自2003年至2005年常给我写信和通电话,我们在两年的交往中,通信二十余封。但从未见过一面。苏可能离世,享年八十岁,大我三年。特留此信为念。

一口气读了这些信件和剪报,心里很难过。抗美援朝这场战争把两个年轻人,一个是后方的优秀女教师,一个是前线的志愿军战士,紧紧地联系在一起,这时我真的敬佩当年那部电影《英雄儿女》,是的,英雄儿女——好儿郎雄赳赳气昂昂跨过鸭绿江,好女儿也是雄赳赳气昂昂奋战在教学第一线。他们真的是祖国的好儿女,他们到了古稀之年依然惦记着他们的好战友,他们的好兄弟、好姐妹。

可是十年了,十年了,十年过去了,他们再没有通信,再也没有往来,我真的忍不住,真的忍不住泪水一个劲地往下淌。

第二天,天刚麻麻亮,我就急匆匆地赶到了城外的养老院,见面就说:姐姐,为什么十年前您不去找他?不打电话?

姐姐说:其实不瞒你说,当年他想来北京就是要和我一起聊天,一起学画画,一起住进养老院,可是我当时怕儿女不同意,而他也怕儿女不同意。他和我一样也有一双优秀的儿女,他也怕他们不同意,所以这个事儿就拖了下来。他几次说要来北京看我都没有成行。

在 2005 年春节，我们就突然断了联系，就像那断线的风筝，我不知道它飘向何处，飘向何方，而这根线已经拴在了我的心底。这十年我没有忘记他，没有忘记那几十名志愿军战士。我想，他可能知道大家的下落，于是我想找他，可是我迈不出这一步，我怕别人误会，以为是我有其他想法。

不会的，不会的。

这时候，她那双儿女也来到了这里，因为他们不放心昨天妈妈说有一个秘密，他们虽然不知道妈妈有什么秘密，但他们斩钉截铁地对妈妈说：老妈，不管你有什么样的秘密，只要你说出来，我们就帮你实现！哪怕是千里万里，哪怕是上天入地，我们也要帮您实现！

欧阳姐姐一把搂住了这双儿女说：谢谢孩子们！谢谢孩子们！

于是，我们几个人仔细研究了当年这封信的落款，看到姐姐一个破旧的通讯录上还有他的电话，我们三个人立刻用手机拨打了电话。里面的声音令我们失望：您拨的号码是空号。

于是，我们分别通过电台、报纸寻找志愿军，可惜他居住的老年公寓已经搬迁了。我们通过很多渠道找寻，有的时候电话打过去对方很警觉，说你们有什么事情，是不是行骗呢？我们怎么解释对方都说不知道，杳无音信。

姐姐对我说：我真的盼着电话铃响，有的时候我以为是电话线断了，我就故意使劲拍一下桌子想把它震响，真的想把电话铃震响，可是不行，只要一听到是你的电话，我就想会不会带给我好的消息？会不会找到了那位志愿军？可是没有。

欧阳姐姐有一些失望，而我们正在悄悄地做着准备，准备一路南下为姐姐去寻觅，寻觅那最可爱的人。

这时，姐姐却劝阻我们说：算了吧，你看，这株仙客来原本是白色的，就是我觉得已经很渺茫了，可谁知，这白色花蕊中竟有了点点红晕。可能我的诚心都够感动上天，会有好消息吧。那么，我们就等着仙客来开花，贵客来临！

我说：好！您安心地在家等待，等待花开时刻吧。

欧阳姐姐微笑着拿起喷壶，静静地为仙客来浇水，我们则背起行囊，踏上了南下的列车。

华文出版社艳丽编辑携六岁儿子与我和小司、小越（我现在的儿媳）同行，我们走出高铁站，受到民政局刘秘书长及一个私企老板志愿者的接待，这位年轻人放弃周末时间参加寻找工作。当地日报张记者，妻子即将生产，可他还是驱车百里与我们一起寻找。我们一路直奔鹰城。

在那里，我们见到了慈爱之家的王老板，他在当地有一个不雅的绰号王疯子，因为他疯狂地做着慈善事业，疯狂地为那些失联的老人牵线搭桥，疯狂地去救助那些辍学的孩子。我们一见如故，仔细梳理线索。我们真像侦察兵一样，在这仅有的一个信封和几张信纸上面寻找着志愿军老兵的蛛丝马迹。

我们驱车来到老人发出信件的地方——东湖老年养老院，现在已经改造成了社区卫生机构。在这里，一位曾经护理过老人的工作人员说，老人真的是在几年前突然就离开了养老院，真的不知道他去向何方，但是对老人还有印象，说他是一个和蔼可亲的老人。

我们徘徊在这座小院，这里玉兰花已经含苞欲放，迎春花已经绽开花苞，一切都显得那么生机勃勃。

可是寻找当年的志愿军老兵不得，让我们心里有些酸酸的，我们不知道志愿军老兵去了哪里、去了何方，我们寻着这蛛丝马迹一点点地寻访。我们又来到一个同名同姓的东湖养老院，迎接我们的是他们的工作人员。他们非常热情，但是说没见过这位老人，不过他们也会竭尽全力寻找。

这个院落不大，就是一个民居改造的，非常整洁，在阳光下三三两两的失智、失明老人坐在轮椅上晒太阳，工作人员端出一箩筐上面洒满葱花的油面饼，让我们品尝。他们的厨房虽然不大，也就十几平方米，却非常干净整洁。

我们发现，晾在院子里的尿布、衣服也没有任何的异味。工作人员介绍说：这些失能失智老人经常会出现那类问题，他们用勤快来让他们干净，用大锅煮，用碱水烫，让他们穿得暖暖和和、干干净净，因为他们都是我们的老人。

看到这些，我们感觉心里很安慰。不管这个志愿军老人到了哪个养老院，一定也会受到这样的礼遇。我们带着失望离开。我们还有一个线索，就是老人的孩子在银行系统工作。于是，我们又来到了附近银行，想通过银行系统寻找，没有。

就这样，我们一路问，一路寻。河南、济南、养老院、干休所、陵园、银行、报社……无果。

当我把这个消息告诉欧阳姐姐时，她正身患病毒性感冒，浑身疼痛没有力气吃饭，没有力气说话，却一下子坐了起来。我向她讲述了整个过程，虽然姐姐听了有些失望，但也感到有些安慰。

欧阳姐姐突然站立起来，双手合十、仰面向天高声呼唤：志愿军战士，你们显形吧，我找你们找得好苦啊！老天让他们显形吧，我真的非常惦念，你们是中国最可爱的人啊！

欧阳姐姐这样哽咽着呼唤，我早已泪流满面，我把她紧紧地拥抱在怀里，我不知道当年那些年轻的战士是怎样在朝鲜战场浴血奋战，我们只是通过电影知道了王成、邱少云、罗盛教，他们不惜用自己的生命和鲜血来保卫着祖国的安宁，他们如今早已经过了古稀之年，他们流落在何处、安身在何处，没有人知道，没有人晓得，但是对他们的牵挂是永远不会磨灭的，他们是祖国最最可爱的人。

怀念他们，牵挂他们，真的就像欧阳姐姐说的：苍天啊，帮帮忙，让这些志愿军老兵出现吧，因为我们牵挂他们，我们祝福他们，志愿军老兵你们好吗？你们健在吗？我们想念你们，想念你们啊，志愿军老兵！

今天，我再次来到养老院，看见欧阳姐姐的仙客来开花了，开花了，开花了……

异花四季当窗放

秋，也有那春心懵懵懂懂

银龄书院 朗读者 罗文章

扫码听故事

秋雨霏霏，枕水小镇。

此行的目的是为了采访居住在银龄公寓的琼姐。资料显示，琼姐是一名离休老干部，解放前夕从华北军区调到华东从事地下工作。她丈夫曾担任高级科研工作，由他设计的一种新型武器在解放海南岛战斗中，发挥了极大作用，为此她丈夫荣获一等功，她荣立二等功。

在全国解放后的剿匪反特斗争中，他们俩并肩作战，不幸的是，她丈夫在1955年因劳累过度离她而去，琼姐一直单身，直到2005年，竟然与比她小五岁的老兵结合了。

他们的结合历经坎坷，这些年，他们尽情享受着快乐的晚年生活。

走进银龄公寓大门，那是一个树木葱葱的院落，门口没有铁门，也没有那些装饰性的门面，只有那一排排茂绿的竹林，形成了天然屏障，人们只能从两侧绕行，绕过去以后才能看到一扇竹篱笆门，推开竹篱笆门走入这豪华的庭院大厅，真的是让人心旷神怡。

一条小河弯弯曲曲自由自在地流淌，河岸有杨柳，河中有绿荷，星星点点的遮阳伞随意散落在四周，很是惬意。

走到琼姐房门口，还没有敲门，就被琼姐引进厅内。琼姐身穿白色七分裤，红色毛衫松松垮垮套在她的肩头，流苏潇洒地流淌下来，很有艺术范。

琼姐就是远近知名的画家。

被琼姐热情相拥着走进客厅，我没有被墙上的画所吸引，而是被窗台上一盆盆的四季海棠吸引了全部目光。翠绿的叶子，镶着丝丝的红边，而那红彤彤的花瓣，竟然是从腋下生出，也就是专业说的"聚散花絮腋生"。花瓣上面吐出了金黄色的花蕊，想想看，翠绿的叶子，翠得就像水头十足的翡翠，而那红彤彤的花瓣红得透彻锃亮，金黄色的花蕊点点滴滴，就像那流苏一般，那样随意、那样自然。

我说：北京管它叫四季海棠，也叫玻璃翠，很脆弱。

琼姐说：这不是四季海棠，它叫秋海棠。

虽然都叫海棠，但却是两种植物，他们是有区别的，我们北京叫玻璃翠。

它根本不是玻璃翠，它的枝干比较容易折断，但只要把它插到土里，或者泡到水里，很快就会生根，就会发芽、开花。它不是玻璃翠，它就叫秋海棠。

短短的几句话，就道出了琼姐的性格，有主见、有理智，又很刚毅。短短的几句话，我看到了当年那个女地下党的风采。

琼姐接着说：秋海棠品种特别多，它不喜欢寒冷的北方，就适合在我们南方，而且就在绍兴开得最好。

因为有陆游与唐琬的爱情故事吧。

是啊，当年陆游被母亲逼迫，必须与唐琬分离的时候，唐琬赠送了一盆秋海棠，给陆游作纪念，而陆游恳请唐琬代管，并将花名改为相思红。

琼姐笑眯眯地把我让到沙发上，然后说：唐琬是我们绍兴人，在沈园留有许许多多的故事，唐琬与陆游的爱情是被封建礼教所迫害，但是你不知道我堂堂一个地下党，竟也差点被无形的封建礼教摧毁了黄昏恋。

您说得严重了吧，说说那地下工作者丈夫的故事好吗？

琼姐说：好啊，1946 年，我从华北军区调到华东军区，当时我丈夫是那里的负责人，负责研究一项先进的侦查武器。他们在科研所里很少出来，而我被党派到敌区做地下工作，我们也很少见面，真的很少见面。

直到解放以后，我们俩就被部队安排进了干休所休息一段时间，一年之后，重回了部队，开始了部队革命伴侣的生活。

谁知天有不测风云，就当我们调养好身体，准备要孩子的时候，我丈夫突然有一天晕倒在实验室，当我赶去，他已经深深昏迷，在医院我守护了他四十一个日日夜夜，最后还是离我而去。

我没有接琼姐的话茬，而是轻轻地站起身，走到秋海棠花盆旁，折了一片秋海棠的叶子放在眼前，透过阳光看它是那样的青翠，那样的干净透彻，然后我把这片秋海棠叶子轻轻地放在了琼姐的手上。

琼姐好像是想起来了，刚才她与我争辩的是不是叫玻璃翠的问题，马上微微一笑说：我早已习惯了，我不会再悲伤，我不会再哭泣。我就是说这么一个优秀的军事科学人才被病魔夺走，走得太早了。

琼姐稍微调整了一会儿，就又接着说：后来我也离休了，离休以后，就在部队干休所居住，有时候参加一些外面社区活动，总有人问我，你在部队是什么兵啊？是卫生员还是文艺兵？这是有纪律的，我什么也不说。

穿着我这身军装，一年四季不更换，独来独往。大家都以为我是一个特别的人物。有一次，社区搞人口普查，对我们这些已经离开部队非军籍的退伍人员进行登记，他们问我，你到底是什么职位？

我是特务，是完成国家赋予特殊使命的人，是执行国家特殊使命的人，不要再问了。

工作人员非常吃惊，慌忙说：好好好，我知道了，我知道了。

这么多年，我就在干休所和这里的老同事一起画画，一起去外面写生。生活平平淡淡，也算快快乐乐。2005年，我们在沈园冠芳楼举办书画作品展览，我的几幅画在那里展出。那几天我经常到那里去，每当我走进沈园，坐在茶室，就会听到一阵别样动听悦耳的音乐响起，吹的是《紫竹调》，我非常熟悉的旋律。但不知道是笛子还是箫，作为南方姑娘，我还是略知箫和笛子有所不同的。

每次去都会听到这样的音乐声，这声音有一种特别的韵味和动人之处，非常的宽厚低沉，好像穿透坚固的房门，或是穿过孤鹤轩以及闲云亭，直接就来到了冠芳楼一样。

我经不住优美音乐的诱惑顺着声响走去，我绕过诗境石，绕过双桂堂，最后我看到了，我看到了，在闲云亭这个游客休息的地方，看到了一个男人，也同样是穿着绿军装，用双手捂住一个，就像排箫一样的东西吹。走近一看，是一排空子弹壳，我没有打断他，就坐在了木凳上静静地听，但我并没有注视他，毕竟我是女同志，我站在这园中的最高处，就像眺望全园的景色，看看明池，看看景亭，好像无意中坐在这里休息。

可我的耳朵却被它悦耳的笛声——暂且叫它笛吧——所

牢牢地抓住了，过了一会儿声音停止了。

那个男人走上前对我说，大姐，看来你也是军人。

是的。你也是？

对，我是抗美援朝当的兵。

那你是小鬼了，我可是解放战争时期的兵。

这个男兵，非常幽默地说，那请首长指示，我刚才吹得怎么样？

你先告诉我，你这个乐器叫什么名字？

这个高大魁梧的战士，竟然愣在那儿，手上反复拨弄着他这个似箫非箫似笛非笛的小东西。

他说：我不知道叫什么，这是我在朝鲜战场用弹壳做成的，做成之后我就带着它，这么多年，在战场上，在战斗的空隙，在坑道里，我给战士们用它吹奏家乡小调，像《紫竹调》《茉莉花》，凡是南方战士喜欢听的曲目，我都会。那年电影《三笑》，他们很多人都去看了，我不去，那些曲调其实都是咱们江浙一带的民歌小调，被他们一弄，中不中洋不洋的，倒受人追捧。

我这个人一贯就是旗帜鲜明，听到大兵战士这样说，非常欣赏。

你说得对，我就看不惯那样，你吹得就好听，那你总归得有个名吧，叫箫还是叫笛？

他说我自己悄悄想过一句，如果哪天有人愿意听我吹，就给它起名叫……

叫什么？

大兵战士好像还有点害羞，没有说出口。

我这股子韧劲穷追不舍，我就爱听，我听了好几天了，告诉我叫什么，叫什么。

叫琴瑟和鸣。

好你个小鬼，倒在这里讨我的便宜，谁和你琴瑟和鸣？谁和你（脱口而出）高山流水。

大兵战士说：对呀，就是高山流水识知音。为什么伯牙摔了琴，就是知音没有了，知音难觅啊。

大姐请受小弟一拜，你就是我的伯乐，你就是我的知音，我们一起（大兵战士可能只是觉得押韵，脱口而出）琴瑟和鸣百年好合。

你这个贫小鬼，不理你，我回去了。

人世间很多好姻缘，其实就是在对的地方遇到了对的人。琼姐和大兵战士就这样第一次相识之后，也没太往心里去，依旧是每天画画写生，依旧和各地的书画家保持着书信往来，一起作画，一起写生。那一年，梅花开得极盛，因为当年陆游就喜欢梅花，种了几千盆的梅花，有红梅，有白梅，有腊梅，所以春节的时候，大家就相约一起到梅花山去写生。

琼姐照旧是一身绿军装，加了一件军大衣，偏偏围了一条毛茸茸的鲜红的大围巾，那简直是俏极了，人家都说红配绿不搭，但是你得分谁穿。琼姐这样的身材，这样的气质，背着画架，然后把红围巾往身后肩头一甩，那比江姐不差几分。

琼姐和一群战友在梅花山上，尽情地写生，逗笑，画了一幅又一幅。就在琼姐叫大家休息，聚在一起就餐的时候，耳畔又响起了那悠扬的琴瑟和鸣的声音。

今天他吹的是《梅花三弄》，听着怎么就像是心被揪了起来。这声音怎么就像是在沈园听到的声音呢。这《梅花三弄》也听过很多种乐器演奏，独独没有这份韵味。

万籁俱寂，它在这空旷的山间伴着梅花纷纷飘落的声音，是那样动情。

很多人都说看梅不如听梅，听梅不如绣梅。而琼姐单单就喜欢听梅，她常常是画一阵，就合衣卧在地上，在草地上静静地闭上眼睛，听着那片片梅花落地的声音，她说真的听得到。

有时候，忘情地听着那梅雨声，她称之为梅雨，有时候脸上眉目上竟被花瓣洒落个五彩缤纷。琼姐是个极具浪漫主义又是极具现实主义精神的女性。她就这样想着，听着，慢慢地竟然沉睡过去，不知不觉睡了竟有半个时辰。同行的战友，知道她有听梅的习惯，都不愿意打搅她，就背起画架下去休息，而她就躺在梅林，任梅风轻轻地吹，任花瓣慢慢地落，沙沙，沙沙，那声响把她带回了第一次和丈夫去万泉河旅游的情景。

琼姐那时在干休所休息，党和国家及部队对这些有功之臣，给予了极大的照顾，安排了车，带他们去万泉河旅游。在那里，她动情地跳起了《红色娘子军》的舞蹈，在那里她戴上斗笠，和丈夫拍了一张又一张的照片。我看过她丈夫当年的照片，真的可以说是我见过所有那个年代里最帅气的，真的是个高帅的美男子。

琼姐想着想着，就沉沉地睡过去。谁知，山间的风说变就变，一阵冷风袭来，她不禁打了个寒颤，赶忙爬起来。毕竟是军人作风，首先抓住她的画架，怕她刚刚画的几幅梅花写生图被吹跑，然后把围巾紧紧地缠了缠，但还是禁不住冷风的突袭，打了一个喷嚏。

这时，只听那远处，还有《梅花三弄》的声音，她愣了一会儿，独自背起画架走下山。这时，只觉得有人从后边拍了拍她的肩头，当兵的女人谁也不怕，不怕敌人更不怕鬼。她猛地一回身，只见大兵战士拿着一件羽绒大衣走在她身后，轻轻地为她披上，而且摘下自己的军帽，里面还有热乎乎的温度，给她扣在了头上。

琼姐没有拒绝，因为她真的冷，她真的很冷，想起了和丈夫的聚少离多，想起了彻夜难眠的日子里，她在敌人的魔窟和敌人周旋，过着胆战心惊的日子。想着丈夫几次晕倒在科研室，她的心确实很冷。而刚才他那《梅花三弄》则使她的心头抽搐得更加发冷，她渐渐感到了孤独。周围的战友，有的突然离她而去，而她也是七十五岁高龄，她如何度过那寂寞难挨的日子，她也有些心冷。

正在她这样想的时候，大兵战士有力的双手扶了她一把，可以说是拥着她一起走下了山，他们一直走啊走，走到山底下，部队的车还在等他们，他把她送上车，和她一起回干休所。

回去以后琼姐就真的病了，咳嗽、发烧，最后发展为肺炎，就在医院输液的那天，大兵战士竟然捧着一盆花，就是这秋海棠，来到了她的病房，琼姐很吃惊也很开心，她觉得有外人来看她了。

这些天来看她的都是本院的战士、同事、战友，根本没有外面的人来看她。当时，她记得给了大兵战士一张纸条，上面写着她的电话号码，所以他直接找到了她的病房。琼姐这时完全没有了昔日巾帼英雄的样子，柔软的身躯缩蜷在白色的被单下，虚虚弱弱让人怜惜，让人疼爱。

大兵战士对她说，这是一棵秋海棠，也是当年唐琬送给陆游的，陆游把它更名为相思红，送给你，你可不要发火。

我不会发火，我也喜欢这种花。

你知道它为什么叫相思红吗？因为心里人看不到，所以就叫相思。

说什么呢？小鬼不要在这里胡闹。

就这样，大兵战士每天都端着一盆秋海棠去医院看她，不知道是部队医院的高明，还是这秋海棠的神奇力量，就像当年我们看《十四行情诗》一样，白朗宁就用那玫瑰花和他那十四行诗，挽救了白朗宁夫人的生命。

在琼姐住院期间，大兵战士不停地来看望，渐渐地，琼姐身体得到了康复，身心也很愉悦，因为每次大兵战士来，都会给她讲一些好听的故事。

琼姐当年在敌人的魔窟中做地下工作，没有接触过战争的宏大场面，也没有看过抗美援朝那些战士冻伤的双脚和女战士把孩子生在坑道的情景，这些都令她感动。

更感动的是大兵战士，每次都不谈自己，可是她已经通过战友了解到，大兵战士当年在抗美援朝前线也是孤胆英雄，他的事迹曾经被写入《谁是最可爱的人》专辑里面。可他从来不谈自己，所以琼姐对他渐渐地产生了好感。

事态会怎样发展，琼姐没有想过，她也觉得都这把年纪了，如果再谈婚论嫁，岂不是被人笑话，所以琼姐只是默默地把好感收藏起来，还是称呼他小鬼。而这个大兵战士竟然把小鬼的角色扮演得非常完美，每次进门都喊：报告首长姐姐，可以进来吗？

每次琼姐都笑得很开心，这天晚上，也就是要出院的头一天晚上，琼姐看了会儿电视，躺下准备休息。可是半夜口渴，她摸索着想叫护士，可是不知怎么，手却碰倒了床头柜上没有拧紧杯盖儿的杯子，里面的开水把她的手烫伤了，等她摸索着摸到了呼叫器，手上已经起了三个亮晶晶的水泡。

早上查房，护士和院领导都过来了，都非常抱歉。

琼姐说，没事没事，怪我自己，怪我自己没拧好杯盖儿。

众人正说着的时候，大兵战士闯了进来，这次他没有喊报告，因为他一走进医院的门口，就听见传达室的战士说：你战友被烫伤了，你快去看看吧。

大兵跑进了病房，直冲着琼姐说：怎么了，烫哪儿了，烫哪儿了？

琼姐裹着纱布的手，无力地搭在床沿上说：没事，没事，看把小鬼急的。

这些天，大兵战士经常出入这个病房，护士和医生都已经猜测到了他们的关系，就默默地退了出去。

大兵战士急促地说：怎么回事，怎么回事，告诉你一个人不行，一个人不行，你还不服气。

琼姐任由他责怪，一句也没有反驳，心里也确实在想，自己年事已高，再逞能是不行的了。有些力所不能及的事情，是需要一个帮手。保姆再好，可是没有共同语言，根本不可能和你贴心贴肺地聊天。

于是，琼姐说：那你说怎么办？

大兵战士拍着胸说：跟我走，跟我走。

那怎么可能，你住在哪儿？

大兵战士也犹豫了一下：我也住干休所，在郊区那个炮兵干休所。

琼姐笑了，接着说：方便吗，是你一个人住吗？

不，我女儿、女婿和外孙一直和我住在那里。等我和女儿说一声，你就搬过去。

要么你到我这来吧。

不妥的，我一个大男人住在你这里不方便。

那好吧，你回去跟你女儿说吧。

琼姐只当他是一时激动脱口而出，没有深想，就这样办了出院手续，也就是从这个楼跨回了那个楼，回到自己的家。挺大的房间，被勤务员打扫得干干净净，可没有一丝丝的生气，只有她从病房带回来的、大兵战士送她的这些秋海棠是那样生机勃勃。

秋海棠喜阳喜暖而怕冷，所以在南方它生长得非常好，琼姐在这里慢慢地清理着秋海棠的枯叶，为它轻轻地洒一些水，然后坐在沙发上看报，把这些天的报纸都看一看，又拿出一本画册随意翻着，这时电话铃响了，是大兵战士打来的：请问首长姐姐，我可以去你家看你吗？

当然可以了，那天不是你送我回来的嘛，这里的大门永远向你敞开。

大兵战士不等她撂下电话，就按响了门铃，原来他已经在门口了，琼姐把他迎了进来，坐在沙发上聊天。

大兵战士说：今天我们不去食堂打饭，我们自己做点儿，怎么样？

家里什么也没有啊？

那你在家休息，我去买菜。

大兵战士跑出去，一会儿就拎了几个西红柿、黄瓜，还有肉丝、面条回来了。

今天我要给你做一道，朝鲜风味的大酱煮干丝。

什么大酱煮干丝，不就是面条吗？

对，我在北京吃过，好像有点韩国风味。我还会做石锅拌饭。

快别提石锅拌饭了，我上次就被石锅拌饭的锅烫了一下，所以看到它就害怕。

那我为你做面条吧，就按照北方的做法，吃打卤面。

大兵战士还真不是吹的，很快打卤面就做好了。当然这个卤很清淡，只是一个西红柿甩个鸡蛋，而在煮好的面上，又切了几道黄瓜丝，切得很细撒在上面，又浇了西红柿的卤汁，吃起来确实很香。

两个人吃完饭，他又抢着把饭盆洗了，还嗔怪说：你看看你，一个女人家，竟然没有碗只是饭盆。

我当了一辈子兵，哪有用碗吃饭，都是拿饭盆去食堂打饭，打回来就吃嘛。

说着笑着，太阳西下，一抹余晖透过窗帘照在秋海棠叶上，翠绿的秋海棠，被涂抹成金黄色。

你看这阳光多好，这光线最适合作画，递给我画笔，我画几笔。

不行，你手烫伤还没好利落，不能动笔，而且是右手，不能动,不能动。

琼姐从来没有被人这样呵护过,琼姐很感动,就乖乖坐在那儿,看他为自己削苹果,可是她怎么看,总觉得大兵战士有心事,于是就说:你怎么了?
没什么,等过两天,你好些了,我们一起去沈园玩好吗?
好啊,我正想去呢。

这天风和日丽,大兵战士叫上琼姐一起打车到了沈园。在门口就看到了那块缘石,这两个圆圆的断缘石,意味着今生的缘已断,但是又久久地不愿分开,而且从他们走进这里,琼姐就深深地感到,大兵战士,有心事。

当走到南断垣看到陆游的《钗头凤》词的时候,她和大兵战士都默默矗立在墙前,琼姐轻轻地念出了声:红酥手,黄縢酒,满城春色宫墙柳。东风恶,欢情薄,一怀愁绪,几年离索。错,错,错。春如旧,人空瘦,泪痕红浥鲛绡透。桃花落,闲池阁,山盟虽在,锦书难托。莫,莫,莫。

琼姐轻声地朗读了这首词,而大兵战士却一把将琼姐的身体往自己的肩边靠了靠说:首长姐姐,我真的说不出口,我,我……

尽管大兵战士当年是抗美援朝战场上的孤胆英雄,这事他却怎么也说不出口。他掏出了手机,放了一段不是很清晰的录音给琼姐听,只听见一个女子的声音,很明显是他女儿说：爸，你都这把年纪了，还谈什么恋爱，结什么婚。

只听大兵战士说：我不能这样终老一生，你妈妈已经死了几十年，我为什么不可以结婚？

女儿说：爸，你自己是什么人啊？你可是离休干部。

人家也是离休干部，而且人家是一等功臣，知道吗？

爸，那你住的可是干休所的房子，你要是结婚了，我住哪儿？

你爱人单位也有房子啊，你们也可以集资，也可以贷款买房子，我这个房子，就是我不把她娶进来，我去她那儿，也要上交啊。

那不行，你要去了她那儿，那这个房子我就不能住了，这是你的福利待遇我不能享用，现在查得很严。

你还知道你不能享用，不能享用你还赖在这儿。

父女两个呛呛起来。这时，只听见女儿呜呜的哭声，如果有我妈在，你不会撵我的。

好像有一个小男孩，一定是他外孙在哭：姥爷我不走，我喜欢和你在一起。

听到这儿，琼姐一下转过身，把他的手机拿过来，按了挂断键。很严肃地说：小鬼，你不要难过，我当时也就是随口一说，并不是真的我们要走在一起，我也是这把年纪的人了，而且我丈夫和我在一个部队，我周围的战友，走的走，老的老，剩下我一个孤老婆子，也是土埋到肩头了，我曾经有过再婚的念头，但是你不合适。首先，你比我小五岁，我不能嫁给你，另外在我们干休所，如果被大家指指点点，我受不了，我这一生光明磊落，我已经为党和国家做了很多年的地下工作，我不能把我的恋情变作地下，我要公开地对别人说，我有爱人那才行。

大兵战士慌忙说：琼姐，不是这个意思，我们可以另想办法。

有什么办法？！

琼姐生气了，默默地向前走，走到宫墙一带，然后看到了唐琬写的那首词：世情薄，人情恶，雨送黄昏花易落。晓风干，泪痕残，欲笺心事，独语斜阑。难，难，难。人成各，今非昨，病魂常似秋千索。角声寒，夜阑珊，怕人寻问，咽泪装欢。瞒，瞒，瞒。

当琼姐念到那"咽泪装欢"，竟然眼角真的噙满了泪水。那些年无论是她一个人在敌人的魔窟做地下工作，还是跟丈夫在一起，在追剿土匪反特斗争中，她都是一名勇敢的女战士，她从来不落泪。

而今天她不知怎么了，眼睛里竟然一直噙着泪，大兵战士看着吓坏了，慌忙扯开话题说：首长姐姐，你给我解释一下红酥手是什么意思啊？这古代女人的手是红色的吗？是不是指她的红指甲啊？

琼姐破涕为笑说：你个傻小鬼，红酥手是由面粉制成，经过油炸的精美食品，它的形状就像女人纤纤的手，古代人常用它充当点心，或做休闲的食品，喝酒的时候，用它做酒坯，就是咱们当地的方言，下酒菜的意思，你这都不懂。

我十四岁就参了军，离开家乡，一直在北方，离休以后才回来，都忘记了。

大兵战士看到琼姐不再伤心，就接着问：那黄滕酒是不是一种酒啊？

小鬼好聪明，黄滕酒是以黄纸或黄罗绢封幂口的高质量的官酒，就是官窑酿出的酒。

这个时候琼姐好像已经忘却了刚才的不愉快，和他兴致勃勃地谈论起了这两首词，而大兵战士心中还是忐忑不安，他突然上前抓住琼姐的手说：姐，我们俩私奔吧。

把琼姐吓了一跳：什么私奔，你七十岁老头，我七十五岁老太太去私奔，奔到哪里？

我已经打听好了，在小镇那边有一个特别好特别私密的养老院，以我们俩的离休工资在那儿生活绰绰有余，我们去那儿吧。

真的吗？我怎么没听说过。

说你吧，除了在这儿，就是上山画梅，你听说过什么。

好啊，小鬼你倒管起我来了。

大兵战士也没有了过去的拘谨，说道：你就得让我管，以后我不叫你首长，你叫我首长，我来管管你。

琼姐立刻调皮地说：首长，请问哪里是私奔的地点，我们现在就去探访。

合着你还是首长啊，行，报告首长，我们可以去侦查，说走就走。

他们搭上出租车，就直奔了这家养老院，这里不叫养老院，叫银龄寓所。这里真的很漂亮，山水楼阁都仿照苏州园林，整个把南方的小桥流水人家，全部融入其中，而且加入了北方的大气，比如那儿宽大的游泳场，还有非常宏伟的壁画，真的很震撼。

他们来到售楼处咨询入住手续，人家说主要是身份证、结婚证。两个人四目圆睁傻了，快快地走出了售楼处。也不想打车，慢慢地沿着路边向回走。走着走着，琼姐又打了一个喷嚏，天有点凉了，天也黑了，大兵战士脱下自己的军大衣为她披上，拥着她在路边打了一辆出租车，快速回到干休所。

他们就这样坐在屋里，没有开灯，互相对视着。琼姐打开了灯，非常严肃地说：小鬼你听我说，我是共产党员，你一定也是共产党员，我们都是党的战士，我们做事要光明磊落，私奔是不可取的。当年很多像陆游、唐琬那样，被封建家庭包办婚姻才可能出现私奔。

我们不是，我们是正大光明地谈恋爱，谈婚论嫁，我以前就做地下工作，如今我不想在见不到阳光的地方做事了，我要光明磊落和我爱的人在一起，我们要不结婚，要不分手，你看着办。

大兵战士吓坏了，慌忙说：姐，你别着急，要不这样，我们俩重新去找养老院，换一家。

不，我今天看那里还可以开画室、办画展，我就去那儿，我明天就去，你愿意来就来，愿意来的前提是，我们必须要登记结婚。

琼姐斩钉截铁的一番话，让大兵战士不知说什么好，默默地走出了干休所。

第二天早上，他就激动地给琼姐打来电话：我想好了，我们结婚登记。我对女儿说了，我搬出干休所，她就必须腾出这个房子，我把我全部的积蓄，特别是我在战场负伤以后，国家补发了几次抚恤金，我都留给她，完全够他们买一套商品房。我留给她，然后我们一起去养老院度过美好的晚年。

琼姐接到这个电话，忍不住心怦怦地乱跳，这么多年，终于等到一个可以和自己共度余生的人。她站起身，走进卧室，在丈夫的遗像前轻轻地对他说：你放心吧，我找到了你的接班人，他会牵着我的手和我一起走向未来，走向你待的那个地方。我们一起去找你，而且你放心吧，我们现在登记结婚，光明正大地住进养老院，不会再做地下工作，你放心吧。

琼姐盯着遗像看了许久许久，还是有一行清泪留了下来。琼姐不是轻易动情的人，这一次她真的动情了，也不是真的动了爱情这根弦，而是觉得自己很孤寂，自己需要一只温暖的手，互相偎着取暖。

女兵，情感绵长不露，因为她经历过生死。

天气渐渐转凉，他们在民政局办好了结婚登记手续就来到了银龄寓所，定下一个套间，非常漂亮的套间，落地窗，一缕阳光照进来，他们没有买其他的花，买了十六盆秋海棠，他们说，十六是六六大顺的意思。他们愿意自己的晚年顺顺利利平平安安，这是他们唯一的追求。

到了这里，琼姐继续作画，而大兵战士则继续他琴瑟和鸣的吹奏。在春节联欢晚会上，他吹奏了欢快的《渔家姑娘在海边》和《打靶归来》，受到了大家热烈欢迎。

可是下了台他却对琼姐说：我有事想跟你说。

行啊，小鬼你干嘛那么严肃，说吧。

我以后不吹琴瑟和鸣了。

那你要干吗？

我要学书法，我不愿意你每次画完画，都去请老张帮你题字。他也是个老军人，而且比我高比我壮比我帅，还比我白，你干嘛老让他帮你题字。

琼姐笑得前仰后合：小鬼呀小鬼，你都多大年纪了，还要吃醋。

我就是吃醋，我就不愿意他为你题字。

好，小鬼好好学，明天我带你去买纸墨。

第二天，两个人迎着阳光，踏着雨后的小路，一直走到文具店，把文房四宝都备齐了。从此，他们就一边逗着嘴，一边画着画，一边写着字，不久，也就是来年的春节晚会上，大兵战士和琼姐一起登台表演，他照旧吹响了他的琴瑟和鸣，琼姐演唱了《红色娘子军》插曲，而后他们俩扯出了四个大字：颐养天年。这是大兵战士书写的新作，被琼姐送去做了很精美的装裱，当时震惊了全场。老人们报以热烈的掌声，而他们两个也拥抱在一起。

　　台下爆发出雷鸣般的掌声，院长走上前对大家说：各位姐姐、哥哥，大家好，我深知大家离开了自己的家来到了这里，就把这里当成了家，而我们这里每年都有老人举办婚礼。老年人再婚主要是为了减轻儿女的负担，也是为了追求自己的幸福。日本著名作家渡边淳一说过，熟年要革命，只要自己想爱的人就去爱，爱无罪，爱没有错，爱没有年龄限制，大胆地去爱自己喜爱的人吧。

　　台下爆发出了一阵又一阵的掌声，有好几对老人悄悄地把手拉在了一起，十指相扣。

　　秋海棠，花开正红。

目送征鸿飞杳杳

不要问为什么，红了樱桃，绿了芭蕉

银龄书院 朗读者 安玉静

扫码听故事

　　茫茫人海，我们会不经意间，在某一个拐角，遇到生命中最亲近的人，花花草草，也是如此。养老院就是一个大花园，上百种花卉姹紫嫣红，可有人就偏偏喜欢一种花，金娃娃。

　　金娃娃种下它当年就开花，不用过多关注，年年花开不断。老人们都说，只要你对花草有情，它就会回报你的爱，金娃娃让你爱它没商量。

　　湛蓝的天空、洁白的云朵，养老院的金娃娃盛开得如此热烈，一朵一朵金黄色的小花迎着蓝天向着白云不住地点头，不住地打着招呼，用谁也听不懂的花语诉说着他们那童年的故事。

　　院子里的老人们早早地起床，都留恋着极品蓝的天空，就像回到了童年。我和几个姐姐在园子里散步，大家对金娃娃的花期如此之长都非常羡慕。

　　其实，金娃娃并不是花期有多长，而是它的花朵一朵连着一朵，当一朵花，还没有完全枯衰的时候，另一朵新鲜的花朵就盛开了。人们看到的是一片的花海，殊不知在每一朵花的后面也有着它的短暂人生，它没有太长的寿命，但它却如夏花一般绚烂。

就在我和几个姐姐欣赏着金娃娃的时候，小粉蝶跑了过来，大声嚷着：薛老师，我发现这院里有一个和您一模一样的人。

独生子女特别喜欢认姐姐、妹妹、哥哥、弟弟，独生子女的孤独，使我特别渴望更多的兄弟姐妹，于是赶快说：谁呀？和我长得一样吗？

长得不一样，但穿得一样。

怎么穿得一样了？

她也是天天穿裙子。

是这样啊。

小粉蝶是这里的护工，她们这里的护理人员一律身着粉色上衣，要么是粉T恤衫，要么是粉长衫，要么是粉毛衫，总之特别像一只只的小粉蝶，在老人们中间飞来飞去，照护这些老人们、呵护这些老人们，真的给老人们带来很多快乐和惊喜。

我顺着小粉蝶的手指望去，远远地见到一个长者缓缓地向大厅走去。看不见她的面容，只看见她的背影，身着黑色的短裙，蚕豆状的小皮鞋，个子不高，甚至有些矮，圆圆的身子，短头发，戴着眼镜，慢慢地向大厅走去，手上还戴着手套，确实，她的打扮有些出众。

我想，她可能是和我们一起去郊外的老人。于是，我赶紧向大厅走去，今天要为这些老人化妆，为他们穿上白衬衫，戴上红领巾，别上大队长符号，院领导陪他们一起过节。

我挨个给这些长者化妆，这些大哥哥、大姐姐特别安静，静静地坐在长椅上，等着我一个一个请他们过来化妆。我俯下身为他们打上腮红，为她们涂上口红，都不用工具，而用我的手指，我的食指肚润润地往他们的嘴唇上轻轻地打着唇膏，然后把腮红抹到自己的手掌侧面，再揉匀轻轻地涂擦在她们布满皱纹的脸上，轻轻地、轻轻地，粉饰着。

这些长者每每都是闭上眼睛，有的隔一会儿就睁开眼睛，盯着我，我永远是面带微笑，给她一个微笑，她就满意地闭上眼睛。然后，享受着我这保养得非常细腻的手掌在她们脸上摩挲，为她们按摩般地化妆，她们非常受用。

有时候已经完成了化妆程序，我说，好了，该下一位姐姐了，她也不起来。我知道她们的心思，皮肤饥饿渴望得到亲人的安抚，甚至亲吻，我都会用双手捧起她们的脸颊，在她们额头亲一下，这样她们才满意地走出大厅。

有的还要耍点儿小赖皮，还要让你抱一抱，那么把她揽过来，因为我手掌心都是腮红，只有用手臂紧紧地把她们环抱在我身上，然后贴贴脸颊，再抱一抱，她们才开心地离开。

轮到这个总是穿裙装的姐姐了,原来是高榕姐姐,她是一名小女兵,我简单了解她的一些情况,于是我说:姐姐请坐。

我不要太浓的妆。

我知道,我给你化淡淡的妆。

我穿裙子,能穿白衬衫吗?还让戴红领巾吗?

没问题,让戴。

她换上了白衬衫,别上了大队长符号,系上了红领巾,她就乖乖地坐在那里等待着化妆。她的皮肤很细腻,没有那么多的沟壑,但是,她的眼睛很柔,里面总有一丝一丝的忧虑。

姐姐闭上眼睛。

不,我要看着你。

我不会给您瞎化的。

不是说瞎化,是我想看着你。

那好,您就看着啊。

抹了脸颊、化了嘴唇,非常的美丽,她要求拿镜子看看。

好。

看这儿,再浅点儿。

好。

这儿再浅点儿。

再浅点儿没有颜色了。

不要那么深,这个岁数了,化那么浓妆干啥,又不是上台演出。

不啊,今天有电视台录像,这个颜色特别漂亮,不爱美吗?

爱美,爱美。我天天和金娃娃比美。

化完妆,我们搀扶着这些大哥哥、大姐姐登上了大巴车。大巴车把我们带到了山脚下,在这个公园里,老人们真的就像撒了欢的小鸟一样,唱起了歌,不知是谁起头唱起了:我是一个兵,来自老百姓,我是一个兵,就爱老百姓。

老人们仨一群俩一伙都由我们工作人员搀扶着,我刚好搀扶着高榕姐姐和她的室友,我们几个人横成一排。

高榕姐姐说:不能瞎走,要把步子迈得齐一点。

那你喊一二三,我们同时迈左脚还是迈右脚?

男左女右,先迈右脚。

一二三,齐步走!我们一起迈着右脚,步调一致地向前走。

在湛蓝的天空下,这群老小孩引得公园的游人们驻足,很多人拿出相机、手机咔嚓咔嚓,越听到有人拍照,高榕姐姐的胸脯挺得越高,步履越发矫健,老人们唱着歌走向草坪。

我们在草地上休息片刻,开始做游戏,我和大家一起玩儿你拍一我拍一,和大家玩坐火车,火车向着韶山跑。

然后又把两个三四岁的小女孩,托到了手臂上让她们骑马玩儿,老人们玩儿得开心啊,那简直不是一般的开心,是发自肺腑的高兴。

有个姐姐说:我是农村的孩子,从来没有戴过红领巾,没想到我老了老了还戴了红领巾。旁边一个姐姐说：何止戴红领巾啊，你还当了大队长，你还当官了。

高榕姐姐把小嘴一撇说：什么官不官的，我就不爱听你们说当官，当官有什么好的，做个战士多好啊。

姐妹们说：瞧，瞧瞧，她的女兵情结又来了。

大家都欢笑着闹着，我发现高榕姐姐不像大家那样席地而坐，而且也不愿意停步，总在走，我说：姐姐，你不坐下歇歇吗？

我不累，我的腿有毛病，只要一停下来就不好再走了，要不停地走还行。

疼吗？

疼。

我发现当姐姐走路的时候很精神，可是一旦停下来她就要背靠着一棵树，或者在我身边挤一挤，我就顺势揽住她在我的身边靠一靠。我们走了一半的路程，有个姐姐心脏不舒服想休息，领队说原地休息吧，刚好有一排长椅。

姐姐坐吧。

不坐，我站着吧。

她靠着椅背站着，一阵微风吹来，我们的队旗哗啦啦的吹得生响，而高榕姐姐的黑色纱裙也被吹拂起来。我突然一瞥，发现她的膝盖处裹了厚厚的护膝，我明白了，她穿裙装的目的是为了掩饰膝盖那厚厚的护膝。

我很心疼地蹲下身帮她把裙子理好。

我这是老伤了，是我自己弄的伤，别提了，提起我就窝囊！

怎么了？有什么可窝囊的？您是离休干部，儿女们都很孝顺。

我没有儿子，我就是三个女儿。

女儿才是妈妈的贴心小棉袄呢。

是啊，你看我这穿的戴的都是我女儿打扮的。

我看了看，她戴着一块精致的小手表，她的小丝巾也很精致。

看，还是有女儿好吧，女儿是妈妈的贴心小棉袄啊！

是啊，可女孩子学兵，有些时候还是受"歧视"的，觉得很窝囊。

跟我说说好吗？

说就说，我都不愿意说，说了我就来气。

看天上那朵白云就像白雪公主一样，看看那一朵飘起来了，飘起来了，它们就像童话一样，我们的过去其实就像童话一般，虽然不美好，但它也过去了，说一说无非就把它说出来，把我们的心胸打开，轻松地拥抱蓝天、拥抱白云多美好啊？

也是啊。

高榕姐姐望着天空的白云，向我缓缓道来她憋屈一生的窝囊事：那是在鬼子侵略中国最猖狂的时候，我学校老师、大年级的哥哥、姐姐都参军或者是组成宣传队，到街上宣传抗日，我想我也应该和他们一样去参加打鬼子的战斗，于是我瞒着爸妈把自己的弟弟、妹妹都带上，一起投奔了八路军。

您胆子好大。

你听过一句话吗？覆巢之下无完卵。我爸妈也是因为鬼子的飞机轰炸，天天东躲西藏，那种日子不好过呀！

我和弟弟、妹妹走的时候给妈妈爸爸写了个字条就说：我要去打鬼子了，你们等着我们回来。

我们拿了几个馍就走了，现在想想当初真不应该带他们，不然我就能赶上前线大部队，不会到后勤部队。

部队上觉得我有点文化，就让我当教员或做绘图，也就是现在说的参谋部，其实我哪儿懂啊！

我只不过给他们送个信，接个电话还有发报什么的，我的弟弟、妹妹都上了前线，我真羡慕他们呀！

可是没有办法，服从组织分配，那时候我已经是党员了，我就听党的话，老老实实在后勤部队里面做自己的工作。

你知道画图也很难的，那时候没有电脑，没有计算机，我们就凭着手画，那铅笔都得削成很多种，有细铅笔是画细河流，如果铅笔粗画成一条粗宽大的河那就要影响作战了。那时候我虽然年纪小，可是我真的是最细心的，这些工作那都是绝密，都是作战机密是不能说的。

那时候，我们这些后勤人员也都有一个坚定的信念，如果真的是被鬼子给包抄了，遇到不测，那我们也要和鬼子同归于尽。我们每个人都有一把小手枪，特别小，也就五发子弹，打不了多远，但是我们都练了射击。我把这个小手枪天天拿着贴在身边，睡觉都用手攥着。我都想好了，这个鬼子太可恨了，如果我一枪能打倒一个，那我就赚了，如果打倒两个更赚了，所以我不怕死。

真的不怕死吗？

真的！那时候国难当头，家没了，爸妈不知道在哪里，弟弟妹妹上了前线，我心里只有复仇，只有复仇的心思，没有别的了。

那姐姐说的窝囊是怎么回事？

别提了，后来我们国家要组建空军，因为我有文化，而且我个子也合适，首长说我也算一个预备。我在空军预备队里竟然看到了弟弟、妹妹，他俩也选上了，结果经过几轮的筛选，我落榜了，弟弟、妹妹都当了空军，我还在陆军部队，哎呀我就冤啊，我就窝囊啊。

为什么总感觉窝囊？

你不知道，从一开始说要组建空军部队，我就坚持不站着，不管做什么我都蹲着。

为什么？

我们老家人说了，蹲着的人，不长个儿，所以我就蹲着，蹲着吃饭，蹲着写字，蹲着画图，甚至蹲着睡觉，我就为了怕人家说飞行员不能个子高，我呢已经有点儿高了，用现在的话说不能超过 1.55 米，我那时候已经到了 1.5 米，就想把个子压低。

结果，到了空军预备队还是被刷下来了，我就找领导问，领导说，因为年龄问题。我才多大啊，那时候我刚刚二十出头，怎么就成大龄了呢？

领导笑笑说：因为我们选拔的都是年轻人，还要送到国外学习，还要参加很苦的训练，你年龄大一点了，还是让弟弟、妹妹去吧。

结果，我弟弟、妹妹都如愿到了空军，我练了那么久的蹲功，让自己不长个儿还是没被选上，你说我窝囊不窝囊啊。

革命有分工，不是有一句话，党叫干啥就干啥吗？

是呀，是呀，就是因为这句话我才没说什么，就眼看着我弟弟、妹妹都当了空军，而我却留在了陆军继续服役。还有一件更窝囊的事。

怎么了？

这时领队那边哨声响了，大家集合继续前进，我们要穿过这片草地到红旗下集合。

高榕姐姐可能是说出了自己心中的郁闷，脸上多了些光彩，而且在阳光的照射下，还微微出了一点汗。

高榕姐姐挽着我的胳膊，我们四个人一排刚要走，她就说：停停，立正、稍息！一二三，齐步走！

这样我们迈着雄赳赳的步伐，向着红旗飘飘的地方走去，走去。

极品蓝的天空转瞬即过，这天乌云密布，大有黑云压城的气势，电视、收音机都在播送着黄色暴雨预警的消息。

院子里看不见一个长者的身影，大家都回到了各自的房间。我在连廊中隔窗望去，天空非常黑暗，所有的桉树、梧桐树都在风中急剧地摇曳，但不管怎样摇摆根还是深深地扎在土地，狂风暴雨都不能撼动它们。

正在那里沉思，回味着这些天的采访过程，只见一个小小的红点慢慢地顺着连廊向我这边走来，原来是她！

高榕姐姐戴着手套，穿着黑色的纱裙、鲜红色的上衣缓缓地向我走来，我快步迎上去：姐姐，怎么不在房里休息？

我除了喜欢蓝天白云，其他天气我都不太喜欢，但是没有办法改变，怎么办呢？我就来看着它，看着它到底还能黑几时，到底能刮多大的风，下多大的雨。

这叫明知山有虎，偏向虎山行。

也没那么高尚，但是我觉得好多事情你得面对，不能因为怕打雷你就关上窗户，不能因为怕下雨，你就躲在屋里吧，这人一辈子就是要经受风雨的考验。

您的考验还不多吗？

太多了太多了。

最大的考验不是身体上能够承受多少苦，承受多少累，最大的考验是心里能够承受多少委屈。

您的委屈不就是没有当成飞行员吗？

还不止这些呀，听我跟你说。

高榕姐姐拉着我的手，我们俩一起站在了玻璃窗前。这时大雨已经下起来，噼噼啪啪的雨点砸着玻璃窗，砸着那些花花草草，可那矮小的金娃娃却迎风挺立，岿然不动。

高榕姐姐说：我家二老非常听我的话，因为他们说我是读过书的人，是当兵的人，所以他们一直健健康康在农村生活着，而我的弟弟、妹妹一直在空军部队服役，我却转业做测绘工作。

我没有怨言，我只是觉得有点窝囊，但是我绝不怨，为什么？因为我相信党，相信国家的政策，只要是制定的政策，在当时就是对的，历史会检验出政策的对错与否，实践是检验真理的唯一标准，这点我懂。

我无怨无悔转业到地方，依旧积极努力地工作，并教育好自己的孩子，响应当时党和国家的号召到农村去插队，无论他们吃多少苦，回来向我诉说，我都告诉他们，只要是国家号召的，你们就要响应，这是咱们家做军人的天职，服从命令为天职，虽然没有直接命令我，但只要是国家号召的，我们就要毫不犹豫地坚定地执行。

看着姐姐那一脸的坚硬，毫无怨言的语气，我听得出来，当兵的人自有他们的风骨，何为风骨，就像那狂风暴雨中的金娃娃照样挺拔,虽然可能落几滴泪,可能落几片叶,但它的身姿却永远那样挺拔、那样端正,绝不会差分厘。

高榕姐姐接着说:我是当过兵的人,所以不管是转业还是退休以后,都恪守着一个原则,那就是军人以服从命令为天职,虽然没有直接的命令,但只要是国家号召的我就去做。

比如我住进了养老院,为什么住进养老院,因为我不想拖累孩子,我的孩子们在新时代要面临更多的考验,虽然没有枪林弹雨,但是要学习高科技,要抚育第二代,我没有能力,因为有病我不能替他们带孩子,那么我就离开他们,住进养老院。

在养老院里,很多兄弟姐妹都是这般大的年纪,难免会有一些不习惯,会有一些个人的政治见解不同,怎么办?我耳聋耳背,那就什么都是以电视、收音机、报纸说的为准,其他的小道消息我一概不听、不信、不传。

对兄弟姐妹都是抱着团结友爱的态度,这是部队的老传统,爱老百姓,尽管现在不再穿军装,但对老百姓的爱永远不会改变,对党的信任永远不会改变,这就是我这当兵一辈子得到的好传统,也可以说是好习惯。

这时雨停了,天际出现了彩虹,赤橙黄绿青蓝紫,谁持彩练当空舞。

高榕姐姐欣喜地说:看啊,看啊,天上出彩虹了,小的时候我可爱看彩虹了，在部队因为我们经常驻扎在山里，看到彩虹的机会很多，我最喜欢彩虹了，彩虹的颜色不知是谁把它绘制成的，赤橙黄绿青蓝紫。

姐姐是搞测绘出身，所以对颜色有着特别的敏感。

是啊，你看我那衣服，红与黑是最佳搭配，我穿黑裙子就要穿红上衣，穿红上衣就要穿黑裤子，你说我搭的对不对呀？

对，搭得很漂亮也很时尚。

高榕姐姐笑了，笑得就像那金娃娃的花一样，仰着脸看着天，笑眯眯地和我挥手告别，刚走不远，又转过身，站在我面前直勾勾地看着我。

啊，我忘了，每次和她交谈，我们都有一个拥抱礼的，我马上伸出双臂把她揽在怀里，给她一个大大的拥抱，又帮她捋了捋头发，帮她整了整白衬衫，在她的额头轻轻地吻了一下，她满意地，笑眯眯地，挥着戴着手套的右手和我告别。

七一前夕，电视台要带领老中青艺术家来养老院慰问老兵，高榕姐姐得到这个消息很兴奋，她特别渴望和别人聊天，也特别希望有人关注她当过兵这段经历，只是平时她不愿意和大家说起。

这天，我早早地来到大厅，准备给这些接受采访的老兵化妆。她穿了件特别朴素的灰上衣，拎个小筐，照旧戴着她那已经洗得有些破旧的手套，当时大厅还没有别人，只有她一个人坐在那里。

我说：姐姐，来，能不能告诉我，为什么你总戴手套呢？

高榕姐姐用她那大眼睛直勾勾地看着我说：因为……因为我不想让别人怜悯。

怎么了？

我的手老颤抖。

没关系的，姐姐，大家不是怜悯，大家是心疼，就像我心疼您。

不！我不要别人心疼我，我们当过兵的人，什么枪林弹雨没有闯过，虽然没有在第一线，但耳旁都是敌人那飞机轰炸声，周围经常有我们的战友，刚刚还在跟你打招呼，转瞬间就可能被抬回来，就牺牲了。我们经历了太多的事情，我不要别人怜悯，我也不想被别人可怜，我要坚强地活着。

军队没有给我什么高官厚禄，但给了我一副铮铮铁骨。我是个子小，那是我自愿的，我为了当空军，我是身体不好，那也是我自愿的，我为抗日战争也献了自己的青春，所以我无怨无悔，更不愿别人同情我，但是我愿意别人知道这段历史，因为我已经八十多岁，还能活多少年呢，我愿意把这段事说出来，我不是榜样，但我觉得我身上这股精神是现在年轻人缺乏的。

说得对，我们要向您学习。

精气神是一个人的支柱，如果没了精神支柱，就是有再挺的胸，再挺的腰板，也直不起来，因为是软骨病。

是，姐姐说得真好，来，姐姐坐下，我给您化妆吧。

我轻轻地端起姐姐的脸颊，在她的两颊涂上了腮红，然后用我的食指肚在她唇上轻轻地抹着唇彩。

我的眉毛不好看。

不，很好看。

其实我都不想化，但又说今天有要求，为了出台靓丽，所以让我找你化化妆。

化化妆很精神。

我也觉得是，以前我不接受化妆，这两次化妆确实挺精神的，我听你的，你化吧。

高榕姐姐静静地坐在那里，任由我在她的脸上涂抹，轻轻地，轻轻地就像按摩师那样，轻轻地按摩她的双颊，而且用手指在她的双唇间轻轻地，轻轻地滑过。我知道这是一个令人敬佩的长者，令人敬佩的小女兵，她的经历不惊天动地，但她的精神却是那样感天动地，活着就是要有一个精神，就是一个信念，这种信念支撑她战胜那么多的疾病，走到今天。

出于对姐姐的敬重，我小心翼翼地说：姐姐，今天不该穿这件灰色的衣服，今天是庆祝党的生日，同时是纪念抗日战争胜利七十周年纪念活动，有电视台来录像还有直播呢。

薛老师你不知道，我觉得军人就得有军人的形象，可我没有军装啊，我也不能穿红戴绿的呀，而且今天李老师还来呢，那可是我们老乡，我不能让他传回家乡说看我这个女兵，现在跟个老大妈似的。

没事的，其实老年人穿红色最好，既靓丽又养心。

真的吗，红色还养心吗？

是呀，红色是养心的呀，穿得喜庆点嘛，你这样的灰色调不好的，你看看别的姐姐，都穿得多靓丽呀，过节嘛，党的生日，也是你们的欢庆日子呀。

高榕姐姐平时很倔，别人说什么她不听，比如说她有时候拎着个小筐去食堂打饭，人家说您把筐放下，放在桌子上我给打饭，不行，非得要自己去端饭，她能自己做的就决不劳烦别人。

但是今天，她顺从地说：那好吧，我今天还准备和大明星握握手呢！那我去换件红衣服。

高榕姐姐拎着她那小筐，里面放着她的手套，放着她的杯子。她缓缓地蹒跚地向她的住所走去。

我继续给那些接受采访的女兵们化妆，她们各个精神抖擞，虽然看不出当年飒爽英姿的真容，但是她们的精神，那挺直的腰板和那朗朗的笑声，却让你时时感受到女兵的风采。

高榕姐姐穿了红色毛衫回来了，哇，真的很靓丽，衬托着她那红红的脸颊，真的很靓，我隐隐约约地看到她那黑裙下面鼓鼓的护膝……

在战争年代多少女兵为了消灭日本鬼子，蹚冷水、雨水，不管是否在生理期，她们和男兵一样冲锋陷阵，大多落下了腿伤，而高榕姐姐为了不被别人看到她的腿伤，坚持一年四季用裙子把自己那受伤的双膝掩盖起来，为的就是告诉大家女兵永远是精神抖擞的。

慰问演出开始了。

高榕姐姐被安排在贵宾席第一排，当李老师表演节目时，她兴奋得两眼放着光芒，拍着手。后来觉得手套有点碍事，索性摘掉了手套，使劲拍着手。她几次颤巍巍地站起来，想去向李老师献花，但没有，没有。

她看了我几次，我没有鼓励她，也没有制止她，我想任她自己吧。但她没有，她得不到首肯的指令，她决不会冲上前，她知道作为一个女兵，服从命令是天职，她不会擅自行动的。

她就那样坐在座位上，不断地拍着手，拍着巴掌，可能是她的神态被李老师发现了，李老师举着话筒，径直走向了她，和她拥抱、握手。

高兴啊高兴。高榕姐姐兴奋得散会以后拉着我的手：你知道吗？李老师和我握手了，和我握手了，还抱了我呀。我今天穿这身对了，我要穿灰的，他准看不见我。

他们来就是为了看望大家的，您是最美的老兵。

不不不，我是小兵。

对，对，对，您是最美的小兵。

趁着今儿高兴，我再告诉你一个秘密吧。

离开那喧闹的会场,被高榕姐姐拉着来到了花园的一隅,高榕姐姐说:你坐下,我站着跟你说。

那怎么行。

看你忙了半天,你坐下,你坐下,我告诉你一个秘密。

什么秘密呀?

去年我和院里请了假,去广州看我妹妹弟弟。

为什么非要你去呢,他们可以来北京看你呀。

我就想看看飞机场,结果呢,我进不了机场,不让我进,我说我是女战士,人家不信,我拿着我的军官证也没人信,也不让我进。我特别生气,有个小战士说,老兵奶奶,您是老兵,我知道,但这是军事重地呀,不可以进的。你看我是不是老糊涂了。

不是,是对空军的情结太深,浓浓的化解不开。

是呀,没办法,所以我坐飞机,坐飞机目的就是体验开飞机的感受,我走到驾驶舱前,我想进去看看驾驶员,空姐也不让我进。

姐姐呀姐姐,您可真好玩,那驾驶舱门是随便打开让进的吗?

是呀,当时我也不知道怎么了,糊涂了,老糊涂了,但是我看见他们怎么开飞机了。

下了飞机在机场,我就不走磨磨蹭蹭,我看了机场那么大那么大的呀,咱们中国真了不起,那么多那么多的大飞机。然后我就慢吞吞慢吞吞地出了机场,但这一次我真的开了眼,看到了中国有那么棒的飞机,这只是民航机呀。那么我们空军的战斗机会是什么样啊,你知道吗?歼20、运20、枭龙、飞豹,这些飞机,我就是老了记不住,但我知道最新型的那种战斗机,那叫一个帅那叫一个酷。什么叫酷呢,就是外形炫酷,而且战斗力极强,见到敌人一打一个准,一枪撂倒一大片。

高榕姐姐显然是又回到了那战火纷飞的岁月,竟然哼起了抗战歌曲。

我轻轻地挽住她说:姐姐,我们今天生活得这么美好,您也看到了飞机,看到了中国的空军这么强大,不要再有这么重的遗憾了,开开心心地生活吧。

姐姐又唱起来:向前,向前,我们的队伍向太阳。

你看那金娃娃,人家从来不蔫头耷脑,总是那么挺挺的,高昂的头颅向着阳光,对吧?

对,我就喜欢金娃娃,我这辈子的梦想就是当空军。

高榕姐姐一边说着,一边挥起手臂走了,向前,向前,向前。

突然,高榕姐姐回转身,大声对我说:我爱人是空军,他姓金,金娃娃的金。

衣带渐宽终不悔
不管你是否回头，海棠依旧

银龄书院
朗读者 孟群丰

扫码听故事

以前，总听人说老小孩，不知是戏言还是诙谐，反正管那些上了年纪的人都称作老小孩。现在微博、微信还有很多人自喻为老顽童、老小孩。

这些年和这些老人们在一起，特别是在养老院里和他们同吃、同住、同玩儿，才真正体会到，他们真真正正就是老小孩。在这些老小孩里，他们也会仨一群、俩一伙，也就是所谓的小团体，也会有打抱不平的人，也会有唧唧嗦嗦挑事的人，真的。

他们就像一群幼儿园的小孩子，像中班的孩子，有了问题还会拉着到社工科告状，就是找班主任，还有的呢，再急了就会直接找院长告状，跟他们在一起，才感受到了老小孩的"童真"和他们的快乐，不走近他们真的不理解。

这个养老院坐落在海棠花谷附近，每到春天，这里就是鲜花盛开的村庄，这些老小孩就会结伴到这里，说是来给海棠园拔草，最主要的是来拍照。

这天，他们又三三两两地带着手机、带着相机来到了海棠园，要拍海棠花雨。海棠园的主人总是很热情招呼他们：大哥、大姐来了，进来吧。

老小孩他们不愿意听人家叫大叔、大婶、爷爷、奶奶，就愿意听别人叫他们大哥、大姐，我和他们一起走进了海棠园，一起拍照。

这时就听护工小香说：薛老师，我带你看看咱这儿的皇上去。

养老院哪来的皇上？

真的，他叫唐高宗。

不会吧，唐高宗是哪个朝代的，你知道吗？

管他呢，我知道他是皇上，他们家还有一个杨贵妃。

小香你可别瞎说，让他们听见不高兴。

谁知，这时后面走过来一个穿军装的老年人，原来是唐大哥。

他说：我没什么不高兴的，我就是唐明皇，杨贵妃就是我老伴。

然后他又赶紧"嘘"了一声：别让她听见，听见了不高兴，都是你们瞎叫的。

小香说：您看，薛老师，是我跟您说瞎话吗，真的。开始这老头进我们院的时候，穿着一身军装，雄赳赳、气昂昂的谁都不理，逮着谁要说话，就先握手。您说我们哪会握手啊，握得我们手生疼，我们也不理他。

后来，我们发现这皇上就怕一个人，就怕他们家杨贵妃。

不对，那时候还不是他们家的，人家还是自己住一单间，他追人家，生给人家追到手，现在成了他们家杨贵妃了。他更美了，一来就那个朕怎么样，还新学一个时髦词，朕知道了。

我也奇了怪了，唐大哥就这么听小香数落，他一点都不急，还微笑着点点头，甚至还用手理了理那几根胡子，没几根。那样子还真的挺有点威武劲，像个皇上。

我说：您这个老军人，老革命你要当皇上啊！

没有，哪儿的事啊。我姓唐，叫唐高宗，他们呢，非管我叫唐明皇，小孩瞎给我起外号。开始我还真生气，我一堂堂革命军人，我哪干啊，刚来的时候跟他们打，打也不管用，他们当面不说，当面就老领导、老首长、老同志，背后就叫我唐明皇。

你知道，我是来了这个院以后才开始追的我们家杨贵妃。

您可小点儿声，您要让大姐听见了，这得跟您犯刺。

她今儿没来，排节目呢。

那您跟我说说，您这些年是怎么追的？

什么这些年怎么追的？我跟您说，我追她一辈子了。

你们认识？

认识。

那好，咱们在这儿走走，聊聊。

这老年人，都喜欢聊天。老年人都有一肚子的故事，他们的成长、他们的童年、他们的经历，那都是我们无法想象的，特别是这些老军人，他们扛过枪、打过仗、负过伤，也亲眼见过战友在自己面前牺牲，也亲手杀死很多鬼子，他们的经历就是一本很厚重的书，一旦翻开就真的让你爱不释手。

伴着海棠花香，唐大哥渐渐地陷入了回忆，他说：年轻的时候我们家乡遭鬼子扫荡，村里死伤了很多老百姓。那年我十四岁，跟着我哥哥一起参加了八路军，我们要把日本鬼子打出中国去。那时候不懂得害怕，也不怕死也不怕吃苦，行军脚上打的都是泡，脚打泡也比在家被鬼子拿刺刀挑死强啊。村里几个叫小嘎、小木凳、小钟子、小领子的都被鬼子堵在一个菜窖里面，弄出来之后全部挑死了。

那次我走亲戚，没堵上，我是带着这些仇恨走上战场的。到战场以后，我的战友就是杨子的爱人，我们分在一个班，好像他比我大一点儿，我就管他叫哥，有时候混，他也管我叫哥，反正我们哥俩一直在一个部队，在部队参加各种战役，在战场上我们都特别勇敢。后来把鬼子打跑了，又经过了三年解放战争，我们说这回新中国成立了，我们该好好享享福了。

我们俩都在部队找了媳妇，我爱人和他爱人都是文工团的，他爱人就是这个杨子，我那位姓陶。然后，我们就都进了北京城，都分配到一个郊区驻扎在那里。

新中国成立了要培养文化人才，我这个爱人就说年纪大不想在文工团了，就带着这个杨子找首长想学医，正好医学院招生她们俩就都去了医学院，我们两个提了干。

谁知道这好日子没过几天，美帝国主义又来找碴儿，他们打朝鲜，那是打咱们脸一样，朝鲜和咱们就隔着一条江，那不是欺负到咱们家门口了吗？当年咱们和鬼子八年抗战，小米加步枪，他们是什么？他们都是新式武器，照样让我们打败了。

部队首长一声令下，我们要出兵，我们要保家卫国，于是我们都没来得及和自己的爱人告别，当时她们都上医学院学习去了。

战友们一起唱着"雄赳赳气昂昂跨过鸭绿江，为祖国保和平就是保家乡"，就奔赴了朝鲜战场，在朝鲜战场比在国内打鬼子可艰难多了。

当时是十月份，我们出兵到朝鲜天寒地冻，老百姓对我们也很好，但是毕竟语言不通，不像咱们这儿，你知道我们在山东那时候打鬼子的时候，那山东老乡对我好得很啊。

这我不用多说，你看过红嫂吗？用自己的乳汁救伤病员，真是那样，要是说伤员缺血，捋着胳膊就献血，鸡蛋她们哪舍得吃啊，全都给了伤病员。咱们到那边没那么方便了，当时带的衣服也不多，冷啊，天寒地冻，那美国佬的武器先进，欺负咱们没有空军，它一架飞机过来轰轰扔炸弹，我们在防空洞里面用什么打，用机关枪打，能打下来几架，但伤亡惨重。邱少云这您知道，罗盛教救小孩我不说，您也知道。

告诉你说，我就经历过像邱少云那样，看过《奇袭》那个电影吗？就得埋伏，就要打那种巧妙战，我们埋伏在一片开阔地，等到天黑以后再进攻。

开阔地就那些半尺高的小庄稼掩藏不了人，怎么办？就生生趴在那儿不吃不喝不拉不尿熬到天黑，哎呦那天不知道怎么，太阳那么晚才下山，就不黑，好容易等到天黑了，不瞒你说，大部分人都尿了裤子，结了冰，走起路来带着冰碴。

那冲锋号一响，小老虎似的蹭蹭向前冲啊，等我们冲锋的时候，把那个美国佬给吓的，我跟你说，他们比小鬼子还胆小，他们不明白明明是一片开阔地，怎么突然来这么多的兵，我们冲上去把这股敌人消灭了。

说实话，那次我们大腿基本都是冻伤，你想尿了裤子再结了冰，一走一划全是伤，那叫一个疼。清理战场的时候，我们年轻人一边清理战场一边踢踢这个，一边踢踢那个，就在我去踢那个美国佬，想把那个枪拿起来的时候，嘿，那美国佬，那个缺德的玩意儿，从靴子里掏出一把匕首冲着我就刺过来了，说时迟那时快，我这个战友就是杨子的爱人，从后面把我一下推倒，而匕首就刺在他那个腰子上，你知道吗，就是肾，就这样在我眼前牺牲了。

我是又悔又恨，自己打了自己好几个嘴巴，你怎么不长眼不看着点儿呢，让战友替我牺牲了。我们在一个防空洞里待，我们在一个战场上摸爬滚打，我们那种情感那真的是血浓于水，哭啊，哭啊，也没有用啊，最后我们把他就埋在了朝鲜，说是来年这里盛开金达莱花，我们就把他埋在了那儿。

没有多久，我们就把美国佬打败了，回国那天就看见我们家陶子和杨子都到火车站来迎接我们。我不敢下车，我说什么呀？那时候通信不那么发达，等到首长找到杨子跟她说了她爱人牺牲的经过以后，杨子当时就晕过去了，我爱人一直陪着她。她三天三夜不吃不喝，那时候她已经有了三个小孩，这三个孩子没爹了，你说那是什么滋味啊，我这心里这难受啊！

我就在杨子面前说：人死为大，我就尊你一声大嫂，我一定照顾好你和孩子们。这六个孩子分不出谁是谁家的，他们非常要好。他家的大闺女和我家大小子还结了婚，我们就是一家人，我们真的恢复了特别平静的幸福生活。

我家陶子基本上长在他们家，帮她做饭、帮她给孩子洗衣服，然后她们俩一起复习功课一起分配到医院工作，我家陶子分配到了放射科，可能是防护不到位的原因，才两年她就发烧，得了白血病，那时候也叫血液病，我给她献了血，我还准备说给她换什么器官，可是不行，还是没有留住她的生命，她走了。

我们这些老战友一块儿把陶子送走了，送走之后我就投入了更紧张的工作。那时候我还没有转业，而杨子已经分配到部队医院了，都在各自的岗位忙着，只有逢年过节我们才聚一聚，但是我心里想着我承诺过战友的，我一定要照顾好她，我真的用现在的话说叫关注，我真的对她家三个孩子的关注，远远大于我们家这三个，有的时候我那小儿子甚至说，爸，您到底谁的亲爹，我说是你们六个的亲爹，懂吗？

这几个孩子是一帆风顺，有的是作为工农兵大学生上了大学，有的是在部队入了党提了干，可以说，我们这六个孩子是红色的接班人，都成了国家栋梁，我很欣慰，可是在几次战友聚会当中，我发现杨子心情沉重、身体也不好。

有一次，我们战友又聚会，在西山那边，她没来，我这心里惦记啊，我就叫了一个女战友一起，到她家一看，她三个孩子一个嫁给了我儿子，在这边住，一个在部队，一个在机关，都成家了，都没在她身边。那么大的一个房子里面就她一个人，她躺在床上发着高烧，一摸那额头滚烫滚烫的，我们两个赶紧给她送到了部队医院，抢救了好几天。因为她高烧太重了，在病房我每天都去，人家都以为我是她爱人，她也没说什么。我和孩子轮流照顾她，终于她病好了。出院以后我动了心思，我不能离她太远，我必须要为我的战友保护好他的妻子，所以我就坚决地、坚定不移地把部队那个房子给退了，要求最高领导把我调到他们部队医院的宿舍去，甚至我可以调动工作到医院做后勤都行，就是为了离她近一点，离她近一点，因为我对她负有不可推卸的责任，她的爱人是为了救我而牺牲的，我必须一辈子对他的遗孀负责。

就这样，我离开了自己的部队，调到了她所在那个医院做后勤，不管职位有没有什么变化，我都心甘情愿，因为我离她很近，我可以很好地照顾她了。

不知谁喊了一声：几点了？唐大哥抬起手腕看看手表：哎呦，都十点半了，不行，我得赶紧回去，我老伴快下课了。

小香一直在旁边跟着我们，听到这儿说：皇上，您怎么今天就自己出来了？您不当那个什么了？

什么呀？

我不敢说，反正我们这儿年轻人管您叫皇上，那些奶奶管您叫年糕。

为什么叫年糕？

哎，就是黏着老伴呗。

唐大哥继续说：我们一直在部队大院，我是搞这个后勤的嘛，无论是单位分东西，还是说她家收什么这个费那个费，都是我亲自去盯着，她那儿有一点风吹草动我就能进去，而且我找她要了钥匙，我说这个院里有规定，像您这种老首长、老革命咱们都应该放个钥匙在这边，万一有什么事，送个东西、修个暖气、修个门窗您不在。她说行，没问题，杨子这人特别开通。

她比我退休晚，因为我是行政人员，她是医生，所以她比我退得晚，我有事没事在后勤那边溜达，院里溜达，看见她好好的我就心里踏实，看不见她我就心里发毛。

院里有些老首长，都阅人无数什么看不清，他们就说，你们俩是不是有意思？

我说，没有没有，她是我战友，而且她爱人是为救我牺牲的，我有责任照顾她，我没别的意思，真的。

逢年过节，我们家里聚会全是那六个小家庭带着他们的孩子和我们俩一起过。有一次，他们说有个提议，不知道大家同意不同意，我们想有什么呀，无非就是叫我们上这儿旅行、上那儿旅行。那时候我们部队也安排疗养，我们都一起去，但不住在一个房间。

这次有孩子说：我想让咱妈咱爸走到一起。话音未落，这六个家庭的十二个大人，六个小字辈全部热烈鼓掌，弄得我倒不知道怎么办了。

我赶快说：杨子，这可不是我的意思，我从来没说过。

我的儿媳杨子大女儿说：爸，您放心，这跟您没有一毛钱关系，这是我们集体形成的决议，咱们是军人家庭，一切行动要听您二老指挥，但是也要发扬民主，我们如今民主的决议就是我们十二个大人六个孩子十八个人对您两票，我们一致同意你们走在一起。

我想坏了，这回杨子非生气不可，非得说是我背后鼓动的，其实我真没有这样非分之想。

我坚持说：不行不行，这个你们的爸爸是我的战友，是为掩护我牺牲的，我不能这么自私，夺他的爱。

我的大儿媳妇就是杨子的大女儿说：哎呦，您说什么呢，爸爸，什么叫夺爱，是我爸爸没有能力再给我妈妈爱，希望您给我妈妈爱,这怎么分不清啊,您真是老糊涂了。

杨子说:丫头,你怎么这么没大没小,你怎么能这么跟你唐伯伯说话呢。

我说:没事,没事,没事。我还要考虑,我还要尊重你妈妈的意见。

我真的就没想到,打死我都不相信,平时老是忙忙叨叨,戴着听诊器在院里楼上楼下看病的女军医,那天特别特别温柔大气地对孩子们说:我会慎重考虑你们的提议,等我们做出决定再通知你们,好吗?但有一点,在我们没有形成决议之前,希望你们不要对外宣布。

大家说:当然了。

哎呀,我心里一块石头落了地,我说这回真是捅了马蜂窝了,还好,杨子没急,太好了。

第二天,她照常上班,我呢照常在院里溜达,实际上就是看着她的身影,看见她那儿没菜了,我就外边买点儿菜拎回来,放她门口一堆,放我们家门口一堆。就这样,又过了半年的时光,这话题就搁下了,眼看到了年底,新年也该聚了,她突然有一天给我打电话说:唐大哥,您有空吗?

有啊,您有事吗?家里什么需要修吗?

没有,没有,我们一起聊聊天吧,您上我这儿来,还是我上您那去?

我上您那儿去。

到了她的房门口,我敲了敲门。

请进。

有什么活?

我退休了。

那太好了,别那么累了。

那种什么特需门诊我也不想去,我想出去。

去哪?去哪儿我陪着你。

不是,我想到养老院去。

为什么啊?

这院里,都是多年的同事,都知道我的家庭情况,你的家庭情况,而且我一个人占着这么大的房子也不合适,我想搬到养老院去,还有我想接受你儿媳妇的建议,考虑和你相处的问题。

太好了,你考虑得怎么样?

你考虑得怎么样啊?

我已经考虑好了。

我想和你在一起。

可是大院里都是我们的老首长、老同事,甚至是下属,你说我们俩在一个院怎么相处?我的意思是我们去养老院,在那里没人知道我们的过去,只知道我们现在,我们就去那里走在一起,你还听不明白吗?

您说,薛老师,我这脑子可能在战争中炮火把耳朵打得有点儿背,脑子也慢,没听懂似的。我说,那怎么叫在一起?住一起吗?

她说:没结婚登记以前,各住各的,当然了,我们都是革命军人,都是共产党员,我们两个活着不只代表我们两个,不是两个肉体存在于这个世间,是代表我们那么多的战友,我们活下来了,而且我还读了书,还当了医生,很多战友早早地离开了,我们是替他们在活着,在看这个世界,在替他们照护着这些孩子们,我们可以在一起,但是我们必须登记结婚。

我的妈呀,什么叫心从嗓子眼里跳出来,这时我的感觉就是心从嗓子眼里跳出来了。想当年枪林弹雨我都是英勇前进,不怕风不怕雨,不怕枪不怕炮,可如今我还真怕她了,我不敢往前一步,真的我心都跳出嗓子眼儿,想去抱抱她,可我不敢啊!

哎呀,我就伸出手先搓了搓说,我们握握手吧。

杨子很大方地和我握了握手,我拍了拍她的肩膀说:好,我听你的,回去我就收拾,你也收拾。

我们回家把自己这么多年主要是图书、文件都整理一下,该上交的上交院里。我们结伴到市场也买了一些比较适合我们这个年龄段穿的便装,准备以后在养老院不再穿军装,不想再提过去激情燃烧的岁月,不想给大家添麻烦,只是作为一个普通的老头、老太太住到那里去。

在我们匆匆忙忙的准备当中，新年到了，孩子们又聚在了一起。这时，我和杨子已经商量好，由我来宣布这个重大决定，她说：你是男同志，你来宣布吧。

我清了清嗓子，对孩子们说：立正、稍息！当兵的这些孩子们都站了起来，还向我们敬了个军礼，其他没有当兵的也跟着站了起来，小孙子辈就都鼓掌。

我说：我要宣布一个重大决定，我同意和你们的妈妈走到一起，我们要登记结婚，但是我们不住在这个大院，我们把这两处房子都腾退，住到养老院去，你们如果同意就举手表决，不同意就少数服从多数。

六对小家庭十二个年轻人再加上六个小孩子，十八个人的右手齐刷刷举到了头顶，同意，同意，赞成，赞成。

杨子却微微地有些羞涩，低着头说：谢谢孩子们，谢谢孩子们。嘿，跟新娘子似的还有点儿羞涩。我头一次看她这样，我的心啊，都要酥啦。

那你们要没有意见，咱们就吃个团圆饭，以后再吃团圆饭就到养老院去吃。

大女儿说：以后再吃团圆饭，咱们就各家转，我们是老大，从我们这儿转起按年龄排。最小的女儿说：接爸妈的任务交给我们。大家鼓掌，吃了一顿热热闹闹的新年饭。

过了新年我们就把房子整理好腾退给院里，我们被孩子们簇拥着，拎着大包小包，主要是她的医学书、药箱、急救箱，还添置了一些医疗器械。我是带着我那些在战场上收集的战利品和书等。我们到了事先选好的这个养老院，交了押金、房费，我们可以直接住到这个大套间里面，但是杨子说：我们还没有结婚登记，暂时还是各住各的吧。

后来我们就登记结婚了，结婚以后我们才住到一起的。那天，在结婚登记的路上，杨子对我说：我们要的是互相搭伴走过后半生，我们要保持各自独立的思维空间和时间，也就是说，既要好好相处也要有独处的时间，这点你想过吗？

我说：你说到我心里了，我也是这么想的，你知道我这个人毛病多，睡觉打呼噜，然后看报纸哗哗哗翻着看，所以我怕你嫌弃我。反正这屋里按咱们的要求两张单人床，我们在部队也习惯了，咱们各自在自己的小地盘，如果说想聊天我们就出去聊天，不想聊天我们就各自读书、看报，但是有一点你上哪儿去，得告诉我。

当然了，我能上哪儿去？就在这院里面，要出去会战友，咱们两个都在一起，我还能丢下你。

她这一个"丢"字真让我心疼了一阵。

我说：对，我这一辈子就想呵护你，就像我年轻时看过的一个小说，说莫泊桑有个情人，不管搬到哪儿都和他隔街相望，为的就是照护他。而我这么多年真的像年糕一样追着你。

还真是的，她到哪儿，我就想到哪儿，没有别的非分之想，就是想照护她。如今我们走到了一起，我可不能再那么黏，我要给她留有空间，人和人相处最高境界就是既和睦相处，又有适当的空间距离。

距离产生美，这一点我牢牢地记住了，所以我们俩有时候一起散步，有时候共同出了房间，我去阅览室，她却去了健身房，就这样我们来这儿有十年了。我们现在年近九十了，在今年纪念抗日战争胜利七十周年纪念日，我们俩都收到了部队领导送来的纪念章，我们两个佩戴着纪念章参加了院里的庆祝活动。

虽然现在院里有人背后叫我年糕，但是我知道我们都老了，那种独处只是指心灵上，但我们必须时时刻刻手牵着手，因为就在前些日，这院里一个老人独自去取快递，结果就这么短的距离摔了一跤，最后竟然走了，老伴那后悔啊，说如果我和他手拉手去，他就不会摔跤了。

是啊，从那以后我们俩修改了章程，同进同出，不怕您笑话，以前我们洗澡的时候都关门。现在我们改了新规定，第一不插门，第二互相扶着再走出浴室，老夫老妻要的就是个伴儿。

我们战争年代可以深入虎穴，也可以孤军奋战，但是现在我们老了，您知道我们这是最后一站了。

我知道，就像你们当年当兵打仗，不停地行军，要追赶敌人、消灭敌人，但是你们也要露营，也要有驿站，现在是人生最后辉煌的一个站点，因为没有任何负担，放下了全部负担，带着对战友的怀念、对亲人的眷恋共同走过这夕阳红。

是啊，我们就这样想的，所以现在人家叫我年糕也好，叫我皇上也好，我都回答，朕知道了。

您爱当皇上啊。

不，不，不，人家是从奴隶到将军，我是从将军到将军。我知足啊，我和杨子说好了，我们不管有多老，都把对方当作手心里的宝。

现在最浪漫的事，就是我们俩一起慢慢地变老，在这海棠花下一起慢慢地变老。

慢慢地、慢慢地变老，他们还小。

朗读者 刘桂云
银龄书院

扫码听故事

过尽千帆皆不是

记住他，爱上它，一生相伴

　　君子之交淡如水。

　　给女兵姐姐织了一条毛线围巾，是她喜欢的天蓝色和纯白色相间的竖条图案。她特别喜欢，竟把她养了好多年的君子兰让护工给我端了过来。我正要去告诉她，明天我就要回北京了，这盆君子兰还得她养着，忽然就下雨了，这山里的天气说变就变。

　　雷阵雨来得急，走得快。不一会儿的工夫，老人们还没有来得及打个盹它就停了，太阳出来了，向日葵绽开了笑脸，金娃娃抖起了精神，它们抖了抖身上的雨珠，循着太阳的光亮又仰起了小脸。树上的雨滴还在噼里啪啦地往下掉。可是老人们耐不住，他们纷纷走出了自己的居室，来到了院中。

　　我也信步走出来，只见长椅上已经坐了很多长者，还有推着轮椅的、带着小凳子的。而且是男长者居多。我走过去看了看，原来是女兵姐姐在演讲。

　　女兵姐姐声音特别大，也很洪亮，因为她自己耳聋，所以她就特别提高嗓音对大家讲：不要相信那些传言、那些鬼话，外国人可以误判我们中国，我们中国人要爱自己的国家，要坚定地相信党和国家的政策是对的，大方向是对的，是为了实现我们中国梦，为了实现我们每个人的梦。

我听着这非常准确而又掷地有声的评论，真的想给她鼓掌。这时，旁边已经有一个老大哥举着一片马褂树叶上前说：女兵大姐，你说得对，就像咱院这棵马褂树，那天来了几个外国人参观，说叫桉树，还有说是什么橡树。

去，要我说就是马褂树。他们哪见过马褂啊，只有咱老北京穿过这个马褂，所以就管它叫马褂树。你说我理解的意思对不对？不了解自己就不会做出正确的判断。外国人走马观花，雾里看花，所以他们就误判咱们大中华，对吗？

对！女兵姐姐拍了掌，笑着说：你理解得真对，理解得真好。旁边的老人们也都是掌声一片。

而这个老大哥的老伴拽了拽他说：去，就你爱出风头。

什么叫爱出风头啊？听女兵姐姐讲国际时事就得认真领会，活到老学到老。他回头冲我笑着说：薛老师，你说对吗？

对，大家说得真好。

女兵姐姐今年九十五岁，但是她从来不主动说，每次问您高寿，她就顽皮地冲你一笑：你猜猜？

也就八十岁。

再猜。

八十九岁。

再猜。

九十岁？

不对，我告诉你吧，我今年九十五岁了。不像吧？对。我精神头好，我就不像九十多的。什么叫精神头啊？精神头就是一股气，就是一股精气神，抽空我给你好好批讲批讲。

好，拉钩。

走进女兵姐姐的房间，只有一张单人床，却有十几把椅子，还有一组沙发。可见她这里经常是高朋满座。

窗台上有几个小花盆，里面种了些花花草草，最引人注意的是这"死不了"，这是一个俗称，它非常皮实，不用泡根，只要掐一段，插在土里，甚至插在水里它就能够活。而且它的活法和别人不一样，它一直向着太阳，哪里有阳光它就在哪里绽开笑脸。就像这女兵姐姐，被院里人称为阳光老太。

是的，她真的是一个阳光老太。身体比较瘦弱，但是每天总是微笑着给大家讲解国内国际形势。

女兵姐姐，您为什么能给大家讲解这些国际形势，还讲得这么透彻啊？

告诉你一个秘密，这归功于我的老伴儿。

看我愣愣的神情，女兵姐姐说，告诉你吧，我真老伴儿在总理去世一个月后也跟着走了，也是一个老军人。想想看，一九七六年到现在多少年了，四十年了，我以什么为伴呢？我就是以《参考消息》为伴。

我那老伴是一个老军人，是我的战友，我们南征北战在一起。可是十年动乱，他也受到了一些伤害，算了，不说这一段。我们敬爱的总理都先他而去了，他能不追随着而去吗？我们当时都是警卫师的军人哪。

显然女兵姐姐不愿意发牢骚和怨言，马上就转为笑脸说：他走了，也有人跟我说，你还年轻，再找个伴儿。我说不，不，不，我有伴儿。

大家都很奇怪，谁是你的伴儿？《参考消息》就是我的伴，那时候叫内参，字比较大。现在开放了，谁都可以订，我依然坚持订阅《参考消息》。

我看见了，案头摆了一摞《参考消息》。

您都能把它看完吗？

当然了，一天全都能看完，晚上睡不着也看，白天吃过饭还看。看完了，我不是自己知道就行了，用你们时髦的话说叫分享，我要和院里的老人们分享，我要出去给大家讲。

前天一个小伙子。

咱院里有小伙子吗？

有啊，他才六十岁，他不是小伙子吗？

小伙子问我说：希腊债务危机怎么回事。我跟他说了，别听他们瞎吵吵，什么希腊金融危机，他就是耍赖皮，欠债还钱，天经地义，他不但不还钱，还跟人家扯皮，你说这整个就是一个国际小丑啊！

我们俩哈哈大笑起来，真的为女兵姐姐九十五岁高龄，仍然有这么清晰的头脑和这么一针见血的分析而叫绝。

女兵姐姐沉浸在兴奋之中，自然就打开了话匣子。

姐姐，能跟我们说说过去的日子吗？

过去，过去是哪段啊？不能忘记过去，忘记过去就意味着背叛。但是，也不能只想过去，要向前看。

听听，这就是我们九十五岁的女兵姐姐的生活态度。她说，在我十九岁那年参加了八路军，为什么要参军？活不下去呀！日本鬼子在我们中国的土地上，那叫一个横行霸道，就像我们海边的那些小王八，横着走，逮着谁咬谁。

对了，女兵姐姐出生在山东胶东半岛，是一个渔家姑娘。听她说到这儿，不禁想起那首歌，"渔家姑娘在海边"，平时那么富庶的胶东半岛，比不上鱼米之乡，也是能够自给自足。

日本鬼子来了，他们践踏了中国的领土不说，还四处烧杀抢夺。特别是对女孩子造成了伤害，女兵姐姐义愤填膺，坚决要去找部队。那时她已经是一名共产党员，在地下武工队的领导下，他们参加了很多抗日工作。但是她总觉得不解气，总想上前线亲手消灭日本鬼子。她如愿以偿，当了一名八路军战士，因为她有些文化，被派到敌占区做地下工作，这一段她说这是组织的秘密，不能多说。

女兵姐姐说，在敌占区我们多次深入敌人的心脏，捣毁了敌人的弹药库和炮楼。后来，部队要集中全部兵力歼灭最后的日本鬼子，我们紧急集合，坐三艘大船，每船三百人，准备去丹东集合。可是，我们在海上遇到了鬼子布下的水雷，水雷就像水葫芦一样封锁了海面，所有的通道都有鬼子的水雷，稍不留心就会碰上。前面的两艘大船都遇到了水雷，轰隆轰隆的几声巨响，两艘战船哪，船上是六百个战友，无一生还。

说到这儿，女兵姐姐的眼角有些湿润，但是没有泪珠，我离她很近，看得真真切切，没有泪珠，只有点点泪花在闪动。我递上一方纸巾，女兵姐姐没有擦拭眼角的泪花，是咬了咬牙接着说下去。

六百个活生生的战友就在我们的眼前没了。我们当时那个仇恨哪，那简直是顶在脑门上，恨不得立刻跳下船，揪住那些水雷跟它们同归于尽也得让战友们冲出去呀。

好在我们的船长是久经考验的老水手，技术非常高强，带着我们左穿右穿，逃离了水雷区，就在海上漂。漂了十五个日日夜夜，那是怎样的情形呢？战友们牺牲了，我们还活着，但我们像一叶孤舟，就在海上漫无目的地漂荡。没有了淡水，没有了粮食，我们搜集每个人身上仅存的东西，哪怕一颗枣、一粒米，甚至是一口咸菜那都是宝贝呀。

我们这三百号人就靠着从水中捞一些浮草，或者一些漂浮的食品，勉强活了下来。

那时候，尽管环境恶劣，但我们还是很乐观，我们就打趣地说，小日本鬼子都没把我们怎么着，这水雷也没怎么着，天上的飞机也没把我们怎么着，我们在这儿漂啊漂，漂到最后别再喂了水里的王八。王八不吃我们，我们都是钢铁战士，它咬不动。对，钢铁战士，王八都咬不动。

在这种乐观精神鼓舞下，我们这三百多名战士都活下来了，没有一个伤亡。我们随着海浪漂啊漂，最后竟漂到了朝鲜，在那里，我们受到朝鲜人民的慰问，并且给我们补足了给养。

我们着急回国参加战斗，立刻又往国内走。走着走着又赶上大雪纷飞，那真是天寒地冻啊！我们出门的时候还是夏天，穿的是单衣，这时候冰天雪地，我们也不忍心和老乡借衣服穿，老乡们也没有什么穿的。况且是在异国他乡啊，不是我们自己的国家，也不是我们自己的百姓，我们哪忍心叨扰呢？于是我们就咬紧牙关，加快行军速度，想赶快回到祖国，回到丹东。

我们过了鸭绿江回来了，可是我们都伤了，我的双脚都被冻坏了，几个脚指头都被冻烂了。这时部队首长就下了死命令，凡是被冻伤脚的战士必须留守，必须留在原地治伤，不能让你们这些战士们带着残疾再去参加战斗，我被迫留下来养伤。

治了半个多月，那种治疗就是土法子呀，烂了的就用酒精生浇啊！那份疼。你想烂了的脚趾头，已经化脓了，没有什么药，就是拿酒精，甚至就是当地的高粱酒，高度数、高浓度的高粱酒生浇，那浇一下就像浇在心尖上，撕撕裂裂地疼。我们不叫，我们忍着。因为我们知道，我们那些战友都没有来得及叫一声就牺牲了，而我们还活着，活着我们就要坚强。我们就这样，用那些土法子治好了脚伤，治好了冻伤。我就又和几个战友一起找到了部队。

因为我从事的是机要工作，不便多说。我时常要工作到凌晨，甚至彻夜不眠。我们在战斗的间隙，互相畅想着什么是幸福的生活，什么是好日子。

我说只要能睡一个安生觉那就是最大的幸福。有个小战友也说，对，只要能让我踏踏实实睡两个小时那就是人生最大的幸福，我就知足了。那时候能够睡上一个安生觉就是我们的梦想，就是我们的幸福，就这么简单。

那时的价值观太简单了，可是有些幸福又来得太快了，比如说我们参加那场偷袭鬼子阵地的战斗，就打得特别顺利。为什么呢？因为当地老百姓给我们送来了特别充裕的补给，我们吃得饱饱的，穿得暖暖的。我们一举拿下，当时我们一个个简直就是像那种钢炮被推上了炮膛，只要号声一响，我们就会发射出击。

女兵姐姐说到惊心动魄的抗日战争时期，就很自然说到一句老话就是她出生入死，就是死不了，她自喻自己是一株马齿苋，也就是北京俗称的"死不了"。

有人说我为什么总死不了？其实不是命大，是什么呢？是人民群众的命大，人民群众总是能够在关键时刻救了我，虽然爹妈给了我生命,但是我能够活到今天全靠的是人民群众,是老百姓一次次地把我救了。

在抗战初期我主要做地下工作,我带领两个同志组成一个小分队,深入到敌占区,去做群众的抗日工作。我的两个队员都是男同志,就在我们进村刚刚走到老乡家门口,是一个抗属的家门口,还没进院就听见后面有人喊,鬼子进村了,鬼子进村了。我们几个人赶快进了小院,那两个男同志说,我们去柴火垛,你进屋吧。我进了屋,大娘七十岁左右的样子,她一把拉着我说:闺女,你是八路的人吧?

是。

那你快,快坐在这儿烧火,不管鬼子问什么你都不要吱声,他们打你也不要吱声,一说话你的口音就和我们这儿的不一样,你就不吱声装哑巴。

好。

大娘给我脸上抹了几把灰,就是灶膛的灰,然后扔了块木柴让我在这里烧火,锅里面放上两瓢水,我就在那儿烧火。

刚刚坐下,就听到外边鬼子和汉奸进来了,凶巴巴地问:老太婆,这是什么人?

老总啊这是我闺女。

你闺女?你闺女怎么不下地干活?

我这闺女又聋又哑,只会在家给我烧个火。

这时候汉奸就说:不是,她家闺女死了。

大娘说:我好几个闺女呢,这辈子没生儿子,就都生闺女了。

然后鬼子就过来用枪托把大娘扒拉一边去,就挑着我的衣襟,问我,你是干什么的?

我不吱声,我牢牢记住大娘教我的话,就是不吱声,我就在那儿烧劈柴,一块一块地往里烧,我也是农家孩子,知道烧火做饭,所以样子一点也不露怯。

这时候汉奸过来了给了我两下子,我疼得只是发抖还是不吱声,我连看都不看他们,因为大娘嘱咐我了,我是又聋又哑,我不能说话不能看,我一看他们就是等于我听得见了,我就低着头,看那炉灶膛里那火把我脸烤得生疼生疼,我还是那样低着头使劲往里面扔木柴烧火。

可是听着鬼子用枪托左一下、右一下打这个大娘,我心里真不是个滋味,只恨自己手里没枪,我们做地下工作不允许带武器,有枪我就先崩了那个汉奸,再打死这个日本鬼子。大娘还在那儿求饶,老总啊,行行好吧,我就这么一个哑巴闺女了,你要把她带走,我可指谁养老啊?

汉奸又对大娘说:明明有探子说进来三个八路,你给藏哪儿了?

哪会有八路啊!我这儿什么路都没有,到头了,这村最东头了。

时间过得是真慢,这水哗啦哗啦地开,我也不能起身,我听不见是聋子,鬼子还在那儿盘问大娘,左一枪托右一枪托,大娘就是哀求,老总啊,老总啊行行好,我这孩子是又聋又哑，你们就放过我们娘俩儿吧，放过我们娘俩儿吧。

这时外面哨声响了，敌人集合了，说有八路过来了，让他们撤！外面响起了枪声，鬼子稀里呼噜就跑了，大娘瘫倒在地上，我放下手中的柴火，一把搂住了大娘，大娘您就是我的亲娘，您为我挨了这么多打。

大娘却笑笑说：没什么闺女，这咱都是为了抗日，你也知道我就是抗属，我儿子就在前线，我不怕他们，你快出去吧，快去，找找你们同志。

就在这时，我听见啪啪两声枪响，原来藏在柴火垛的那两个同志被敌人抓住了，就这样他们两个都牺牲了。

女兵姐姐哽咽得说不下去了，今年九十五岁的女兵姐姐一生耿直，几乎从不落泪，可是此时此刻，女兵姐姐却哽咽了，他们都是我的队员啊！只要我想起他们，我心里就难过。

女兵姐姐接着说：那年鬼子的扫荡开始了，我和几个同志带领乡亲们转移，可是敌人的机枪在我们后面嘟嘟扫射，我没有别的心思就一门心思掩护群众转移，我就紧紧地护着前面一个大娘，连拥带推护着她一起往前走，走着走着前面有人倒下了，可能是中弹了把我们连带着都弄倒了。弄倒之后就听见后面鬼子的马队奔跑过来，我想我得和大娘躲过这一次，我还要留着我的命和鬼子打仗呢。当时我手里也没有枪也没法打，怎么办呢？我就和大娘一起滚到了河沟里，河沟那时候都没水了，很干，我和大娘滚在那里，那里面有了很多受伤的群众和被鬼子机枪扫死的老乡们，可以说是尸体遍地，鲜血横流，就在这死人堆里，我和大娘躲过了这一劫。

姐姐你真了不起。

不是我了不起，是中国人民了不起，在抗日战争中我没有什么功劳，可是苦劳却是真的有。有一次，也是我们眼看敌人就要去包抄那个村落，我们想不能让群众吃亏啊，我就和战友们冲进了村子，扶老携幼带着大家向后山转移。在转移的过程中又是敌人骑着马很快到了，他们横冲直撞把我们的队伍就冲散了，然后用刺刀就挑我们的人，他们在马上比较高，我就护着一个大娘和她的小孙女一起往前走。这时候鬼子冲过来，一阵风把我一下子摔了出去，当时手腕骨折了，骨折以后那个疼啊！那个骨头都白花花露着，那也没办法啊，大娘把自己的衣服袖子扯下给我赶紧就包上，然后挎到胳膊上，我继续护着她们往前冲。那时候我身上有一枚小手榴弹，特别小，干吗用的呢？就是自卫用的，就是真的逃不出去的时候就拉响手榴弹和敌人同归于尽。

那时候，我们刚二十出头，根本不怕死。过了一段时间我这伤也不好，没有地方治伤，这点儿伤也不能下火线，好在又是老乡找了点儿草药，黑乎乎的挺臭的，就跟那臭河泥似的，就给我糊在手腕上，我这么挎着继续工作，挎了一个来月，慢慢长上了，但是你看这个骨头就这么翘着，就带着这个包七十多年了。

看着女兵姐姐那瘦骨嶙峋的小细胳膊上几个青包，还有那鼓起来的那一大骨头结，就是那种错开的骨头又长成了结，到阴天下雨会很疼。

看女兵姐姐这么爽朗，对往事对战友那么深情，她的女儿在一旁插了话，我妈妈就是这样的人，永远是感恩，永远是知足。

女兵姐姐接着说：为什么不知足呢？我现在吃得好、穿得暖，住在宽敞的房子里面，那么多人为我们老年人服务，干嘛不知足呢？

女兵姐姐女儿说，哎，别提了，我妈妈这心就特别善，总念别人的好。

女兵姐姐说，人不可能总是顺境，逆境的时候也要想想你有错吗？你没有错，没错你就要挺过去，挺过去就是一片天，这人得有个坚定的信念，就是我做任何事都是为党在工作。只有对党无怨无悔才能够开开心心高高兴兴过这一辈子，我这一辈子就总是找事干，找什么事呢？

读报。还有个爱好，就是当年回国休养，到军服厂做指导员，在那里我就和大家学习做服装的技能，还别说，以前很早参加革命，什么家务活都不会做，可那段时期既是养伤又是做领导工作，我还真的学了一些技能。

女儿又插话了：哎呀，您可不知道，我和我爱人出国的时候，我们的西服都是我妈妈做的。

真惊讶，这老八路军还会做西服？

是呀，后来因为要经常出席大使馆的酒会，还要求我们穿旗袍，我妈妈就给我做了件旗袍，我妈妈做衣服可好了，穿出去真的分不清是红都还是雷蒙做的。

女兵姐姐自豪地说：没什么，女人嘛，哪能光会打仗，还要会做这些活，孩子多，也练就了一手针线活。

女儿又翻出一大堆毛线，看看，这是我妈织的毛衣、毛裤，还有这么多毛线，她还要织，我说你都九十多了不要织了。

女兵姐姐说：我爱织毛活，人家都说，女人的手啊越练越巧，你看我会做西服、做旗袍、做衬衫更是不在话下。我的衣服都是我自己做的，我用毛线给孩子们织毛衣、毛裤、织大围脖、大手套，现在眼花了，孩子们也不让我织了，我还留这些毛线等着呀，等我眼睛好些了，我还织呢，我给你也织条围巾啊。

我一把搂住女兵姐姐说：别呀，哪天我给您织一条围巾吧。

那你可别给我织太艳的，我这一辈子爱种花，但是我就不愿意穿花衣服。我总觉得我一个兵，我是一个女兵，抗战女兵那就应该是军装啊。现在不穿军装了，我也不能穿太花的衣服，万一哪天上级说女兵要归队，再回部队，穿个花衣服多不好啊。

说着，她自己也笑了，没有那天了，那我也不穿花衣服，我是一个兵，必须保持军人的本色，永远是灰、黑、蓝、绿就这几个颜色，决不穿花的。女兵要知道女兵的本色，做女人，要会做针线活，我这一辈子就是这么过来的。

说得好啊，女兵就要勇敢坚强，女人就要相夫教子勤俭持家。

说到相夫教子，女兵姐姐笑眯眯地对我说：告诉你个小秘密吧。那年，组织上利用整休的时间给我介绍了对象，他是我们部队首长，人特别好，我们幸福地结合了。战争年代聚少离多，但是有了自己的心上人，那打起仗来劲头就不一样了，而且一门心思就想着奔好日子，能睡个安稳觉，睡安稳觉的时候身边有个他，你说这该多幸福啊！

说到这儿，女兵姐姐笑了，布满皱纹的脸上竟然出现了一抹娇羞，哇，这份羞涩那真是很少见。

在老年人的心坎中他们对爱情的向往，对爱情的留恋，有的时候真的会化作一抹娇羞呈现在脸上。这里面既有女孩家的娇羞，又有那难以忘怀的对爱情的思念和眷恋。

想想当时她们十几岁的女兵，二十出头的小姑娘，在战争年代根本记不得自己的女孩身，她们和男战士一样冲锋陷阵，她们头上顶着军帽，身上裹着笨厚的男军装，哪里有什么女生宿舍，什么女厕所，没有的。她们和男兵一样，摸爬滚打，都忘记了自己还是个女儿身。当爱情来临，老伴对她十分疼爱，说不上老夫少妻，但也是年龄相差很多，对她那份疼爱时常称她为傻丫头。当被自己心爱的人称作傻丫头的时候，那份甜蜜，那份羞涩怎能不铭刻于心呢？

此时说什么都是多余的，走上前把女兵姐姐揽在肩头，抱了抱。女兵姐姐竟然"咯咯"地笑出了声，哈哈，你看我老了，老糊涂了，现在是耳聋了，眼花了，也糊涂了，都不知道自己说些什么了。

没有，说得很好，说得很好。女兵姐姐这个笑和别的老人还不一样，很含蓄，不是那种开怀大笑，因为她心中总有对那些牺牲战友的那种牵挂。

这些人要是现在还活着，我们都住在一个养老院里，该有多好啊！

是啊，此时住在养老院里，享受着最好的照顾，最快乐的女兵们，最最难忘的，最最割舍不下的不是她们的孩子，不是她们的家人。更多的还是她们那朝夕相处，而瞬间又陨灭了的战友们。她们知道，今天的幸福生活是那些战友用热血换来的。所以，她们对战友的思念，对战友的怀念是刻骨铭心的，是一点不掺假的。

女兵姐姐继续对我说：终于打败了日本鬼子，八年哪，八年抗战，我们牺牲了多少同胞，我们多么勇敢，多么顽强，源于什么？就是我们爱国呀。我们都知道，有敌人在我们的家里面，我们没法过好日子，我们心中的信仰就是要过上好生活，什么叫好生活？吃得饱，穿得暖，睡个踏实觉。就这么简单，这就是我们当时的幸福观、价值观。

有人曾经采访我，让我说说对马克思的理解，我理解得不深，我只有一个信念，中国人要过好日子就得跟着共产党。什么叫好日子？就是吃好穿暖，睡个踏实觉。那时候我就这么想的，后来组织上又派我到高级干部进修学校学习，系统学习了马克思、列宁主义理论。我的文化水平也提高了，我和我丈夫一起被调到了警卫师，我担任了团指导员。

我这些年一直在领导岗位，有人说当官了，什么官？共产党没有官，只是你干得更多了。

战士们训练完就可以回去睡大觉。真的是过上了好的幸福生活，只要没有紧急任务就不会吹号。

而指导员，也就是你们说我当了官了，官可不行，官要挨个给战士们掖掖被子，看看四周，看看站岗的。遇上刮风下雨，我要出去陪战士们一起站岗放哨。

就说那年开国大典，我们就在中南海的后门，战士们都在站岗，也有的战士分配到天安门附近站岗，他们都可以享受这一光荣的时刻。我不行，我只有在中南海后面趁着巡视的时候，悄悄地看一眼游行大军。但是就我特别特别幸运，就在我那回头的瞬间，我看到毛主席从我们身边走过，那我幸福的呀，就这一眼，我幸福了一辈子。

老人们都爱说，天有不测风云，就在我和丈夫过着幸福生活的时候，那时候我也生了孩子，那时候国家号召多生啊，我就生了三个儿子一个女儿，说着她自己也笑了。可不能说啊，现在是计划生育，那时候鼓励多生。

我们都笑了。

女兵姐姐接着说，由于那年的冻伤，可能是侵蚀了我的肌体，我得了肝炎，被送到护国寺中医院，那时候那里叫肝病研究小组。说实话，我真的感谢党，感谢毛主席，对我们这些警卫战士真的是关心备至。我被放在那里三年哪，不干一点事啊，就是吃着国家的粮，花着国家的钱哪。

在那里三年，吃了三年的中药，没有什么特效药。哪有像现在煎好的药，浓缩的，胶囊、颗粒，没有，就是那大粗碗，一碗一碗的药，一天要喝三四碗中药汤。哪里有什么吃了药吃块糖，没有的，就那样一碗一碗地吃药。当时我从一楼走到二楼都要歇十几歇，那里的医生对我说：小鬼啊，你想吃什么，和膳食科说说就吃点什么吧。那言外之意就是说我熬不过今年了，是快死的人了，那时候我骨瘦如柴啊。

怎么办呢？我就想，光靠药不行，我要活着，我要好好地活着。为什么活着？为了让所有的老百姓都过上好日子，那时候我知道部队还在进行一些剿匪战斗，还有个别的山区老百姓没有解放，所以我的信念就是我今天能够睡踏实觉了，我要让全中国的老百姓，就是那些边角山寨，犄角旮旯的老百姓都能睡上安稳觉，这就是好生活，国泰民安呀！

所以我就除了大碗大碗喝药，还坚持锻炼，怎么锻炼呢？就是走正步，就像部队训练，新兵训练那样，一二三，一二三四，一二三四，每天甩着胳膊，开始只能走四五步，后来六七步，再后来十几步，再后来整个院子我都能走下来了。经过三年的吃药治疗和我那走正步，我好了，出院了。

出院以后我又回到了部队，又开始在部队继续做指导员的工作。部队就是我的家，我的家就在部队，我是一个兵，来自老百姓，而这个兵心里的信念就是让每一个老百姓都过上安稳的日子，都能够吃好穿暖，睡个安稳觉。

《新闻联播》刚刚结束，三三两两的老人，就有搭着伴互相搀扶着或者是互相推着轮椅，走出了自己的房间，来到了林荫道上。林荫道有一排长椅，椅子上坐满了老人，但是有一个位子空着，他们在等女兵姐姐，等一会女兵姐姐摇着一把蒲扇，轻盈地走到了这里说，坐啊，坐啊，我坐哪儿都行。

不，大姐，今天你非得给我说说，你说现在的国际形势到底是美国统治全球，还是普京？你说这奥巴马和普京他们两个，谁算是对中国友好，谁是好人，谁是坏人？

女兵姐姐笑呵呵地说：对一个人的判断不能简单地用好人和坏人来区分，特别是对这些国家的主要领导人，不能简单地划分为好人和坏人。应该说，全世界绝大多数的国家和地区的领导人和人民，对中国都是友好的，包括当年侵略我们的日本鬼子，现在日本的广大民众，还有社会团体也是愿意和中国友好的，不然我们怎么能实现了中日邦交正常化呢？

对对，女兵姐姐一说我就特明白。

女兵姐姐说，但今天我们不讨论国际问题，尽管我最喜欢看国际新闻，最喜欢分析国际形势，但今天我们暂且放下国际形势不说，就说说我们身边的事。

女兵姐姐说，咱们大家在一起啊，别东家长西家短地瞎议论，多传播一些正能量，比如说谁又帮助谁做了好事啊，比如说谁的健身方法好啊，咱就跟人学学，都说跳舞好，身体好的就去跳，都说唱歌好，那就去唱，咱们在这就两项任务，吃好，养好，不给国家找麻烦。因为咱们现在享受的一切，都是国家给的，你看看外面那么多人排队要进养老院，咱们进来了，咱们多有福气啊，干嘛还天天吵吵闹闹呢？

女兵姐姐说到这儿，有意识地看了看那个坐在板凳上的男子，可能也是个八旬以上的老人了。

他撇着嘴说：干嘛看我啊，女兵姐姐，我不就把同屋的水碰洒了一次。

是碰洒的吗？

不是，我成心泼的。

干嘛？

因为我看电视的时候，他在旁边老唱戏。

您说您都八十多岁了，他也八十多岁了，两人住在一起，身子骨都挺硬朗，你看看多少人坐轮椅，你们俩还能跑能颠，干嘛非得斗嘴呢？他唱戏，你愿意听就听，不愿意听你就出去待一会啊，何必要这样争吵啊，我们这个大家庭啊，和过去的小家不一样，这里面住的都是我们的同龄人，都是我们的兄弟姐妹。

听女兵姐姐说得这么好，我不由地鼓掌说：女兵姐姐你讲得真棒。

女兵姐姐纠正：不，不，不是我讲得棒，是我学得好。

我竖起两个大拇指，女兵姐姐把它按下，然后和我重重地扣了一下说：咱们俩做个约定，隔段时间就聊聊天，我就愿意把我心里话说出来。多说说，不是炫耀功绩，就是想想抗战胜利七十周年，那时候的小女兵，现在都已经快百岁了。再不好好说说，到抗战胜利八十周年纪念日的时候啊，我们没准都没了。

是啊，抗日战争胜利七十周年了，那些十几岁的女兵已经八十以上，有的已经接近百岁，再到八十周年纪念日的时候，世上还能有几个抗战女兵呢？

绿杯红袖趁重阳

老了老了，就只剩下爱

银龄书院 朗读者 冯晓霞

扫码听故事

七月流火。

院子里到处都是紫茉莉的身影，那翠绿的叶子，紫色的小花在阳光照耀下，蹦蹦跳跳一派生机。远远望去一片片、一丛丛紫气东来，令人心情顿时清爽许多。

远远地就听到欧阳院长和一个长者大声的说话声。住在这里的长者大多耳背，所以管理人员大多声音都会高八度，老哥哥，干嘛这么大气啊？

你是不知道，他太不像话了，说好了我们一、三、五分时看电视，可今天虽然是他看电视的日子，可是他早上去遛弯，也把遥控器拿着。我是想他去遛弯了，总不能背着电视吧，那我就在家看一会儿，等他回来我赶紧关了还给他，不行吗？

欧阳院长说，就为这个事啊，咱不是说好的嘛，他看一、三、五，您看二、四、六，可今天星期几啊？

今天星期一啊。

那星期一是不是该他看啊？

是啊。

那他拿着遥控器也没犯大错啊。

是没犯错啊，可他不是不能背着电视满院子走嘛，他去遛弯了，我为了看今早上的重播，都没出去遛弯，我就想在家里看会儿。

欧阳院长笑着说，老哥哥啊，不要较真了，今天星期一归他，这个遥控权归属是他的，所以他带走也不算大错。但是反过来说呢，要是您说一句，你去遛弯儿，老哥你把这个遥控器放下，你回来我准给你，他也许给你放下的对不对，你怎么没说呢？

我想着他比我岁数大，见识广，他应该懂啊。

老哥哥，咱们这没什么懂不懂，也没什么理不理，都这把岁数了，就是互相迁就，互相让着点儿，您让着他，他让着您，不就没事了嘛。

那你说得也对，那我跟他商量商量。

好，我带着您去找他商量商量，以后再多加一项规矩，除了一、三、五，二、四、六分时看电视以外，谁遛弯谁把遥控器放下，那人回来愿意看接着看，那个人说不看，咱就把电视遥控器赶紧交给别人行吗？

行，行。

欧阳院长搀扶着长者走向小桥那边，一个长者在那看鱼，不一会远远地看见欧阳院长把两只大手交织握在一起，看来问题解决了。

我迎上去说，欧阳院长，咱们这儿的老小孩可真逗啊。

哎，老小孩就这么逗。可你说也是，天南地北的人，生活习惯不一样，秉性不一样，强行让他们住在一个房间。你说可不就是磕磕碰碰嘛，谁让咱们养老机构少呢，这个房子要是他们一人一间也行啊，没有，好几千号人在后面排队等着入住，我总不能给他们俩分成一人一间吧，只能搭伙。分的时候，我还真是按照年龄、秉性、籍贯来给他们搭配，可还是不行，还有吵架的，几乎天天都有闹矛盾的。你开电视声大了，他开电视声小了，我想看这个怎么办呢？没辙，现在只能说是一三五、二四六，一三五有主动权，二四六只有随从权。其实每个楼道都有超大电视机，不去，就是较劲。

真是老小孩啊，你们也真够辛苦的。

不，也有特省心的，这有一对不是姐妹胜似姐妹，看看人家，那俩人好的啊，那真是比亲姐俩还亲，就从来没有红过脸。

那带我去看看好吗？

好啊，走，我带您进去看看。

和欧阳院长一起来到了韩英姐姐的房间，只见两张床上躺着两位长者，屋里窗明几净，窗台上摆着鲜花，床头上也是鲜花，只见韩英姐姐佝偻着身子，瘦瘦的真的可以说瘦骨嶙峋，动一动就很痛苦地皱着眉头，而阿芳妹妹马上就坐起来说：又疼了吧，别动，都自己人，别起来，别起来。

韩英姐姐说，谢谢你们来看我，谢谢你们来看我。

姐姐，听说了你们俩的故事，特别感动，能说给我听听吗？

我们俩的故事多了。

韩英姐姐再一次用微微颤抖的手支撑着瘦弱的身体想坐起来，我想过去帮她，她拒绝了。

我问阿芳妹妹：不用帮她吗？

不用，她可不让帮，这个人太要强了，太坚强了，你知道吗？她是老八路啊。

韩英姐姐，您是哪年当的兵啊？

那时我十三岁，日本鬼子来了，在这个中国的土地上烧啊、杀啊、抢啊，那老百姓没有好日子过。我就和村里的几个娃娃一起，当时我们正在读书，老师告诉我们不能做亡国奴，老师带着高年级的大哥哥、大姐姐都上街示威，还有的带他们参军了。我们小孩子他们不带，没办法我又等了两年，我凑够了十五岁，也长高了一点，我就偷偷地从家里跑出来了，从河南一直跑到西安，找到八路军办事处当了兵。

当兵很顺利吗？

不顺利，走了多少天啊，那一路上走着，就看那么多的难民都在讨饭吃，我们也是饥一口，饱一口，路边的野菜都没有了。

反正是有一个树叶就往嘴里嚼嚼，又能够解渴，又能够充饥。有一次，吃着了可能是有毒的野菜，我这嘴啊，肿得都张不开了,就像个小猪嘴一样。

阿芳妹妹笑着说:不是猪嘴,是小鸡嘴,我们俩都属鸡的,她今年九十五岁,我八十三岁。

我更惊讶了,九十五岁高龄,思维竟还这样清晰,还能够说出自己当年的历程。也是,十几岁的记忆,那是童年留下的,那深刻的记忆已经融化在岁月中,她记得她吃过的野菜,她记得她走在黄河边,她在黄河边喝那浑浊的黄水以充饥,明明知道那不能喝,可还要喝,因为她口渴,因为她中毒了,嘴肿得张不开,不能咬什么东西,也不能再嚼野菜,但她必须要喝口水,也支撑着自己能走到西安,能够去找八路军。

他们好几个同学,有个大同学带着,就这样一路乞讨,一路奔波,一直走到了西安八路军办事处,强烈要求参军。当时他们几个都有文化,部队首长很欢迎,赶快让他们先吃了一顿饱饭,然后就带着他们换上军装,把他们分配到宣传队,分配到医务组。她被分配到野战医院的医务组,因为她多少识一些字,也稍稍懂得一些生存常识,他们学习了一些简单的医学知识就跟着卫生队上了前线。

几经转战南北,她都不知道自己在什么地方打仗了,也受过伤,也看着很多伤兵在她的怀里去世。

韩英姐姐说:这一生最难忘的,就是刚刚还在一起聊天的军医，冲上前线去抢救伤员，回来就成为一具尸体，这是我心中最难受的。我能活着我就特别知足，特别感恩。这一生，最难忘的就是战友的情谊。说实话，父母当时也不在身边，没有那么大的感受，可和自己朝夕相处并肩作战的战友，突然死在自己面前，那种伤痛，真的像剜心一般，所以我就牢牢记住部队的教导，无论到什么时候都要团结同志，都要团结一致，团结就是力量，团结就能够打败日本鬼子。所以我这一辈子做人就一个标准，要团结，团结，再团结。

尘封的记忆一旦打开，那将是滔滔如黄河般的流淌。韩英姐姐挺了挺身子，很艰难地用手支撑着床帮慢慢地抬起身子，向我们述说她那从参军到解放后的工作历程，怎么也想不到，一个九十五岁的长者，思路那样清晰，口齿那样清楚，一字一句一板一眼向我们讲述了她从1937年"七七事变"，到参军入党以及转业到地方直至离休，这几十年可以说半个世纪的历程讲得是这样清晰，真的让我们特别敬佩。

"七七事变"的炮声震惊了中华好儿女，当时我刚刚高小毕业，考上初中一年级，正准备好好学习读书，真的感谢我的爸妈，他们能够让我像男孩子一样读书学习，我的学习成绩一直都很好。

学校停课了，我和另外一个女同学，也就是现在你们说的闺密，我们决定背着父母，去参军到前线打日本鬼子。在1938年的6月，在一个没有月光的夜里，我们两个人什么也没有带，就穿着一身单薄的衣裳，背着父母从老家到邙山，听说那里有新四军，以前在那里办青年学习班。

我们日夜兼程，走了很多里路到了那里，可是人家已经开学，插不进去。领导就说，洛阳有一个八路军办事处，你们去那儿吧。

就这样，我们俩人又是一路讨着饭，从邙山跑到了洛阳。

洛阳那里有一个八路军办事处，还好，八路军办事处的工作人员见了我们两个小姑娘，满脸是灰气喘吁吁，就先带我们去吃饭。吃完饭以后，他们说：我们办事处要办一个织布厂，八路军在前线打仗需要军装，你们愿不愿意去织布厂啊。

其实，我们的本意是为了去前方打鬼子，但做织布工也是为抗战出力啊。于是，我们就留下来，办事处的工作人员也就是党组织还给我们提了要求，要我们晚上教工人学文化，就这样两个多月过去了，我们工作得也很愉快。后来不知道怎么回事，这里解散了。我们又准备到延安去。

我们几个同学结伴，路上又遇到了几个青年人，都是满腔的爱国热情，一起向延安走去，那时候全凭着两只脚板走，我们也是经历了很多的艰苦。

到了西安以后，找到八路军办事处，说要参军打日本鬼子。那时候八路军的部队就非常正规了，说学习三个月，符合条件才允许参军。

我们这些十六岁的女孩子，就到卫生学校军医班学习，用三个月的时间学习最基础的医学常识，还有简单的枪伤处理,以及如何应对最常见的感冒发烧闹肚子,我们要学习如何就地取材,利用当地的野生药植物,甚至食物疗法来治愈这些疾病。

比如说马齿苋就可以治愈拉肚子,比如说三七捣碎就可以止血。我们学习了很多这样的知识,我在军医班的表现是最好的,无论是政治考核,还是业务都很好。

转眼就到了1939年,敌后抗日根据地发展越来越大,需要更多的干部,光从延安派干部还不够,我就被调到延安的卫生学校,在那里参加更高级的学习。

后来,毛主席发表了《纪念白求恩》的文章,白求恩就是我们的榜样,学习白求恩毫不利己、专门利人的精神,就把我们这所卫生学校改成了白求恩医科学校。

作为医科学校的学生,我们真的特别幸福,觉得在这个学校里学习毕业以后,就可以分配到各军区,那样就可以直接上前线了。要知道当时晋察冀军区是一个大兵团,它还有四个分区,我毕业以后就分到了四分区,后来改为后方医院,我成了后方医院的一名军医。

有个小战士,几次从战场上被送过来,每次看到他的枪伤都不是在后面,也不是在腿上,都是在正面,有一次是左肩上,有一次是在耳朵旁,我知道他是勇敢地迎着敌人的炮火前进,前进。

刚开始我年纪小,给他们疗伤的时候,每次都掉眼泪,战士们就说:大夫不哭,不哭。

通过在延安的深造，我的医术提高了，政治思想觉悟也提高了，我早已经是一名中国共产党党员了。

那时候伤病员很多，我们就是肩扛，或者是手抬，或者是搀扶着。既要随时了解敌情，又要掩护着我们的战士们和伤员们，甚至还有些老百姓跟着我们一起转移。那时候，我们不知道什么叫害怕，也不知道什么叫紧张，心里只有一个念头，不能让日本鬼子把我们的伤员再抓去，他们已经在战场上流了血，没有丢了性命就是万幸。我们现在把他们救活了，就不能让他们再落入鬼子的手中。我们每一次带着这些老弱病残一起转移，那真是一件提心吊胆的事情。

过黄河的时候，没有桥，桥都被炸了。只能坐运货的货船。坐这个货船上下颠簸很厉害，很多伤员的伤口都出现了不同程度的溃烂和发炎。怎么办，我们还要紧紧地护着伤员，及时为他们用盐水冲洗伤口，为他们止血。那时候根本谈不上止疼，只能止血保住性命。好在人多，船也很多。船夫各个都有经验，他们在黄河的大风大浪中迎风前进。船夫对我说，看到黄河你们不要大声叫唤，要保存体力，遇到风大浪大的时候，都不要紧张，要听我的安排，你们紧紧地靠在船帮上，互相拉着手不要讲话，不要惊叫，越惊叫越耗体力。也就是现在说的越缺氧，我告诉伤病员静静地随着船的上下起伏摇晃，随它那样动，不要和它较劲。

我们一个个手挽着手，静静地听着船夫划船的声音和风声、浪声，就这样，我们过了黄河。

在山西境内的时候，从东到西，要穿过铁路，而日本鬼子死死地守着这个铁路。

在出发前队长就动员，每人只能带上一个背包和一点点粮食，其他的东西都要送给老百姓。我们军医和护士，真的就是把自己所有的东西都减掉了，就是药品、纱布这些我们绝对不能减。

轻装之后，三个人一排，两边是男同志，中间夹着一个女同志，就这样快速小跑，快速通过铁路。如果说稍微缓慢一点点儿，鬼子的探照灯就要转过来，这样我们就在离铁路有三四十里路的时候，宣布原地休息。因为前面那些已经过去了，要等这一批鬼子的巡逻和探照灯过去之后，我们再通过。

可是就这么一瞬间，很多伤员是极度缺氧，失血过多，极度缺氧他们就要睡着了。可是急行军一会儿就要进行，又不能吹号，怎么办呢？我们就一个个悄悄地"咬"醒伤员，一路小跑，终于一个没落，全部通过了敌人的封锁线。

过了封锁线，我们看见一个小村庄，有个小河沟，看到水以后，队伍就乱了，为什么呢？因为我们伤病员在负伤流血之后，最最难过的一关是什么呢？就是要喝水。可是不能让他们多喝水，多喝水就容易流更多的血。可是过了这个小河沟也许就没有水了，怎么办呢？我们就说，大家有秩序的，每人只能喝一小口，这些伤病员，我们的八路军战士，都非常有组织性纪律性，他们知道如果因为多喝了这口水，而流血过多牺牲在这里，那他们真的就没法实现打鬼子的梦想，鬼子还在后面围追堵截我们，我们要随时做好战斗的准备。

虽然是伤员，他们有的也扛着枪，他们还要充当主力，掩护那些重伤员呢。所以大家每人只是抿着一小口水，就跟着继续前进。我们安全地转移到了山后，看到敌人的探照灯，把山前照得很亮，队长说，全部就地卧倒。

这个时候我最担心的是什么呢？就是卧倒之后，战士们睡过去了，很担心。所以我就匍匐前进，一会儿抓着这个的脚，一会儿拍拍那个的胳膊，让他们不要睡着了，好在探照灯很快就熄灭了。我们爬起来，继续前进。

1945年8月15，日本鬼子无条件投降了。这时候，我们从延安到张家口，后来我跟着学校一起到了哈尔滨，集体转业，连学生带老师和医院的设备全部移交给哈尔滨市。我就踏踏实实在学校授课做教师。

到了1955年，我老伴调到北京，我也跟着到了北京，那个时候正是中苏友好时期。中央卫生部人事司就把我分派到外国专家办公室去。

让我去那儿做什么呢？让我成立一个门诊部，专门负责苏联专家和家属的医疗保健，而这个门诊部在哪儿成立呢？就在现在的友谊宾馆。让我筹备这个专家门诊部，而且是全科的，因为全科医生才能够应付这里的工作。这样做的目的，就是让这些苏联专家和家属小病不出馆，就在友谊宾馆，大病再送往协和医院。

当时，我考虑到专家门诊部需要打交道的是苏联人，而我不会俄语怎么办呢？我就动员一些专家夫人，她们当中有学医的，有学护理的。把她们请出来，让她们既可以做翻译，又可以帮助我们更多地更好地了解苏联和学习俄语。

谁知到了1960年，苏联专家全部撤走。那真是一夜之间全部撤空了，宾馆的房子都空了，大量精简人员，大家全都解散了。而我呢，就留在了友谊宾馆任副经理。这个管理副经理一做就做到了我六十岁离休。

从我十六岁参军到离休，我只做了两件比较让自己满意的事，一个就是组建了医科学校，一个就是筹备了专家门诊部，我觉得这是我自己做得比较好的两项工作。至于说在抗日战争前线做的那些，我觉得那都是我必须要做好的工作，救治了多少伤员我数不清，我给他们献过血，我也吸过伤口的毒血，也为他们疗伤，为他们治病，我觉得这都是我应该做的。

我离休以后，享受着国家的照顾，享受着儿女的关爱，我非常幸福。我的幸福来源于党和国家的关爱，来源于养老院对我的爱护，来源于我的室友阿芳对我的关爱。

要说这一辈子最幸福的时光就是目前这样的生活，也就是现在人说的活在当下，是我最最幸福的时刻。

阿芳一直在旁边和我一起听韩英姐姐讲故事，这时阿芳说：我这个韩英姐姐真好，我们两个就是亲姐妹，我们生生死死不离不弃。

韩英姐姐又艰难地欠了欠身子，我们几次想去搀扶她，她都拒绝了。她说，不要，不要，我已经麻烦这个妹妹很长时间了，我能做的一定自己做，这是我军人的本色，那就是自立、自强。第一不要打扰老百姓，第二不要给国家、给人民添负担，所以我从干休所住到了养老院。我的一双儿女都很孝顺，给我送气垫床，因为我现在瘦，而且生病，怕长褥疮，但是如果我要住了气垫床，就必须搬出这个房间，就成了不能自理的人，就要离开我的阿芳妹妹，我舍不得啊。

听到这儿，阿芳竟然失声痛哭起来：姐姐啊，你千万别这样说，我真的不能离开你，要离开你，我就没法活了，我也把自己打残，我也跟着你去护理区。

听到她们发自肺腑的呼喊，我的眼泪真的止不住，扑簌簌地掉了下来，我把阿芳揽在怀里，拉着韩英姐姐的手说：韩英姐姐，你相信院领导，一定会帮助你们解决这个问题，一定不会把你们分开的。

嘴里这样说，我心里在思考着另一个问题，我们传统教育当中，除了应试教育和科学文化知识的普及之外，缺失一门课，那就是生死教育，如何面对失去，如何尊重生命、享受生命，同时正确对待生命的消失，这是我们全民应该补上的一堂必修课。

韩英姐姐没有阿芳那样激动，只是泪在眼角噙着，始终没有落下来，她接着对我说：你不要老这么蹲着，你坐在床上吧，听我说。

好好，我听您说。

我的阿芳妹妹，从她进门我就主动和她唠家常，了解她的身世，也诉说我的身世，我们当兵的人，接受党的教育这么多年，最懂得和群众打成一片。况且我现在也是一名群众，我知道要聊天唠嗑，都得有一个互相的，我敞开心扉，她才能够敞开心对不对。心是互相敞的，一个人关着，另一个人走不进去，只有两个人都敞开了，才能够走进心里。我先说我的身世，当然我很少说我当兵，我提干，我离休这些事情，我只说我是个八路军战士。

阿芳妹妹插过话说：是啊，我都不知道，她当过那么大的官，而且看见部队的领导来看她，有的挺大的官吧，还称呼她老首长，我才知道，人家也是老首长呢，可她一点架子都没有，对我好极了。

那一年，我老伴去世后的第一个清明节，我想和孩子们一起去八宝山祭奠，可是血压高，还有糖尿病，这个韩英姐姐就拉着我的手说好妹子，你们一起生活这么多年，不在今天你看不看他，今天清明节孩子们都会去的，而且所有的中国人都知道清明节，那么多人共同一起为他们祈福，你就放心吧,走,我陪你去玩,出去散散心。

韩英姐姐知道我喜欢玩麻将,她就早早地约了三个人,一起和我打麻将,还端了热水、水果放在那,就哄着我在那里玩麻将。

当我玩麻将回来的时候,韩英姐姐又迎上前说:来,我们一起看电视吧,看你最爱看的节目。

阿芳说着说着又抹起了泪:你们知道吗?她爱看军事频道,爱看《新闻联播》,而我爱看连续剧,我一个退休老工人,就喜欢看那些家长里短的电视剧。可是那天,她没看《新闻联播》,也没看《焦点访谈》,就一直让我看那个电视剧来着,你知道我心里有多感动吗,这个老姐姐真的太好了。

听见阿芳在夸自己,韩英姐姐就连连摆手,她那个手指已经曲弯着张不开了,她说,告诉你吧,薛老师,我最幸福的时光就是在养老院这几年,因为我遇到了她,我的亲妹妹。

韩英姐姐滔滔不绝,真的用这四个字一点不为过,滔滔不绝向我们讲述着阿芳妹妹对她的好。

我喜欢吃胡萝卜包,阿芳妹妹有糖尿病不能吃,可是她看我喜欢吃,一到食堂就说,我也要胡萝卜包,食堂大师傅很关心地就说,您老有糖尿病不能吃。不,给我一个嘛,你给我一个嘛。她自己放弃吃馒头,而要了一个胡萝卜包,噔噔地跑回来把热腾腾的胡萝卜包递到我手上,说你快吃吧,我回去接着喝我那粥去。

从食堂到我们的住处还有一段距离,她也是八十多岁的人了，就这样跑来跑去，只要食堂有一点我喜欢吃的，她都拿给我，她的家人，她的儿女，把我叫老姨，对我也是亲啊。

我住院的时候，她让儿子开车拿了好多我爱吃的点心，我爱吃的水果，给我送到病床前，我们两个抱头痛哭啊，我以为我回不来了呢，可是没想到，我又回来了，为什么回来呢？我舍不得她。

你信不信，当年我们当兵的时候，都强调一种精神，只要有一种精神，你说我决不能死，我要把鬼子赶出中国去，我们就有无穷的力量，去冲向敌人，甚至和敌人同归于尽都不怕。我们很多伤病员，我对他说，好战友，你不能死，睁开眼睛你还要打鬼子，鬼子就要冲上来了，你快睁开眼睛吧，我马上给你手术。真的，那些奄奄一息的战士，真的就能睁开眼睛说，快救我，我要回战场，快救我，我要回战场。

阿芳坐在旁边，被韩英姐姐这平静的叙述感动得热泪盈眶了。

韩英姐姐没有哭，她继续说，人是靠精神活着的。部队这些年给我的精神就是要团结，就是要坚强，没了这两点在世上寸步难行。我们的军队没有鬼子的好枪好炮，我们只是小米加步枪。我们后来和国民党作战，也没有他们那些美式装备，我们顶多有个手榴弹就很棒了，为什么我们能打败他们，就是我们有坚定的信念，我们要打败他们，要解放全中国，要让老百姓过上好日子。

我跟你们说，一说起兄弟姐妹，我就想起当年我们作战的时候，不时有燃烧的树枝掉下来，砸到我们身上竟然燎着了一个战友的军装，当时火苗子腾腾地在太阳底下燃烧，怎么办呢？他自己拿手扑，也扑不了多少面积，我们好几个战友就扑过去，真的，我们就用自己的身子往上扑啊，冲上几个人，烧伤了几个人把他救下来了，这就是战友情。

我们现在到了这，就是姐妹情啊，好姐妹，好兄弟大家在一起开开心心的，过好我们的幸福晚年，有什么不好吗？

我说：韩英姐姐喝口水吧，休息一会，待一会我们再聊好吗？

好，好。

我刚要把水杯递给她，她说：不用，不用，我自己来。

我看着她颤颤巍巍地用她那颤抖的手，端起了杯子，几次放到嘴边喝不进去，我们真想帮她啊。她不让，坚决地说：不用，不用，我能来，我不能做不自理的人，那样我就会和阿芳妹妹分开了，我要自理，我要自理。

阿芳妹妹又一次失声痛哭：韩英姐姐，真不行，我也装残，我跟你一起去护理区吧，你不要这么强撑着了，你每动一次我都心疼啊，我都心疼啊。

阿芳的哭声震撼着我们的心灵，这是何等的情谊，这是什么样的情分啊！

时值中夏，院子里的鲜花竟相开放，金娃娃、萱草、月季、紫茉莉，还有那些反季的玉兰，竟在浓浓的绿荫下开出了美丽的花朵，真的是反季节的鲜花呀！音乐的教室传来老人们的歌声《时间都去哪了》，时间都去哪儿了，时间过得飞快。

我们再次走进韩英姐姐的房间，前些时候韩英姐姐做了一个膝关节手术，她战胜疾病出院了。只见韩英姐姐依旧依偎在床头，阿芳在为她剥着水果。韩英姐姐看见我们就连连起身要打招呼，我们说，不要不要，千万不要动。

阿芳说：没关系，她能动，她愿意动的。

韩英姐姐说：她们有生死重逢的感觉。她说这种情感当年在部队听说某个战友牺牲了，可是不知道什么时候他又活蹦乱跳地站在了自己面前，那种感觉真的是发自内心的兴奋和高兴，有时候冲上去对着人家就是两拳，你还活着呀！有时候抱着相拥而泣。战友在战地重逢，死里逃生，那是一种情感，是世界上最美妙的情感，而她年近百岁还能够走出医院的大门，走下手术台，能回到养老院，回到阿芳妹妹的身边。她说这一点也不亚于在战争年代的死里逃生。

为了不撇下阿芳妹妹，她坚强地接受康复训练，她努力地做自己力所能及的事情，其实有时候真的不是力所能及，她是在吃力地撑着，撑着。

一个坚定的信念就是她不能撇下阿芳妹妹，阿芳妹妹会哭的。

阿芳妹妹和韩英姐姐都属鸡，相差整整一轮。而韩英姐姐无论是在领导来看望，还是子女，甚至孙辈的人来看望时，首先就要推出阿芳妹妹，总是先介绍说这是我的恩人，是我的老伴，是她给了我晚年的幸福。

这样，阿芳妹妹自然受到韩英姐姐孩子以及她的战友们的敬重，每次领导来看望韩英姐姐都会为阿芳妹妹带一份礼物，因为大家真的被他们两姐妹的情谊所感动。

这时阿芳妹妹说了，我跟你说过没有，你一定要听我的，不能有事不叫我，不能强撑。你看那花又开了，开得挺艳。可有时候它就得败下来，你不服不行。

韩英姐姐说：我就不服，你看咱们窗外有多少花啊，都在开，有开败的就有盛开的，我就是那不败的。

我插了一句：您哪，就是那不败的紫茉莉，越到黄昏开得越灿烂。

我现在老了，记不住这些花花草草了。以前我认识很多中草药。

阿芳妹妹说，你现在一点儿都不老，你记得住，记得今天吃什么吗？

我记得你又从别人那给我要了一个糖包。

然后两姐妹就哈哈大笑。

阿芳说：不是，那是那天他们剩的，反正剩的，我要一个怕什么呢？你扣我一个馒头完了嘛，人家没扣，白送我一个。以为我糖尿病馋了哪，还嘱咐我，您千万咬一点点，不要把它全吃了，吃不完你扔掉，我们也不说你，你解解馋尝一口就得了。其实哪，我是给韩英姐姐要来的。

韩英姐姐又是一阵爽朗的笑声：哈哈，你看我这个妹妹。我这个妹妹呀，真是胜似亲姐妹。她看电视总是依着我，我说看什么她就看什么，我说想睡觉了，她马上就把电视关掉。

特别是有些事我都没法说出口，你知道我给人家添多少麻烦哪。

我从出院以后总要起夜，都是她呀，只要我一有响动就说：干吗，我来，我来。我真的怕她晚上照顾我，所以我晚上从来不敢多喝水。可是我像瘫子一样在床上，吃喝拉撒都需要人照顾，我们俩又不愿意分开，又不愿意去住那护理病房，所以她就来照顾我。

阿芳妹妹说：你还说呢，要不是你，咱能一人弄一身的尿吗？

怎么回事呀？

韩英姐姐这次没有笑，眼角噙着泪，拉着我的手说：薛老师啊，我跟你说说，就是我的亲儿亲女也做不到啊。

从医院做膝关节手术回来以后我根本动不了，老麻烦护士，人家就该给我转护理区了。我就坐在这里面，地上放个便盆，尿了以后我努力挣扎，想把它倒了，每次都是她给我倒，给我刷。

那天，我看她刚迷瞪会儿，我就想自己倒，她一下就醒了，说你干吗呢？你又偷偷干吗呢？

我偷偷上了个厕所。

干吗不叫我？

我看你睡了。

都怪我睡着了，说着，就起来的。

她就跟我抢，我说不呀，不，我今天好些了，我自己能行了。

不行，伤筋动骨一百天，还没到一百天，不许你动。

我们俩就这样你争我夺，"哗"一下便盆洒了，尿液洒了我们俩一身，溅了我们俩一脸，我们两个人吧，搂在一起就哭了，哭完我们就笑了。

她对我真的是不嫌脏不嫌弃呀，连内裤都帮我洗。

阿芳妹妹接着说：我有什么可嫌弃的，你是老八路，你也跟我说过，当年你们在战场上为了救伤病员，你撸起胳膊就献血，你这一身的病还不是那时候落下的。我没有参加过八路军，可是我也是爱解放军的呀，我能为你做点服务，不也是替国家减少负担，不也是为孩子们减少负担么。况且你对我这么亲、这么好，我做这些有什么不应该吗？说实话，我给我的亲妈都没洗过，可是我觉得她真的不容易，她这么坚强，这么老资格的老革命，一点不摆架子。她单位都想接她去住更好的养老院，她是为了我才不去的呀。她离不开我，我更离不开她。我都不敢想象哪一天我们俩分开了……说着说着，阿芳妹妹又号啕大哭起来，我可怎么办呢？

我们几个人面面相觑，我在心里默默地想着，一定要把生死教育课搬进老人的卧室，让老人知道到了这一站，应该正确地面对生死离别了。

韩英姐姐还是很开通地说：你别哭了，你别哭了，你哭得我心里又不好受。我从参军那年起就说过不许哭。因为战场有那么多生死离别，我不哭的，所以你别招我哭了，好不好？听我给薛老师说个逗笑的故事。

阿芳真的很听韩英姐姐的话，马上说：我没有，没有，我没哭，谁说我哭了。

说实话，接触过很多老兵，包括八路军，包括志愿军，他们大多数都是在豆蔻年华参加革命，走上战场。他们在敌人的枪林弹雨中洗礼了青春，新中国成立以后他们默默地从事着各行各业的工作，特别是医护工作者，他们大多回到了医疗战线，在第一线救死扶伤，做白衣天使。

当他们晚年之后，他们不愿意再提及那光荣的历史，很多男兵都说好汉不提当年勇，而这些小女兵大多记忆深刻的也都是那些趣闻轶事。

韩英姐姐又说了：有一年急行军，还没有打仗哪，就是急行军。急行军到前面去准备接应伤员，我们几个人开始觉得没有敌情，也挺放松，走得特别快，扛着那个担架，挺轻的。平时你知道抬伤员是很重的，我们扛着空担架，一边走还一边小声哼着歌，还时不时采一把野花，就那些个金黄色的小野花我们就弄下来插头上。

好，走着走着，不知道高兴，还是真的怎么的，一个女孩子就像马失前蹄一样，突然一下把脚就崴了。崴了脚以后呢，再往前赶着部队，那就一瘸一拐的。后来战士们都说，这叫出征不利，不吉利，你们下去吧，你们还抬我们呢，我们还得背着你们哪。

把我们这个姐妹急的，这可怎么办呢？跟我说，你有没有什么办法让我现在就能又蹦又跳。

那除非神仙，神仙也不能一把抓呀。

那怎么办呢？那你有没有绷带。

有啊。

你帮我用绷带把疼的地方，把它死死地缠住，它就不疼了。

那会坏死的。

没事，你缠吧。

我就把她扭伤的脚脖子用绷带缠了一圈又一圈，然后她就失去知觉了，她就照常走，还哼着歌，走在男兵的队伍前，还使劲往前跳一跳，让他们看看。

这时，一个老战士走过来说：小鬼，这样可不行，你的脚麻了待会儿会坏死的，坏死还要锯掉哪。

啊，我的妈呀，把她吓得大叫一声，你快把我解开吧，我瘸就瘸，给我弄根拐棍吧。

韩英姐姐说到这儿，还露着惭愧的笑容说：你看我年轻多不懂事，差点害了人。

不是的，你这也是急中生智。

哪是什么急中生智啊，那也是个馊主意呀。

后来呢？

后来男兵给她做了一个拐杖，她就一瘸一拐地上了前线。到了前方打起仗来，好像也没用绷带，她就忘了疼似的，和我们一样抬担架。

韩英姐姐轻描淡写地说着，我深深地感动着，正是因为炮火的洗礼，将他们练就得非常刚强。生活中用不着对他们讲什么自强自立，军人的血在他们骨子里流淌。

一枕初寒梦不成

校园情侣，暮年以身殉情

银龄书院 朗读者 赵香琴

扫码听故事

早春二月。

在还有很多秃枝枯木的院子中，二月兰那翠绿的叶子、紫色的小花在阳光下，显得那样耀眼，远远望去，一片片、一丛丛，令人心情顿时清爽许多。

走在青石板小路上，不时有淘气的二月兰拽住你的裙角，是想让你将它的种子带到四面八方。

二月兰有一个独特的习性，那就是单株不成活，它非常抱团，只有成片成片才能够成活。我曾经做过这样的实验，移植了一株二月兰，接连移植了好几株，都没有成活。

后来，花农告诉我，二月兰虽然是野生，但是人家抱团。你想啊，在那荒郊野外犄角旮旯，能够生存靠的不就是互相取暖吗？

如果说孤零零的一株，那么风吹雨打很快就会枯死，只有抱团连接成一片片、一丛丛，不管是东南风还是西北风，它们成片地弯下腰，就可以躲过更大的风暴；当暴雨袭来，他们紧紧地交叉在一起互相扶持，等到雨过天晴，就会又伸直腰板，绽开花朵，这就是二月兰的生存特性。

胡思乱想着，突然手机铃响了，原来是养老院护工楚楚。

薛老师，你起了吗？

我起了呀，怎么啦？出什么事啦？

贝贝奶奶走了。

什么？

这些年，经常在养老机构采访，时常会在午夜或者清晨，甚至凌晨，听到那些噩耗，心总是一沉一揪，非常难过。

但是今天听到贝贝姐走了，确实让我大吃一惊。回想去年，我给他们夫妇拍照的情景，我怎么也不相信，我喃喃自语道：真的是没过五七就随他去了吗？

家人被我的反常神态吓着了，赶忙问，怎么了？怎么了？

贝贝姐走了。真的没过五七就随她的叶大哥走了。

家里人都知道，我说过他们的故事。

我真的很悔恨，因为眼疾一直没有来得及整理他们的资料。那还是在去年春节的时候，一个国际医疗机构，要到养老院搞调研，了解老年人对健康和幸福的理解，同时也要询问一些所谓的夫妻生活情况。

养老院的领导哈哈大笑说：哎呀，这时候，都七八十岁的老头、老太太，哪里还有什么夫妻生活，这个题目别问了。

但是那个外国人特别执拗，坚持要把这个话题列出来。

无奈，院领导说：薛老师，您跟着他们去调研吧。

开始我也觉得，这是不可能谈的话题。可是想想这些日子，我曾经和他们在后山，在小花园，听他们畅谈自己的爱情生活，以及他们的星星会、月亮会，也听到一些他们的爱情故事，甚至也听了一些他们的初恋细节，那真是一个新鲜的话题。

我陪这些调研组的学者们开了几次座谈会，最后谈到这个问题，有长者提议，要个别谈。

他就是贝贝姐的爱人，叶老，叶医生。

他比贝贝姐整整大十四岁。他们是中国恢复高考以后的第一批大学生，在省里的三甲医院做医生。叶医生是外科主刀医生，号称柳叶刀。贝贝姐是他的护士长，他们在同一个科室，同一个病房。他们从相识到结婚，直至他们相继走向天国，都一直在一起，从来没有长时间分开。

用他们的话说，他们这辈子就像520胶一样，紧紧地粘在了一起。是的，在养老院里经常看到他们手拉手散步，就是去理发，也是一起，一个人理完了一个人等着。他们参加的活动都是共同的，一起唱歌，一起读报，一起健身。他们真的是形影不离。

可是，就在那一天，也就是去年年末，医院例行体检，他们一起到了医院，医生说：叶老，您的心脏有些问题，您得留院检查。

贝贝姐在那些小字辈的面前不好意思强留下，就说，那好吧，那你自己留院检查，我先回去，明天早上我再来。

叶大哥平时都是一副老大哥的样子。他是东北人，长得五大三粗，而贝贝姐是南方人，他们俩在一起，那就是大树下的一棵二月兰，柔弱纤细，依偎在这棵大树旁，被他呵护备至。

他们在一起，就有一种昆仑山上一棵草的感觉。叶大哥今天却没有了往日那种魁梧和洒脱，而是有点撒娇的意味说：你再待会儿走，再陪我一会儿，再陪我一会儿。

贝贝姐也很乖巧，就说：好好，那我陪你在这儿吃完晚饭再回去，反正回去，也赶不上饭了。

就是。来，我们一起去吃饭。

他们两个手牵着手，到了医院食堂。大师傅从退休一直返聘，所以还认得他们，就说：叶老回来啦，您二老想吃点什么，我给您开小灶。

不了，不了，和大家一样吃点吧。

他们俩吃完饭又在熟悉的医院花园散步。

走着走着，叶大哥突然说：我想了想，一会儿你自个儿回去天太黑了，你还是快走吧。

怎么，你不舒服吗？

没有，没有，我就怕你一个人回去，我不放心。走，我送你到门口打个车，直接回院里。

他们俩又手拉着手到了医院外面，叫了一辆出租车，叶大哥千叮咛万嘱咐司机，您可慢点开，一直开到院里头，和门卫说，送她到我们那宿舍去。

出租车司机笑着说：放心吧，老同志，我一定把您老伴儿送到目的地。放心吧，您记下我车号，回头有事儿您找我。

叶大哥说：那倒不用，到家她就会给我打电话的。

贝贝姐和叶大哥挥了挥手，叶大哥一直站在医院的门口，目送出租车拐弯，直到看不见出租车的身影。

谁知天下事就是这样的无常。片刻的分别，有的时候，就真的成为永别。

贝贝姐还没有到养老院，就接到了医院打来的电话，你马上回来，叶老情况不好。

贝贝姐让出租车司机赶快掉头，赶回医院。谁知，叶老已经撒手人寰，弃她而去了。院长和医务主任，围着贝贝姐，告诉她，他是心梗突发。

奇怪的是，贝贝姐并没有号啕大哭。只是说：让我去陪陪他。

大家拥着她，到了重症病房，贝贝姐踉跄着奔到床边，紧紧拉着叶大哥的手，哽咽着说：你怎么这么坏呀？你为什么把我赶回去，你自己就走了？叶大哥，你好坏呀，大哥，你怎么能这样啊，大哥，你说过，你要陪我走到天涯海角的呀。我们还没有到天涯海角呀？如泣如诉的呼唤，让身边的医务工作者，见惯了生死离别的医务工作者，也不禁唏嘘，有的人已经哭出了声。

叶老在医院里是有名的老好人，业务那是顶呱呱一把手，人缘那是顶呱呱的好。他们夫妻二人，没有子女。但他们对院里所有年轻人，都给予很多的关爱，经常给那些外地进修的医生一沓一沓的饭票。

有的病人家庭困难，舍不得吃营养餐，他们就送去钱或者食物。院里组织抗震救灾，或者是抗洪救灾，他们两个都是冲在第一线，总对大家说，我们俩，也没有老的，也没有小的，不像你们家庭负担重，我们不去谁去呀？

那一年汶川地震，叶老带着外科那些年轻的医生，贝贝姐也跟着，一起到了抗震前线。他们在那里没日没夜地做手术，甚至还要亲手去废墟中抢救、挖掘那些伤病人。

回到北京，他就一下子病倒了，住了两个月的医院。而贝贝姐就在病房，一边工作，一边护理着他。叶老是积劳成疾呀，他绝不是一时的心梗，一定是积劳成疾。

院长知道他们俩的恩爱，也知道他们俩不一般的经历，就派了两个小护士陪着贝医生，劝她早点回宿舍去休息。

就这样，贝贝姐陪着叶老度过了最难熬的那一夜。第二天，她在医院的安排下，为叶老办理后事，把叶老安葬在郊区一个寂静的陵园，一个双人穴。这个墓穴是背有靠，前有照，也就是说背靠着大山，前面是一条河流。

她知道，自从叶大哥和她在一起，他们的家就是永远的爱巢。叶大哥毕竟生在东北，让他顺着这条河，回归他的故里吧。而她也要顺着这条河，回到她那江南，去陪伴她的爸妈。他们终究会各自找自己的爸妈，重新轮回，做成爸妈的孩子，再到他们年长时，他们又会在一起，再一次重逢，再一次结合。

世世代代轮回，生存下去。

我调出了当年和医疗机构一起采访时的录音和记录。那天，调研组在会议室单独采访叶医生。

他说：我认为幸福是什么？你们知道哈佛大学曾经用八十年，调研什么是幸福。那个调研报告耗资几千万美金，调研了各个阶层的成功人士，以及不成功人士。最后他们的报告，也就是幸福指数调研报告白皮书，最后只有这样几个字，幸福就是爱。对啊。美国哈佛，那是全球公认的权威学府。他们这个调研报告有凭有据，那么我们不得不信。什么是幸福？爱就是幸福。有个广告词怎么说的来着？有家有爱有欧派。

大家被叶老的风趣逗笑了。谁知叶老话锋一转：那我要告诉你们，有家有爱，还要有夫妻生活，我们的夫妻生活从结婚到现在，从未停止过。

语出惊人，大家都惊呆了，真是那句话，小伙伴都惊呆了。他说：我猜你们就会很惊讶，你们现在告诉我，你们看我像八十多岁的人吗？

大家齐刷刷地摇头。

实话告诉你们，我已经八十有四了。而我太太，我比她整整大了十四岁。

叶医生说道：什么叫衰老？你们知道吗？最大的衰老就是性能力的丧失，这是人类最大的不幸。人老了，不愁吃，不愁穿，而且有大把的时间，可以做自己想干的事，年轻的时候没钱去旅游，年老了，有钱可以去旅游。对吧？但是，金钱不是万能的。不是什么都能买来的。金钱，买不来时间，金钱，留不住青春。

可是，当我们年老的时候，身体的各个功能，都逐渐丧失了它原来的原始状态，那是最可悲的。我总以为幸福就是爱。那么，我们这代人，爱国，爱家，爱党，爱病人，但我最最爱的是我的爱人。我从来没有叫过她一声老婆，她也没有叫过我一声老公，我只尊称她为我的爱人。而她从来没叫过我的名字，总是管我叫大哥。我们相识，相恋，相爱，相伴，已经跨越了半个多世纪，可是我要骄傲地告诉你们，我们之间，有爱，有情，更有那缠绵的夫妻生活。

大家面面相觑，不知作何回答和接应，只见他拿出了几本书，好，我告诉你们，我的老师就是渡边纯一。当年他的《失乐园》就使我们两个人获得了爱的真谛。而他那本《再爱一次》更是教会了我许多许多爱的方法，这些年，我们过得越来越好就是受他的启发，他就是我的启蒙老师。希望你们看一看这些书，可能对你们的调研是有益处的。

叶老留下振人心弦的话语和几本书，同时还有几篇文章。

从那次调研之后，我们大家，对叶老和他们的夫妻生活有了新的认识。我们自己像被洗脑了一般，真的是醍醐灌顶，我们真的知道了老年人也需要爱，而这份爱，绝不简简单单就是同吃同住，同遛弯，这里面，确实还包含着他们的夫妻生活，那都是用爱来维系，用爱来浇灌，才能使他们的身体健康、身心健康，快乐地度过这个晚年的美好时光。

后来有关部门，要出一本中国老年人笑脸画册。摄影师给他们二老拍照，根本不用导演调度，也不用解说什么，只是说，今天我们去拍小桥流水了。贝贝姐就会顶着一把小花伞，叶大哥顶着一顶小白帽，他们挽着手，在小桥边，就像那白娘子和许仙。

如果说我们今天去拍健身，他们又是一套情侣健身装来到健身器前，做那些力所能及的体育锻炼。

他们的眼神是最抓摄影师的，摄影师基本没有拍那些个大的场景。而直接抓住他们的眼神，他们的眼神互相深情地对视，从来不游离，都是牢牢地盯住对方，那么深情地望着，即使是笑，他们也是深情地先对视一笑，然后再哈哈大笑。

感叹摄影师，真是捕捉灵魂的高手，他们能够抓取最让人心动的眼神，呈现给大家。当我们看到这些照片时，真的特别震撼。

于是，我多次和他们聊天。我很好奇，他们年龄差异这么大，怎么会走在一起？

叶医生看贝贝姐有点嗔怪的意思，赶快说：好好好，乖，我不再让你为难，我来说好不好？那我说这段的时间，你不许伤心，不许难过，好吗？

叶医生对我讲起了他们的相识——那是在1977年，我国恢复高考的第一年，那一年的作文题目，他都记得。

他在赤脚医生的岗位干了很多年，在农村的广阔天地，他作为赤脚医生已经能够独当一面，像接生、做阑尾手术，那是常事。

他吃苦耐劳，医术在当地小有名气，号称小神医，甚至有人给他送来"华佗再世"匾。因为他为一个产妇接生了三胞胎，各个健康。那一年村里就推荐他考医科大学深造。

他兴冲冲地考上了心仪的医科大学，来到省城报到那天，碰到了天南地北很多同学。这的医学院是非常有名的，那时候全国统一分配，去哪个城市，也无所谓。所以很多年轻人，当然比他都年轻了，有的是刚刚参加工作的高中毕业生，像贝贝。

她刚参加工作没两天，就赶上了恢复高考，还真考上了，但是没有按照她爸妈的愿望考在自己家乡的医学院，而被调剂分配到了这里的医学院。

她爸妈都是医务工作者，她妹妹还小，所以他们一家四口，一起坐火车到学校报到。

报到完，爸妈千叮咛万嘱咐，一定要好好读书，这个机会可来之不易啊，如果你学得好，可以分配到爸爸妈妈的医院，我们也好关照你啊。

贝贝是家里老大，非常独立，总是帮助爸妈带妹妹，特别是在十年动乱中，爸妈都被下放劳动，只有她和姥姥，带着妹妹，那时她才十岁左右，她带着妹妹和姥姥一起，度过了那艰难的岁月。后来爸妈平反回到了医院，她又考上了自己喜欢的医学院，非常兴奋，就拉着爸妈和妹妹，在校园里东看看，西转转。转了以后，他们又去外面的小饭馆，一起吃了东北烩菜。

吃完以后，爸爸妈妈和她告别，妈妈又给她放下一些钱，妹妹说，姐姐等着我，等我长大了，也考这所学院，你读研究生，我上大一，多好啊，姐妹俩相拥道别。

贝贝回到宿舍整理自己的床铺，就在这时，学校大喇叭响起来：新生医学部张贝贝同学，张贝贝同学，速到学校办公室来，速到学校办公室来。

贝贝姐不知发生了什么事，赶忙就奔向学校办公室。一进办公室，校领导就说，贝贝同学，你马上和我们去医院，看望你爸妈。

我爸妈回家了，我爸妈回老家上班去了。

不，你爸妈和你妹妹出了车祸，在咱们省医院救治，学校派车，你赶快去。

贝贝一路走，一路哭，同宿舍的女生东东说：贝贝，我陪你一起去。

东东又去找来了叶医生。当时，他们班第一天报到，因为叶医生年纪最大，就负责帮助大家扛行李、签到、发钥匙，所以大家认定，他就是班长。

叶医生当时就很惊讶，他觉得这样一个梳马尾辫的小女孩，怎么会经受住这样的打击呢？他很冲动说：走，我跟你们一起去。他左手拉着贝贝，右手拉着东东，一溜烟跑向了学校大门口，学校的吉普车已经在那里等待。

医学院和省医院都有些关联，司机一溜烟开到了那里，那里的医生只对他们说了一句话，我们尽力了。

贝贝只有二十岁，年龄还小，不知道怎么回事儿，她问：你们说什么？你们说什么？

叶医生已经做了十年医生，他知道这句话的含义。他赶忙把医生叫到一边说：告诉我怎么回事儿，怎么回事儿？

车祸，其实他们有的已经当场死亡了，送来的时候就已经没有了生命体征，只是太惨了，一家三口啊。

叶大哥见过了很多生生死死，但这一瞬间，他不知怎么，如此心痛。他真想把贝贝拉在怀里，让她痛哭，可贝贝没有，贝贝只是扑通一下跪到了地上，大声叫了一声"妈，爸，小妹"，就晕厥过去。

叶医生和东东抱起贝贝，一起抱着送到急救室。经过医生们的急救，贝贝苏醒过来了。她不知道身在何处，只是惊慌失措地问：我这是在哪儿？我爸在哪儿？我妈在哪儿？我妹在哪儿？叶医生对她摇了摇头，她居然伸出小拳头捶打叶医生的胸脯说：说呀，你告诉我，他们在哪儿？告诉我他们在哪儿？

东东再也忍不住了，走上前抱住贝贝号啕大哭。

就在她步入人生最美的时刻，如愿考上了自己心仪大学时，她的爸妈和妹妹，却离她而去了。

这失亲的痛深扎在心底。

接下来的日子，如果没有叶医生，她真的是活不下去。东东一直陪伴着她。

她多少次想跳到院里的池塘，叶医生总是在她身边，不管是她晚上出来，还是凌晨四点钟走到湖边，叶医生都会在那里候着她。她真的不知道叶医生怎么总会及时出现，难道是叶医生有一种魔力，知道她要做什么？已经过去十几天了，她从来不说一句话，偶尔喝一口米汤。那天凌晨四点，她又起来了，坐到了学校的湖边长椅上，而叶大哥就在她长椅的后边，扶着她的肩头说：贝贝同学，我想和你讲个故事好吗？贝贝无力地摇了摇头，没有力气说出不字。

叶医生给她讲，在他插队的农场，有一位母亲，多次怀孕流产，最后一次孩子足月却难产。当时，她就咬破手指，在叶医生的白大褂上写下三个字,保孩子,实际上就是血淋淋的血书。

当叶大哥到那个产妇冒着生命危险,用牙齿咬破手指,在我的白大褂上写下"保孩子"三个字时,贝贝睁开了双眼,愣愣地看着叶医生问,后来呢?

东东说:你终于出声了,你终于说话了。

贝贝冲着叶医生说:你说呀,说呀?

叶医生说:在生产过程中,那个产妇真的是用尽全身力气,把孩子降生到人间,她真的离开了。妈妈为了孩子,不惜用生命,以命换命。

贝贝听到这儿,"哇"地一声号啕大哭。自从学校派叶医生和东东陪着她回老家,为她家人安葬之后,她就从来没有哭一声,大家都怕她憋出病来,今天大家心里才算出了口长气。

东东也"哇"地一声哭出了声。叶医生站在长椅的后面,双手扶着长椅把,贝贝背靠着长椅,侧过身,抓住了叶医生的胳膊,狠命地咬了一口,然后,突然松开嘴,没有了任何声息。

东东停止了哭,赶紧问:叶班长,叶班长她怎么啦?她怎么啦?

没事儿,她太累了,她不是晕厥,她是睡熟了,她太累了,太累了。

就这样,贝贝抱着叶医生的一只胳膊当枕头似的睡着了。

　　旁边围拢了好多同学，全校师生都知道，这个南方小女孩，在开学报到的当天，失去了父母和妹妹，大家渐渐地围拢来，有的人脱下自己的棉服给她披上，那时已是初秋。叶医生一动不敢动，就任由她睡。不一会儿，她竟然发出了鼾声。

　　东东长出了一口气说：谢天谢地，她终于能睡一会儿了，这十多天她就没睡过一次觉，就那么俩眼瞪瞪地看着我。

　　旁边有同学说：不要说话，让小妹妹睡会儿吧，她太可怜了，我们能帮她做点什么呢？

　　这时候，有人掏出一沓饭票，有人放两支笔，还有的同学摘下自己的围巾，放到了长椅旁。不一会儿工夫，长椅上已经摆满了同学们捐赠给她的物品、粮票，还有一些钱。

　　就这样，贝贝被叶医生的故事打动了，她苏醒了，她像变了一个人似的，拼命地学习。说真的，如果不是叶医生有着比她多十年的实践经验，现在成为医院一把刀的是她。

　　她玩了命地学习，天天就是课堂、图书馆、宿舍，三点一线。说真的，贝贝，那真是学霸级的。读书学习，实践，样样都在前面，都是第一的。

　　在毕业实习那年，同学们一同到林区去抢救被暴风雪压塌了房子的民工，贝贝和叶医生一起，不怕苦，不怕累，用手扒，用肩扛，救出了很多民工。在医院治疗过程中，几天几夜不合眼，他们俩都是主刀医生。

有一天，一个伤员急需输血，她毫不犹豫，撸起胳膊说，我是O型血，来，抽我的吧。当地的医生说，哎呀，您这么瘦弱。没关系，就我合适，来吧，不能耽误时间。

当叶医生从手术台下来，知道她献血的事儿，真的很心疼，那时他们已经确立了恋爱关系。所有的老师、同学，没有一个不祝福他们的，都说班长，你可好好疼爱这个小姑娘，她太可怜了，你要是对她有一丝一毫的不好，我们会集体打倒你，把你踏上一只脚，让你永世不得翻身。

叶医生总是对大家说，放心放心，我们都是来自五湖四海，为了一个共同的革命目标走到一起来了。放心，放心，我一定会好好爱护咱们大家的小妹妹。

不幸的是，有一次在运送伤员的过程中抬担架，贝贝滑了个跟头，腰严重扭伤，就此落下了病根。毕业时，领导就征求叶医生意见，要不要把你们分在一起，叶医生说，要。这样领导就把他们俩一起分到了省医院，同在外科。

叶医生曾经对我说过：由于腰伤，她手术时间不能太久，所以大手术都我上，小手术是她的。我们两个形影不离，一同在食堂吃饭，一同进手术室。有时，我要上手术时间长，她下了班就在病房照顾那些小病号，给他们讲故事，给他们买吃的。她要是有小手术，我要是没有手术，我就下了班也在那儿等她。不久院里就给我们分了房子，分了一个挺好的房子，我们建立了自己的家。

新婚之夜，我捧着她的脸蛋对她说：宝贝儿，你是我唯一的亲人，我们都没有了家人，我们要好好地在一起活着，永远不分开。

她哭了。

第一批世界名著恢复出版，我们俩买了好多书，托尔斯泰《安娜·卡列尼娜》，莫泊桑《人生》，欧·亨利《最后一片叶子》，都是我们俩爱看的书。

我给她朗读书籍，这是我们定下的规矩，每天除了看业务书之外，临睡前，得要读一段童话书或者文学作品，有时候是我给她读，有时候是她给我读。如果说谁要有手术回来晚了，一定要给他打盆热水烫烫脚。我们两个就这样互相爱护，互相搀扶，互相体贴着，走过了一个又一个的春夏秋冬。

过了几年，当我们从忙碌的工作中，稍稍有些空闲，而且，院里各个方面，都走上正轨的时候，突然有一天，她说，我们该有个孩子了。

我特别认真地又一次捧起她的脸蛋说：宝贝儿，我有个想法。我在农村，为那么多妇女接生，我真的不想让你遭受任何的苦难和疼痛，就把你像宝贝一样捧在手里，你觉得呢？

贝贝说：你对我就像是父亲，又像是哥哥，还是丈夫，你对我，有父爱，有情爱，我觉得很幸福。

就这样，这些年过去了，我们俩没有要孩子，在工作之余,我们把病房的小病人,都当作自己的孩子,有些小病人出院了,还回来看我们呢。

说到这儿,叶医生很是兴奋。

这时候我说:那说了半天,您觉得,贝贝姐幸福吗?

当然啦,不信你去问问她。哪天,我溜出去半天,你上那儿跟她聊聊。因为啊,谁都插不进来我们这儿。只有我主动溜出半天,她才跟你聊,不然呀,有我在身边,你问什么她也不会跟你说。她的心思全在我身上呢。

没错,是这样。

叶医生说到做到。有一天,他拉着贝贝姐来到医务室说:我想在这儿吸会氧,你和薛老师出去走走吧。

贝贝姐说:不,不行,我就在你旁边陪着。

这一招没奏效,我们没有谈成。

那天,叶医生又来跟我说:今天啊,我进去洗澡的时候,你和我家贝贝聊天,我在里边多磨蹭会儿,行吗?

他们俩总是形影不离,总是在一起,根本就轮不上别人和她说什么。这天,我吃过晚饭,就去了他们的房间,和他们在一起聊天,叶医生说,刚好,有伴跟你聊天,我进去洗个澡。

贝贝姐赶忙拿出换洗的衣服和浴袍说:好,那你进去可慢点啊。

看着叶医生进了卫生间,我赶忙拉住贝贝的手说:贝贝姐，跟我说说你们俩人的私房事儿好不好？

哎呀，怎么说呀？没得说。

说两句，说两句。

就说我这一辈子很幸福，哪方面哪方面都很幸福。

你们现在这个年龄还幸福吗？

当然了，当然幸福了。我们之间，每天说不完的情话，每天聊不完的天，每天我们还在一个床上，甚至一个被窝。每天，我们肌肤相亲，相亲相爱，讲故事，说笑话，都是很幸福的。

就是现在，我们也一起看世界名著，看好的歌舞剧，一起老说情话，我爱你，那就是我们的口头禅，这没什么不好的，说情话可以加深感情，让人精神很振奋。从医学的角度来说，这是一个振奋剂，情话最有助于人体健康了。

那你从医学角度跟我说说呗。

不，不，你看，我家叶大哥都进去这么半天了，我得去看看。

叶大哥你没事儿吧？

没事儿，没事儿。

那你快点出来吧。

我一听，这哪儿是叫他出来，这就是逐客令啊。

谁知，这次谈话竟成了永别……

朗读者　陆庆宏
银龄书院

扫码听故事

寒山一带伤心碧

伤情不伤心，爱得太深

廖奶奶退院了，廖奶奶的图书都留给图书馆了，廖奶奶的衣服都捐给模特队了。廖奶奶还留下一大笔钱，好大一笔钱。

清晨我刚刚走出房门，就听到院里很多人在纷纷议论，有护工，有保洁员，还有老年人。

这些日子我一直住在养老院，帮助大家排春节晚会。

院长把我找去说：您帮我调查一下，为什么廖老会退院。

退院的事不是经常发生吗？那王爷爷不就是因为孩子看到他推徐奶奶遛弯，就以为他黄昏恋，硬把他接走转院吗？

不，我觉得廖老可不是个简单人物，她一定是有故事的人，您还是跟她联络一下吧。

话音未落，手机铃响，我接通，正是廖姐姐。

廖姐姐是表演全才，朗诵组、歌唱组、舞蹈队、模特队都有她的身影。她年龄不大，刚刚六十出头，我叫她姐姐，她特别高兴。有事没事就一起散步，我也听了她很多故事，我也看了她一些书信和微信、微博，所以我就对着话筒特别不客气地说：不带这样的，姐姐，连个招呼都不打就偷偷溜走了，莫不是跟着你的老爱人去周游列国了？

我这里跟她自顾自地调侃着，那头却传来低低的抽泣声。哎呀，我吓坏了，赶紧说：姐姐，姐姐，我不说了，不跟您开玩笑了。告诉我发生什么了，告诉我发生什么了。

那好吧，你出来吧，出来咱们谈谈。

去哪儿啊，让我上哪儿找您呢？

您到潭柘寺来吧。

啊，这大冬天的，您不心疼我呀？

不，你一定要到那去，我在那棵玉兰树下等你。

几个月前，也就是她刚刚搬进养老院的时候，因为她带了一车的书，我非常好奇，不仅帮着她搬，而且注意浏览了一下，发现她看的书大致和我相同，里面有很多世界名著，而且基本涵盖了获得诺贝尔文学奖的作品，以及获得奥斯卡电影各项大奖改编的原著。

因为图书，我们两个人走得很近，我们一起交流读书的体会，我们互相询问哪一本书对自己有醍醐灌顶之效。不约而同，我们俩人竟说出了同一本书的书名，从此我们就因书结缘，尽管她不是我的重点采访对象。

我此行的任务主要是采访那些抗战女兵，但是她抽空儿，比如清晨我在院里散步，她就会好像不经意碰到我，和我一起走到后花园。

中午去食堂吃饭，她知道，吃过饭是老人午休的时间，我不会去采访，所以她就会慢慢挪移，换位子换到我身边，和我一起共进午餐。然后和我慢慢磨蹭着去散步，等我要回房间了，她又好像是不自觉地和我边谈边聊，就和我一起上了电梯，来到我的住处。

这样基本没有午休，我们就一起聊天。她对我聊了她的过去，聊得最多的是她的爱情和婚姻，基本上不聊她的工作经历。

但从她的着装、举止言谈，可以看出她是一位知识女性，而且一定是一位职场女强人。

她对我说：一个女人这一生最值得回味的、最值得留恋的、最值得炫耀的就是自己的婚姻、自己的爱情。如果哪个女人没有享有过爱情，没有享受过婚姻的甜蜜，那她就不是一个完整的女人。

您应该是完整的了。

她竟然有些失态地说，你是不是听到什么了？

没有啊，您刚进院，没有什么消息。

可能我太敏感了。

有一天傍晚，她对我说：我有一些珍藏的物品想让你看看。

别，别，别，我们义工可是有规定的，不能接触长者珍藏的珍贵物品，连看都不能去看。

不是的，又不是什么金银财宝，只是我的一些书稿和日记。

那不行，日记心中秘密，不能随便给别人看。

我想给你看嘛，想给你看嘛。

大姐姐撒起娇来那也很甜，我赶快搂住她说：好，我看。

那你到我房间去看。

我第一次走进她的房间，那是一个向阳的大套间，外面是会客室，有一组书柜，书柜里面放满了图书，而且都是经过精心布置的。

最顶层那一摞书是用白色封皮包裹着，在书脊上都用扣取纸书写着整整齐齐的书名，放在一起很整齐、很耀眼。那里有一张孩子的照片，不用问，肯定是她的宝贝，还有一张她自己的照片，那是一个漂亮的小姑娘，扎着两个马尾辫，两个粉色的蝴蝶结在那里上下飞舞。中间有一个圆圆的小托盘，上面摆着六个小茶杯，还有一个小茶壶，做得很精致。

书桌前有一台笔记本电脑，还有一些笔记本，有创作笔记本、日记本，还有流水账本、构思本，各式各样的本都在那里放着。

笔筐，不是笔筒，是一个竹编的工艺品，上面镶满了蕾丝花边，还有一个卡通的玩具熊，里面放着有红笔、蓝笔、毛笔，还有一串小风铃。

另一个放便签的小杂物筐边上端坐着一个卡通小人，粉色的蕾丝镶边，椭圆形，里面躺着铅笔刀、橡皮，是那种彩色橡皮，还有一股淡淡的香味，以及五颜六色的便签纸。

我看到她的书里大多夹了这些便签纸，有红色的、粉色的、黄色的、蓝色的、白色的。有竖贴的，也有横贴的，还有下面贴的。反正她的书没有折印、没有折角。

新华字典基本上都是便签，而且便签下面还有一个要查阅的字。

她又拥着我进了她的卧室，卧室有两张中型单人床，铺着淡粉色的床罩，上面绣满了红色的玫瑰花，不是艳红，是那种酱红色的玫瑰花，非常逼真。粉红色的枕头上面覆盖一方粉色枕巾，还蒙了手钩纱罩，床头还放着一个布娃娃。

两张床摆设一模一样。

床头柜有一盏台灯，纱罩也是蕾丝镶边，上面手绣的玫瑰花瓣，不是玫瑰花，是玫瑰花瓣，淡淡的柔色的光，肯定会让人产生遐想，很浪漫的一个卧室。

这一切让人感觉这哪里是养老院哪，这简直就是幼儿园的寝室。

我偎在她的沙发上，她也偎在沙发上，我们两个各自在长沙发的两端，背靠着沙发沿，两条腿都放到沙发上，一会儿我们盘起来，闭着眼睛说话，一会儿我们把腿又放下。有的时候说到开心处我会用脚丫踹她的脚丫，我们又一阵"嘎嘎"笑。

她说，我和我的爱人是同年同月同日出生在北京妇产医院。我爱人的妈妈和我的妈妈都在一个单位工作，她们先后怀孕，但巧的是却同一天生下了我们。不是指腹为婚，也没签订一纸婚约，而只是口头表达。

那时候我们都在一个大院，从小学、中学、高中都在一起，在学校我们都是班干部，都是好学生。我们在一起工作，根本谈不拢，为什么？他太慢了，但是他会画画，他画一个矮个子音乐老师，站在讲台后面只露出一点点头发，用手指敲讲台，手指粗粗的像个胡萝卜。结果我还带头批判他。

就这样，我们从小学、初中、高中都在一起，高中毕业那年我们面临的不是考大学，而是上山下乡，或是当兵。当时我们都写出了大字报，一定要上山下乡。

那时候，我们没有什么特殊往来，可是有一天他却放到我手里一张纸条，上面写着"晚上操场海棠树下见"。放了学我就磨蹭，假装在那擦黑板，然后假装写作业，反正就磨蹭，磨蹭到天快黑了，我就来到我们操场旁的一排海棠树下。我背着书包，他也背着书包。我走过去，虽然我们都住一个院，但是基本不说话，所以特别尴尬。

我说：有事吗？

我告诉你，我要去当兵。

我当时很惊讶，他在我们班时不时地就被我们女生气哭。

就你？你还能当兵？

嗯，我想到部队去锻炼。

这时我也就放开胆子，夜幕降临，谁也看不见谁，我们相距有一米的距离。

那次咱们劳动，你假模假式白毛巾系在脖子上，结果我们女生拉盘条，突然折了碰着你，瞧你哭的，还当兵哪！

那我就是想锻炼嘛，就是因为我娇气我才想锻炼。

你承认你娇气了，承认你娇气了？

没有，我没承认。我就是有点小肚鸡肠。

哎哟呦，你小肚鸡肠。

不是，不是，我是说我平时，因为小肚鸡肠所以吃得少，所以就没有力量，所以被那个盘条打了一下，就特别疼。

你就矫情吧，你去吧，找我干吗？

我想问你同意吗？

跟我有什么关系。

不能这么说，我们毕竟从小一起长大的，你还是说说你的意见吧。

没意见，你去吧。

说完我一溜烟地就跑了。

说到这儿，廖姐姐哈哈大笑，我就趁机挠着她的脚丫，后来呢后来呢？

哪有什么后来呀？后来他就当兵了，我和几个同学凑钱送了他一个日记本，然后我们就各奔东西了。他去当兵了，我就留校当辅导员了。

就完了？不对，肯定有故事。

我就使劲地挠她脚心。

她忍不住了说：好好，我接着说。

有一天在学校收到一封信，来自陕北。一瞧就是他的笔迹，是写给我和另一个同学的，我们俩一起用剪刀小心翼翼地剪开信封，抽出信纸，我们两个人高声朗读起来，某某同学、某某同学，首先向你们敬一个革命的军礼，我们就哈哈大笑起来。

后来，第二封还是给我和同学的，第三封就给我自己了，第四封第五封第六封第七封第八封第九封就全是给我自己的信了。

那你就没有回信吗？

当然回了，我们来来往往，当兵头三年都是在通信中度过的，你来一封，我去一封。

那时候我们在二楼办公，传达室在一楼，传达室的师傅有时候就走上来递给我一沓信，只要我没在学校或者周日就会积压很多。原来他是每天都写，一天不落，那几年我简直就是天天在情书中度过的。虽然我每天都能读到情书，但我并没有沉迷其中，而是努力地学习学习，参加高考。

后来，他探亲，我们一起到紫竹院公园，在一棵白桦树下刻下了我们的誓言，我们要永远在一起。后来我们就结婚了，后来我们就去蜜月旅行了，后来我们就有了孩子，后来我们都考上了研究生，而且都是师大研究生，因为我们都喜欢教师这一行业。

可是当孩子上小学的时候，我们出现了矛盾。矛盾的焦点就是怎样教育孩子，比如我对孩子说，和同学们相处要谦让要有礼貌，他却告诉孩子，不是，如果有人要欺负你，你要用手抓他的脸，如果有人抓住了你的手，你就要用脚踩他的脚指头，不要踩脚背，踩脚指头最疼，哎呀，怎么能这样教育孩子呢？

比如孩子很小的时候喜欢手风琴，我就问孩子，你真的想学吗？他说真的，其实他才三岁，我说好，那就带你去，全当玩儿。吃完晚饭，离家也不远，推着小车就带孩子去学琴，不就一个玩儿吗？他不，非得让孩子考级。

孩子该上小学了，那时候刚刚兴起重点小学。红庙小学是北京市第一所重点小学，报名的人非常多，我说带孩子去试试，结果孩子高分被录取了。他非让我辞职接送孩子上重点学校，结果大吵一架。

在一次大事件中，他和我产生了激烈的分歧，我们大肆争吵一番，那不是一般争吵，是用笔来争吵，我们从不打嘴仗，是"口诛笔伐"。

他最后说一句话，我要去寻求一种新的救国之路，一定要出国，一定要出国。

就在某一天我上班不在的时候，他走了。这一走，迄今为止已经整整十五年了，十五年杳无音信，真的不知道他在哪里，那时候也没有什么通信联络工具。我陪着孩子高考、陪着孩子考研、陪着孩子考博一路走来，孩子也娶妻生子了，而他还是杳无音信。

直到五年前的一天，我和家人去人民大会堂看一场演出，突然手机QQ发出提示音：是你吗？你在吗？

我心里猛地一揪，我觉得这一定是他，我注册了QQ号也是为了寻找他，更好接收他的消息，可是我又不敢确定。我就用他当年部队番号的邮箱号打了一组数字，他马上回复了我们同在学校的名称，接着我又试探着打出了他当时通信的邮编，他就打出了我家通讯地址邮编，真的是他，真的是他。

这样，我们就联系上了。

说到这儿，廖姐姐神采奕奕，我用指头羞她说，羞，羞，羞，这时候还谈初恋？不光有初恋还有网恋。

别瞎说什么网恋，那是通信设备先进了，所以我们的沟通也就顺畅了，每天都通过QQ邮箱发信件，他还设置了一个共同邮箱，我把信发到这个邮箱，他把信也发到这个邮箱里，发信、收信都是我，我们有一个密码当然是特殊日子的密码。

这个邮箱里面塞得满满的了，每天他几乎都发信，谈我们的初恋、谈我们的快乐和出去游玩的照片，总之全部是怀旧的内容，这些怀旧内容让人那么神往，让人觉得那么美满，爱情真的太美好了。

我们都回避一个问题，就是他在国外的处境，直到有一天我只问了一句，你好吗？他发了一个哭的表情包。

我知道他过得并不好，那时候我真的很心疼他。

不好就回来吧。

他果断地回了一个加油的手势说：不，我决不回去，我要在这里享受蓝天白云，享受自由的空气。

就这样过了几年，突然有一天他告诉我：我回来了。

你回哪儿了？怎么不给我打电话？

他知道我手机号，没有，还是用 QQ 邮箱。

我说在哪儿？

老地方见。

我知道，就是紫竹院我们曾经在树下许下誓言的地方，我们约好了时间。

那是一个深秋，深秋时节，天色有些微凉，我穿了一件风衣，精心挑选了他最喜欢的颜色，粉色的裙套装，黑色的高跟皮鞋，他最喜欢我穿高跟鞋的样子。

我就来到树下，过往的人很多，我想这不是他。我的他应该是高高瘦瘦风度翩翩，尽管我一直没有向他要照片，他要了我很多照片，我都没有要他的照片，我想一定要看第一眼，是不是能够体味一下一见钟情的感觉。

又过来一个男子，穿着风衣很帅。我想这也不是他，他不喜欢这种刻意打扮出来的形象，他是那种平淡中透着睿智、透着奢华那么一种人，不是他。

又过来一个西装革履拎着公文包的男子，我说这也不是他，他不会拎这种提包，他喜欢那种朴素中透着与众不同，绝不是他。

一个、两个、三个、四个人走过了，都不是我要等的他。

就在我抬起手表要看看几点的时候，背后有人蒙住了我的眼睛，就像那首歌里唱的，你悄悄地蒙上了我的眼睛，让我猜猜你是谁，我还用猜吗？

我闭着眼睛转过身，手里的书包掉在地上，反转过身趴在他肩头，他那有力的双手把我紧紧揽在肩头。我不是号啕大哭，只是哭泣而且还在他的肩头狠狠地咬了一口，他没有叫没有吱声，我只觉得他的泪滴到我的脸上，顺着我的脸颊一直流到我的嘴边，苦涩、苦涩的。我们俩就这样相拥相泣没有说一句话。

一句话都没有说，不知过了多少时辰，我突然感觉这是公众场合，我把脸从他那怀里挣脱出来，揉了揉眼睛，低头看了看脚底下的包还在。他拎起我们扔掉的包，我们相视一笑，挽住胳膊一起相拥着从树下走过，我们相拥着在湖边走了一圈又一圈。

我扬起脸，他用拇指轻轻地为我擦去眼角的泪，然后说：太黑了，我们去哪儿？

你说呢？

回家。

好，回家。

我们一路飞奔回到了我们的家，家，不管在什么时候都是人们心中最安全的港湾。

我和廖姐姐这样聊着聊着，天色渐渐地暗了下来，外面的护工在喊开饭啦。

我扶起还沉浸在回忆中的廖姐姐说：我们去吃饭吧。

她却闪过一丝不悦的神情，然后勉强冲我笑了笑说：你先去吧，我梳梳头就去。

我在食堂吃过饭也没见廖姐姐出来。第二天早上，我就和摄制人员一起为老人们拍外景去了，一连在外面拍了五六天，谁知这五六天竟发生了翻天覆地的变化，等我再回到养老院，廖姐姐退院走了。

回忆着，开车到了潭柘寺。

我快速扫视一圈没有看到什么亮点，这时，只见廖姐姐身着黑色羽绒服，缓缓地走过来，冲我嫣然一笑，低声问：我们是坐下聊还是边走边聊？

我看了看这冷清的古刹，哪里有游人，如果坐地上我们俩非中风不可。

她轻柔地挽住了我的胳膊，我感觉怎么那么奇怪，平时都是我挽着她，有时候我们俩互相扯着说着，怎么今天她竟像一个柔弱的女子，用她的纤纤细手挽住了我的胳膊。

我心里憋着怨气，所以就不理睬她默默地走，就这样走啊走啊。

我们寻着山路，没有目的地走，不知走了多久，她突然站住了，两眼直直地望着我，容不得我说出你为什么不辞而别。

她竟先流了两滴清泪，顺着她的眼窝淌下来，就像雨丝一样流淌下来。

我惊呆了，一把揽住她：姐姐你怎么了？

这不像往日风风火火带领大家读书、带领大家跳舞、带领大家做游戏的廖姐姐，真的像换了个人一样，她只说了几个字：他走了。

谁走了？谁走了？

我的心一沉，莫不是她日夜思念的爱人出了什么事？

出了什么事？

没出什么事，他受不了咱这的雾霾走了。

走就走呗。没有他，你还活不了啊。

我活得了，没有他，我也照样生活，只是我觉得这些年我在守护着什么？我为他守身如玉。我牢记妈妈的教导，好女子一生只跟一个男人，绝不嫁二夫。

有一年，他体检查出有囊肿，我凌晨三点就跑到医院去等结果，医生说，结果昨天下午就拿走了。

我赶紧给他单位打电话，他单位领导说，没事，你别着急，他把结果取来告诉我了。

我当时就觉得你怎么不认为我是世界上最关心你的人呢？他曾经说过，世上最关心的人只有自己，人都是这样的，什么情啊爱啊，说来说去都是关心自己，我爱你也是为了我，因为我喜欢你，我才爱你。

什么逻辑啊，算了算了别跟我提这些，我听他这些就有气，你跟我说说他为什么走了？

我们回到家，打开音响听那首《团圆》，他听着哭着，我哭着听着，就这样我们度过了一个美好的夜晚。

第二天，我说你抓紧到学校办事，我去给你买些衣服，晚上回家吃饭。

我为他打了一辆车，他上车的瞬间突然抓住我的胳膊怎么也不放，出租车司机急了，走不走？走不走？

他拉着我死死地不放手，那个表情非常痛苦，我说行了，别腻腻歪歪的，他拥着我亲吻了我的额头，抱着我的肩头就是不撒手，我感觉他流泪了，我说干吗？快去吧，晚上一起吃饭。

出租车司机不耐烦地按喇叭，我强行把他推到座位里，看着他车离去，他竟然把半个身子探出车窗向我挥手。

我一直目送载着他的出租车向东驶去，然后我就去买东西了。

谁知这一别竟又是杳无音信。我回家晚上做了饭菜等他，没有消息。他没有手机，我就捏着手机等着看邮箱，在京这些日子他都是用邮箱跟我联络，一点消息都没有。就这样每天我哪儿都不能去，就在家里等着，一天、两天、三天、四天、五天、六天、七天，人家说度日如年，我在想是不是他去学校路上出事了？给学校打电话，学校说他办了手续走了，没事。我就不知道再去哪里找他了，茫茫人海哪里去找啊！我只有等，等！

突然，我脑海中闪现出他跟我分手的那天，那幅画面，那时他已经下了决心要走的。果然，叮咚，电子邮箱推送消息，他的信来了，还是在我们俩的共同邮箱里面。我急着打开一看：我回去了。你们那里的雾霾我实在受不了，推开窗就是一种焦油烟味，我要回到蓝天、白云下。我走了。

嘿，你说这什么人呐！我这个气呀，廖姐姐平静地叙述着，我气得从干枯的树枝上折了一段，折了。

这什么人，他就说走了？

走了，就走了，他受不了咱们这的雾霾，刚好那几天是红色禁令期间。

你怎么回复的？

我就回了特简单的一句：不问你什么，也不用说什么，只要你好自为之。

你发了吗？他怎么回复的？

发了，他没回复，可是情人节他又给我制作了一个特大号的信封，祝我情人节快乐，你说我能快乐吗？不理他！

那是你来养老院之前的事了？

是呀，你说我还怎么有脸在小区住？跟人家四面八方打招呼说他回来了，可他又走了。

我现在只能再编一个谎话跟大家说，他回来是接我出国，所以我就先躲到养老院来了。

这么躲着也不是事，早晚出来进去会被别人发现的，况且我心都凉了，你知道吗，哀莫大于心死，我心死了，我真的对他死心了。十年生死两茫茫，我可以等，二十年生死我也可以等，但如今是什么？我明知道他就在那儿，他让我帮他办理了他的退休后路，他却走了。这个苦等的结局，就是那个望夫崖，我不再盼望他！我要好好反思我这一辈子为他这样等下去还值吗！我不能再等。

我想来想去，我决定要出家，我真的已看破红尘，什么人看破红尘？看破红尘的都是沉迷于红尘最深的人，才能看破红尘。

我学习了很多佛教知识，补足了功课就到了一个寺院。

就这儿吗？

哎呀，这是什么？这就是佛教界的清华北大，我怎么可能进来。初来乍到的，就只能到什么山水寺、清水寺、凉水寺那些名不见经传的小寺院去修炼，只有在那里修炼好了才有可能回来。

我也想了，就是出家，我也一定比别人出得好。

出家还可以出好？

是的，以后你别叫我廖姐姐了，我法号叫空了。我不会告诉你我在哪个寺院，你也不要找我。

别呀，我会想姐姐的。

不，不，你不要找我，我该说的故事都跟你说了，我还留下了很多书信也让你看了。

我今天把你招来就是告诉你我的决定，同时我想让你陪我上演一段黛玉葬花。

这荒山秃岭哪来的花啊？

不是，我要把我的心花葬掉。

你的心花？

就是我们那些情书。

怎么办？

我把它埋掉。

你有花锄吗？

这时候你还逗我，哪来的花锄。

哎，有工人在挖树坑。

对，化作花泥好护花，让这些饱蘸着我心血的情书，就此有一个归宿。

我陪着她把所有的信放在树坑里，有的撕得粉碎粉碎，一片一片，就像撒花瓣一样。

她拿出一方特别漂亮的丝巾，把撕碎的信件包好，方方正正的，然后用铁锹铲了一锹土，把这个盛满她的欢笑、她的初恋、她的泪水的信件埋葬掉了。

她又对我说：你帮我做几件事吧。

什么事？

养老院的图书室刚刚建立起来，目录还没有打好，不用按图书馆的分类，就按老年们的喜爱程度分类，打一个目录表出来。

好！

我那些图书不要说是我捐的，那些衣服都送给模特队。

大家知道了。

不是让大家知道，我是让你按照审美给不同的长者穿戴上，不合适的你帮修改一下。

行，我一定做到。

我的故事你一定要写出来，要用化名，一定要给我起一个美丽的名字。

你说叫什么？

我想叫流苏。

张爱玲《倾城往事》里的白流苏？

对，你管我叫流苏。

好，叫流苏，你还留俄呢。

我现在想通了，想空了，我想真的一了百了，好好用我的后半生钻研佛学，也许将来在这方面我会写出一些文章，我会主动和你联系，但你没法和我联系。

为什么？你难道把手机关了？

当然了，我必须把手机关掉，不关掉手机那叫出家吗？

现在出家人也都使用电脑啊！

不，我不，我要干干净净，静静心心地思考。

极端主义。

我们俩做个约定，也许有一年在玉兰花开的时候，我来这等你。我一定会等你三天。

好浪漫的约会。拉钩，拉钩上吊一百年不许变。

告诉你，我明天回去就要削发为尼。

她微笑地说着，我噙着泪听着，我再一次拥抱她。

别了，就此别过，期盼着某一年我们相约在二乔玉兰下。

好，好，我们就此别过。

六年了，每当潭柘寺那株二乔玉兰盛开的时候，我都会来等这个廖姐姐，不，流苏姐姐。

多少次恍惚瞥见她抱着一摞佛经，手持一串佛珠，摇曳着黑色流苏，缓缓地向玉兰花走去……

朗读者 金艺琳
银龄书院
扫码听故事

双燕归来细雨中
感染非典护士，晚年非比寻常

　　南方的伏天，腻腻歪歪不像北京那样，干干爽爽。可是也有它独特的景色，那就是遍地荷塘。南方的莲比之北方的荷要多了些韵味，多了些品种。

　　北方的荷多数是那粉色的，粉得有些发紫的那种，而南方却有红莲、白莲。这样在夏日，汗津津的人们，看到这清爽的莲花，自然就会生出一丝凉爽。

　　养老院荷塘很多，三三两两的荷塘，点缀着几朵红莲、白莲。老人们在这里聊天、散步、观荷、喂鱼，这是他们的一大乐事。拿一些面包屑、馒头屑，往池塘里一撒，那红色的小鱼儿，顶着大红帽，还有那锦鲤，散着金光，倏地一下簇拥过来，就像那饿极的小猫咪，冲过来一窝蜂地簇拥在跟前抢，老人们都会哈哈大笑。

　　其实，这些小鱼儿哪里饿得着呢，这里的长者你刚走他就来，把这鱼塘的鱼啊，喂得是个个滚瓜溜圆，肥溜溜的。不得已，我作了几幅漫画温馨提示：鱼儿已吃饱，看看我就好。

只听食堂炊事员在喊：爷爷，奶奶，开饭了，今天是二伏，头伏饺子二伏面，吃面了。

我跟着这些长者一起向食堂走去，我吃饭的座位在最后一排。老人们都有固定的位置。大多是老夫妻，或者是老姐俩，或者是老哥俩，同屋的都在一个桌上吃饭。住独立套间的，就三三两两地凑在一个桌上。

见莲姐姐走了进来，因为她穿得特别乍眼，白裤子、白护士鞋，淡蓝色的短袖衫，是丝绸质地的，飘飘洒洒地就过来了。走到她自己同桌的位置那儿，刚要坐下，同桌那个老姐姐就说：你别在这儿坐。

她说：怎么了，姐姐，我这去趟北京回来，给你带礼物，你不要，给你说话，你不理。今个坐这儿吃饭，你也不让，怎么了。

没怎么，你就是去别地吃吧。

我干嘛去别地儿，咱俩一屋。

我就不跟你一屋了。

为什么呀，老姐姐。

不为什么，你别问了，你别坐我这儿吃。

莲姐姐还是微笑着说：那行，那我找张姐吃去。

刚到了张姐那个空位那儿，张姐就说：对不起，这儿有人。

莲姐姐又微笑着说：那行，我再换个地儿。

可是刚到了李大哥跟前，李大哥的爱人赶紧拽了拽椅子说：哎哟，你别坐这儿吃，今儿我们说好了，老张他们两口子过来，这是四人桌，我们这儿正合适。

我看莲姐姐尴尬地立在那儿，赶快说：莲姐姐，来，莲姐姐到我这儿来吃。

莲姐姐走到后排和我坐那儿，不知怎么了，各桌的老人都在嘀嘀咕咕，他们的目光都往我们这儿看。

莲姐姐就上下打量着自己说：薛老师，你看我穿得有问题吗？

没有啊。

是哪儿脏了？

没有啊。

咱俩怎么了，怎么大家都在指指点点地议论啊。

不知道啊。

这么多年也没有经受过这种指指点点，真的很难受，如坐针毡。莲姐姐，咱们走吧。

我们俩走出食堂，看那荷塘的鱼儿自由自在游，我们手里也捏了一点儿馒头，就往下撒，鱼儿又是一窝蜂地往上抢。

今天咱俩怎么了？

哦，我知道了，我担心的这一天真的来了。

什么呀？什么呀？

正在这时，只听那边传来吵嚷声，是与莲姐姐同屋的老姐姐，坚持要搬出莲姐姐的行李，让她换个房间。社工科的人都在那儿劝，她怎么也不听。最后她竟然大声嚷出来了：

你们知不知道啊，她得过非典。

社工科的人也很吃惊，我也听见了。莲姐姐手里的馒头掉在那塘里，捂着脸蹲下了。

我顾不得莲姐姐，就直接走到了那个老姐姐跟前说：得过非典怎么了，我还得过猩红热呢。

老姐姐说：薛老师，你别急，你不知道非典那是什么病啊，那一辈子都留有根。

谁说的，连艾滋病携带者都不能歧视，怎么能歧视得过非典的人啊。

你不知道，前些天有北京的电话，说是要给这些得过非典的人疗养，还特意通知她记得带去年的体检表呢。

我和社工科的人，面面相觑。

社工科的小女孩嚷嚷：爷爷奶奶回去吧，爷爷奶奶回去吧，天热回去休息吧。

把大家劝回了房间，我再去池塘边找莲姐姐，她正蹲在地上哭着。

走吧，我屋里两张床，到我那儿去睡。

到了我的房间，我们躺在床上，谁也没有吱声。就这样迷迷糊糊地到了下午开饭的时候，我们都没起来。

我是在想，难道说一场非典就能给人留下这么大的后遗症吗？就那么可怕吗？莲姐姐想什么我不知道，只是眼睛哭红了，等到下午吃饭的时候，她说什么也不去食堂。

我打了一份饭带回来，我们真的没有心情吃，就出来在池塘边散步。

　　想不通，想不通，都已经年过半百的老年人，怎么还能说出这样伤人心的话呢。非典又不是艾滋病，那么想想艾滋病患者，或者艾滋病携带者，那该有怎样的境遇啊。

　　我想一定要把这层窗户纸捅破，我知道莲姐姐是个医生，在院里甭管谁有个头痛脑热，不去找院医，都先找她。都叫莲大夫给我们看看，有的人从医院开了药回来也是找莲大夫，你看看怎么吃。有时候谁有个腰扭了，手扭了，都说莲大夫给我拔个罐子，她都管，她简直就是个全职医生，什么病大家都问她。她是这么一个热心人，大家都很敬重她。

　　她平时也文绉绉的，不太多讲话，也不跟大家多开玩笑，只是有求必应，真是有求必应，可今天突然遭遇这些，她真的受不了。我就在湖边思考着想着。社工科老李来了说院长找我过去。

　　等我走到会议室，院里管理层的人基本齐了，院长说：我们向莲老的原单位了解，非典时她已经快要退休，她的丈夫也是同院的医生，在第一批上前线抢救病人的时候，不幸染上非典去世了。莲老在丈夫去世之后，又毅然投入了抗击非典的战斗，不幸感染非典。

　　听了院长的介绍，大家心情都很沉重，不能让她受委屈。

　　院长说：麻烦薛老师，今天晚上一时安排不了，还让她在您房间睡一宿，明天再给她安排吧。

走出会议室的大门,外面小风有点凉意,心情舒畅了一些。我回到房间,看到姐姐只吃了一点点粥,就放那儿了。

不吃就不吃吧,压着气吃饭也不好,走,咱俩出去散散步。我们俩出了大门,在那条长长的甬道上走,我们什么也没有说,只是默默地走着,默默地走着。

我说:莲姐姐,如果说给您换个单间,能承受吗?

没问题,我能承受。

那好,明天我带您去植物园,咱们别在这儿看着,让他们给收拾好了,咱们再回来。

第二天早上我们没在院里吃早点,早早地我就拉着莲姐姐奔了植物园。由于植物茂密,那里显得很幽静,也很凉爽。我们信步走着,一会儿看看竹子,一会儿看看小鸟,莲姐姐开始变得温和了。

莲姐姐,我们俩中午在这儿的咖啡厅吃饭吧,吃盖浇饭,边吃边聊,好吗?

好,遛了一上午是有点儿饿了。

我们在咖啡厅点了中餐,又点了咖啡。我们慢慢地吃着,慢慢地聊着,莲姐姐打开了话匣子,开始向我叙述她一生中最难忘的那年那月那些事。

2003年,她距离退休只有一年,她是新中国的同龄人。她的丈夫年长她三岁,也在同一家医院做主治医生。突如其来的非典,来势汹汹,势不可挡,很多一线的医护人员都倒下了。她的丈夫首当其冲，也倒下了。当她被院长带到她丈夫的病房前，告诉她，你爱人感染了非典正在抢救，你要有个心理准备。

她知道最严重的问题来了，她走到丈夫的身边，丈夫插着呼吸机，艰难地抬起手，拉住她的手，在她的手心里写下两个字，活着。然后就进入了昏迷状态。她被医生劝了出来，回到办公室，她心里非常难过，赶快给儿子打电话，儿子已经上大学，学校处于封闭状态，不能回家。告诉儿子爸爸妈妈都很好，没有去非典一线，在医院留守，放心吧。

安顿好儿子，她觉得放下了一大块心事，就毅然走向了院长办公室。

莲姐姐对院长说：我要上一线。

院长说：你明年就要退休了，我真不忍心再让你上一线。况且你丈夫这样。

没关系，咱们院又不是他一个病倒了，那么多医生病倒了，我应该去。

院长批准了她的请求，就这样，她和同事们一起，奋战在抗击非典的第一线。那时候每天听着救护车拉着响笛，在北京的大街小巷穿梭。国家卫生部新闻发言人每天沉重的声音，新增病例多少多少。这每一个数字，就是一条鲜活的生命。

那个时候，我们都亲历过，每天我们的心都提到嗓子眼，真的怕哪个亲朋好友中间出现这种状况。我们其实都远离病区，也远离那些感染者，都还提心吊胆。

那么这些身在病区的人，他们又怎么样呢？您害怕吗？

那时候忘了害怕了，大家都那样，防护措施有，但是都很简单，也没太在意。我救护的一个病人，是个大学生。我一看到她那个样子就很心疼，像我儿子那般大。

她使劲向我摇着手机，原来她家人，可能是爸妈拨通了她手机在响，可是她说不出话，她的意思是让我接手机，我当时真的什么都没想，我就拿过手机。对着里面喊：你们是谁？你们是谁，我是她的主治医。

我们是她的爸妈，她怎么样？

她活着，她活着。你们一定要相信她活着。

我们就在医院门口。

好，你们在医院门口等，一定等着。只要我有空，就给你们打电话，只要我有空，就给你们传消息，不能多说了，不能多说了，她在治疗，放心吧，她一定会活着出去的。

小姑娘眼角流出了泪水。我把手机还给她，轻轻拍了拍她的身体，然后对她进行了多方面的救治。

在我和护士们的精心救治下，这个小女孩痊愈了，她是第一批出院的病人，出院时，她伏在我肩头哭了，我也流泪了。因为我心里面在想，我救活了你，你好好活着。我的老伴却走了，我都没有来得及参加他的送葬仪式，匆匆地就火化了。我还没有见到他的骨灰，我还没有告诉儿子，我心如刀绞，所以我也是泪流满面。

这时，她的父母奔过来，跪在地上就磕头。我赶紧扶起他们二老，我说别别别，这是你女儿很坚强，你女儿坚强。是你们的爱和女儿的坚强打动了苍天，病魔被吓退了，回去吧，领着她回去吧。那一家人一步一回头和我告别，至今我们还保持着联系。

可惜的是这个女孩子回到学校，没有人理她。大家都像躲避瘟神一样躲着她。她被迫辍学了，而她的男友，也跟她分手了。

她又回到农村，在一所小学代课，至今也没有嫁出去。因为凡是来提亲的，一说她得过非典，都说不能生育孩子。在农村不能生育的女人，那就是个废物，所以她至今还是孤零零的一个人。但是这个女孩子非常有志气，她教学很好，我们一直保持联系。

我有能力把她从死亡线上救下来，但是我没有能力让她摆脱世俗的偏见，我没有帮助她拨开迷雾，嫁一个好人家。如今，连我也陷入了困境，也被人家指指点点。我体会到了那个女孩子为什么放弃学业，而宁愿回到那宁静的小山村。

可是回到了山村，却没有换来那份宁静，她依然被人家指指点点。依然被人家说得过非典。得过非典的人怎么了？是我们自己因为行为不检，而得的病吗？不是，这是老天发威，不小心砸中了我们，我们不应该受到这种不公平的待遇啊。

看莲姐姐说得很激动，我赶忙给她递上咖啡，她没有了往日的矜持，咕咚咕咚就喝了下去。

就这样，我们坐在吹冷气的咖啡厅，一直聊着聊着。

聊了一个下午，等我们回到养老院，莲姐姐的房子已经收拾好了，社工科的几个年轻人帮助她全都搬好了。她住进了自己的房间，而且她很快就把自己的房间布置得清清爽爽，有绿色植物，有招贴画，还从外面订购了一张小床。

您干吗？

我要给这个院里的那些小动物看病，看它们有的时候被人打伤，真的很可怜。我是个医生，现在老人们不再找我了，我就给小动物治病吧。

莲姐姐情绪已经好多了，我也要回北京了。我们俩在池塘边又一次喂了鱼，又一次看那红莲朵朵开。我用手机放了一首《莲花》，莲姐姐对我说：你快回家吧，有空再来看我。

当然了，有空我再来看您。

说走就走，没走成。

原来，莲姐姐医院的领导到南方开会顺便来看她，院领导也希望我留下来听一听，想借助莲姐姐这件事号召大家分清是非，传播正能量，希望我为他们组织一台晚会，让老人们自编自演一些节目，倡导好风气。

莲姐姐更像个孩子似的揪着我的袖子说：太好了，太好了，你别走，你别走，今天晚上我还上你屋里去睡。

您有自己的房间，干吗要去我屋里睡？

不嘛，我就想在你那儿睡。

好，好，一会儿到我那儿睡啊。

傍晚，莲姐姐在自己房间洗漱干净，抱着一个小熊的抱枕就到我房间来了，我们俩依在床头就这样愣愣地相互看了一些时辰。

要么我们就聊天，要么我们就睡觉，您选。

你知道我没得选，我就想和您聊聊天。人家都说老乡见老乡两眼泪汪汪，你别忘了咱俩可是老乡啊。

没有啊，您在这儿经常说南方话，阿拉上海人，就是你说的。

我不是怕别人看出来，知道我的身世嘛。

你哪些身世？你这些身世，是光荣的，怎么不可以知道？

哎呦，薛老师你别提光荣，哪里来的光荣啊？

你看南方妹子味儿出来了，哪里？还蛮好的呢。

我们俩就这样说着笑着，又听她讲起那辛酸的往事。

之所以我给它定义为辛酸，因为我看到在灯光下她眼角始终噙着泪，只是没有落下。

非典很快被控制住了，真的不到百天就控制住了，死伤了很多无辜的百姓，也损伤了很多优秀的医护人员，北京市卫生系统召开了表彰大会，也举行了隆重的追悼纪念会。

莲姐姐哽咽着说：当初我丈夫去世的时候，我都没能在身边，也没有见他最后一面。如今，在追悼纪念会上，我也没有哭，我只是告诉他，我活下来了。

你知道，后来我也感染了非典，因为我特别拼命地工作，有的时候真的顾不上防护自己。那天看到一个小男孩呼吸那样急促，上呼吸机真的怕来不及，我真的忘掉一切竟用吸痰器帮他吸，最后真的恨不得嘴对嘴地帮他，后来我也感染了。院领导非常重视，把我紧急转到部队医院，最后转到小汤山，部队的领导知道我的情况，知道我丈夫已经去世，孩子还在读大学，他们真是全力抢救我，我那些同事们都放弃了休息，因为后来疫情得到有效控制，就允许我们能有休息的时间，可是我那些姐妹们不放弃休息，分不清谁是护士谁是医生，他们都守在我身边。我那几个好同事呀，就做起了护士的工作，为我打针输液，伺候我吃喝拉撒睡，就睡在我的病房里面。

当时好几次我都觉得自己要去找我丈夫了，有时候也想算了放弃吧，这么难受这么艰辛，让大家这么费神费力还不如去找他呢。反正这辈子跟着他也挺幸福的，还是去找他吧。儿子在读大学，我相信我和丈夫都是为工作殉职的，说不上是牺牲也是因公殉职，我那孩子一定会得到很好救助，所以就想放弃。

可是，只要我一看见我的手或者一碰到我的手，我就想起丈夫在我手心写的两个字"活着"。对，为丈夫我要活着，人确实有自我修复能力，无论外面的消炎、抗菌药多么强大，真正需要的却还是内心的强大，当你有了一定的信念，我一定要战胜它，有的时候真的会有奇迹发生。

当初虽然大家一直没有放弃对我的抢救，我也一直在苦苦地挣扎，可是后来听我那最好的姐妹说，当时都以为你也要完了呢，结果，我却凭着自己的意志，就是我丈夫那两个字，我坚强地活了下来，等我出院以后，院里就给我办了退休手续。

确实得过非典的人体质比较弱，我也不想再给领导添麻烦，我就婉言谢绝了院里的返聘，回到了家。可谁知回到家以后，可不像以前的那样了，街坊邻居虽然都是医院的，可毕竟有些是外来的家属，特别是有一些外来的人对我不很了解，见了我都躲着。我去早市买菜，那些小商贩们都说，阿姨买什么您说，您指哪堆，我给您拿哪堆，您别扒拉别挑，我给您拿最好的，您是抗非典英雄我们得敬重您。

听起来他们是在敬重我颂扬我，实际上是和我隔了一层膜，就像雾里看花，我看不清他们的真实意图，他们也看不清我的真实感受。就这样我和街里街坊就成了陌生人，又比陌生人多了些更令人难堪的问候和假装的热情，莲医生好，莲医生好，都这样，可是没有人停下来和我面对面地说话，更没有人和我握手。

就这样，我觉得我活着就知足，为了我的丈夫我活下来，那我就好好活着吧。我有时也参加小区组织的一些活动，比如说帮助老年人量血压，慢慢大家觉得我还可以，就接纳了我，有的也见我打声招呼，您帮我量量血压呀。好，反正小区有卫生站他们忙不过来的时候，特别是感冒特别多的时候我就主动过去帮帮忙，大家也都那样，但是有些个别人还是躲着我。有个小孩子我特别喜欢，就要抱抱他，他奶奶就把他从我手上夺走说，别，别，别，莲医生，我这是给儿媳妇看的孩子，怕她回来不高兴，您毕竟是得过那什么的人。哎呀，我的心真的是用咱北京话说，瓦凉瓦凉的。

我倒了一杯水递给莲姐姐，她接过来说了声谢谢，又放下。继续抱着她的熊枕说：更让我痛心的还在后面呢，我儿子大四的时候交了女朋友，女朋友来我家，真的是不吃不喝。

我说：你坐吧。

她坐了。

我说：在这儿吃吗？

不，不，阿姨我不在家吃饭。

我说：我们外面吃？

不，不。

她和我客套得就像陌生人那样，后来我问儿子为什么？儿子说她是外地的，她父母都在农村，父母告诉她不能和我好，因为您得过非典。其实我没说，是我们学校老师说让同学们好好照顾我，因为我爸妈都在抗击非典前线，而且我爸爸已经去世，您也感染了非典。后来，她爸妈就不同意，她同意，她爸妈提出来，但是不能在咱家一起住，必须到外面租房子住。

结果，他们就租了房子一起住，也没有办结婚手续，我就催着他们办事，结果女孩子吞吞吐吐说：我爸妈说了，不愿意让我和他结婚，结了婚也不能要孩子，怕有遗传非典。我真的有些愤怒了，我说：我感染非典的时候，我儿子已经二十出头了，哪里还会遗传到他？更不会遗传到你的儿子身上啊！你们要这样趁早别结婚，就这样，儿子的女朋友因为知道我是得过非典的，就和我儿子分手了。

后来，我儿子又交了几个女朋友都是谈到这个问题，我一想这样不行，我不能耽误孩子，所以我决定离开，把这个房子让给儿子。

儿子开始不同意，说那不行，妈妈，我不想让你离开家，我们自己到外面租房子住。可是我说：即使你们租房子住，逢年过节来家也会被别人说，回头再黄了，干脆我走吧，我到你爸爸的老家南方去。那边还有一个远房姑姑，我到那边去。我没敢跟儿子说我是来养老院，我说反正我带着退休金，我自己的生活足够了，回你爸爸老家也算是祭奠。就和他们住一段，你把房子卖掉吧。

儿子把这套房子卖了，在四环买了一套房子，和他的女朋友结了婚也生了孩子，我以为这件事就风平浪静了。

可是没想到那年春节，也是我来这儿的第二年，我想回家看看，结果儿子说，妈，你别回来吧，我老婆的爸妈要来。我说那好吧，他们是东北人，东北很冷，春节来北京过暖和，你们过吧。

三十晚上我又给他们打电话，我想怎么也要表示一下，尽管我不在北京，但是我怎么也是婆家。我说亲家你好，亲家很客气就说，快，孙子给你奶奶拜年。结果小孙子接过电话跟我说奶奶过年好，奶奶过年好。哎呀，我心花怒放，对儿子的怨气全忘了。想当初他们结婚时没有举办婚礼，我就觉得亏欠他们。他们去欧洲度蜜月，我把自己的积蓄给了他们；可是他们生孩子的时候我说去照顾，儿媳妇和儿子又怕我受累，其实我知道他们还是嫌我得过非典，所以我听见孙子叫奶奶高兴得呀，心花怒放，赶快说好孙子，奶奶给你准备了大红包压岁钱，赶明儿奶奶给你寄过去。孙子说：不要不要，妈妈说了不要奶奶的东西，奶奶得过非典。

那边电话可能是被谁抢过去了，孙子哭了，我这边也挂断了电话。你说我是得过非典，犯得上这么招人讨厌吗？连那没见过面的孙子都不要我的东西，那钱还能传染非典吗？

莲姐姐说到这儿，停了一下，悄悄地抹起了眼泪，我从床上下来坐到她的床沿，把她揽在胸前，轻轻地抚摸她的背说，没事的没事的，童言无忌不要怪他，不要怪他。

我哪里会怪他们，我就是想不通。

没关系，会想通的，因为时代在变化，人们对非典的恐惧真的是太突然了，太突然了。你们是医务工作者，我跟你说说我们，我们当年真的打电话都说，哎呀别多说了，万一有非典细菌该传染了，莲姐姐破涕为笑。我们俩继续说着话，不知不觉困了，我们俩都合衣躺下睡着了。

第二天，她们院领导详细向养老院介绍了莲姐姐抗击非典的表现，原来人家还立了功呢，是北京市乃至全国的抗击非典英雄啊！养老院当即决定要开一个座谈会，通知了十几位老年人，但是陆陆续续又有很多人来，掌声不断，大家有的甚至高呼起来，向莲大夫学习，向莲大夫致敬，喊得最凶的，是那个师范学校的金老师。

散会了，很多老人拉着莲姐姐的手嘘寒问暖，说大妹妹这院就属你年轻，以后我们都指着你呢，孩子们不在身边，有个头疼脑热也懒得走到后院上院医，就找你了。

她说：没事，以后大家要是不嫌弃，我就是你们的贴身大夫，随叫随到。

大家说，好啊。金老师大嗓门：好啊，我第一个报名，您先给我量量血压吧。

莲姐姐笑着说：我回去拿血压计啊，等着回头我就给你量。

大家说着笑着，就像那晴天拨开云雾见着太阳，大家心情都好，我看莲姐姐也开心了，于是我打起行装悄悄地离开了养老院，但是我心里默默地想着，我还会再来看莲姐姐，我一定会再来看她的。

来年烟花三月再一次来到了莲姐姐的养老院，刚走进大门，就看见莲姐姐在侍弄着一群小猫咪，还嘴里叨叨着，大黄，你要谦让，小黄比你小啊。

我招呼了一声：莲姐姐早啊。

莲姐姐赶快放下小猫碗，张着两手向我跑过来，扑到我身上，险些把我扑倒。我说哟，你好大的劲啊，你可是得过非典的人啊。

她哈哈大笑：我现在可不怕人说了，谁说我，我就说我就是得过非典，怎么了？

就是啊，很多事情你越是避讳，越容易被人家戳中，还不如自己亮出来，亮剑，别人就没法再说什么了。

就是，我啊，现在真是豁出去了。得过非典的人啊，胆子越来越大，脸皮越来越厚。

别瞎说了，怎么呢？

你没听说吗？

没有啊，听说什么啊？

没听说，我就不告诉你。

你不告诉我，我扭头就走，我今天反正也不是来长住，我就路过这，看看你们，我还要赶到下一个点。

别，别，别，你听我跟你说。

说什么呀？

我结婚了。

真的啊？

是啊。

和谁啊？

你猜。

我可猜不出来，你先告诉我，谁做的媒，我就能猜出是谁。这院的是他奶奶，还是他爷爷，还是那个花大姐？

都不是。

她指了指地上那群猫咪说：是猫为媒。

啊？

你记不记得，你走之前我买了张小婴儿床？我说要收治这些小猫，这院里啊不让养猫，不让养狗。可是呢，有些猫过来了，这些老人就舍不得，就给它们定点喂食，你越给它们喂，它们越来这里吃。院里也没什么办法，就告诉老人们，不要往屋里带，在后花园还可以，但是也不要弄得越来越多，将来是猫满为患了。

对啊。

我呢，就拿点钱给这院的猫啊，都做了绝育手术，它就不会再泛滥了，就这些了，5只，我们不再增员。

好啊，那怎么会猫为媒？你和那个给猫做手术的宠物医生相爱了？

瞧你说得，哪儿啊？现在宠物医院全是小年轻开的，大多都是八零后，九零后，哪会啊，瞎扯吧，你就。

我成心逗她，其实我已经知道谁是她的如意郎君了。

正在这时候，金大哥老远地走了过来，哎哟，薛老师，您回来了，我们家莲花天天念叨您呐。

谁们家？您再说清楚点，哪来你们家啊？

就是我们家，我们领证了，我们不怕这个。

那好吧，给糖吃吧，不给糖就没有红包。

不要红包，不要红包，有祝福就行了。

那不行，有红包才有祝福，微信红包过去了。祝你们早生贵子百年好合。

我们几个人哈哈大笑。

吃过午饭，本来都是老年人午休的时候，可莲姐姐悄悄地来到我房间说，我想跟你说说，我是怎么结的婚。当时想给你打电话，可是呢，我又怕你说我。我啊，是真的经不住一点打击了，我现在脆弱得就跟那小黄似的。

小黄是谁啊？

就那个一只眼睛失明的那个小黄，它就那么柔弱，它是被人家欺负，被人家抛弃的一个小猫咪。

因为你啊，有了棵大树，所以显出了你的脆弱。

可能吧，以前我自己什么都能干，现在我什么都不行了。

我觉得他呀，就给我撑起了一片天。

对，一个家，一定要有个男人，有男人的家啊就显得那么结实。

对，对对。

女人呢，就显得那么踏实。

对，对，对。

行了，别对，对，对对，快从头说起吧。一二三。

莲姐姐就说，你走以后呢，托医院的福，在这说了我的事，老人们对我都表示理解，有的甚至表示敬重。我平时各地说不上巡回吧，也是巡视着，谁那要吃药，我就看看。

那天，一个老人把那不应该一起服的药啊，就要一起吃，我说，不对，不对，我跟你说过不能一起吃。

怪不得那天，我吃完以后呢，就犯迷糊，迷迷糊糊的。

对，严重的会导致昏迷的。

后来我就发明了一个办法，我就跟大家搜罗小盒子，找了好多小纸盒。画一个饭碗盛着米饭的，就是饭后吃。有空碗的呢，就是饭前吃，如果要是画个太阳就早上吃，中午太阳光芒四射就中午吃，晚上就是有星星的时候吃。这样呢，大家就分开了。

您真有心啊，莲姐姐。

不是啊。我有心，还不如人家有心呢。

人家是谁啊？

就是老金啊。

老金怎么了？

那次，我们医院领导来讲我的事以后，他在会场就领头呼口号，说向我学习，向我致敬。后来吧，我也没太理会，以为大家闹着玩。我就继续给大家做好事。

那天呢，他们那个同屋的叫我，说老金不舒服，你给看看去。我说，他怎么了？头晕，还吃不下饭。我就去看看吧，给他听了听，也没什么异常。看了看眼睛也没什么，量了量血压也不高，我说：你这是怎么了？

我不舒服。

哪儿不舒服？

心里。

心里有什么不舒服啊？

我想家，想我妈。我妈走了，老伴儿是个运动员，挺早就意外去世了，闺女呢远嫁美国，你说我一个孤老头子，怎么不想家啊？想家也没法回去了，房子卖了给闺女当了嫁妆，我就上这儿来了。心想着上这吧，大家都是孤寡老人，说说笑笑倒也挺热闹。我还参加模特队，我还参加读报小组，活动挺多。可是我一看见那些个，你看那老两口，天天挽着手散步，我这心里边吧就酸溜溜的。

还有那个，你说进院时候还孤寡老人呢，这来了一年多，他们俩结婚了，搬一个屋去住了不说吧，还出来进去老拉着手，我这心里头啊挺酸的。说着说着，他眼圈红了，他这眼圈一红不打紧，就勾起了我的辛酸。

我就想是这么个道理，老话说少年夫妻老来伴儿。有老伴儿的日子多好啊，可以一起手拉着手散步，手拉着手去食堂吃饭。

可是这没伴儿的呢，孤零零的，就像孤雁，叫那声啊都是那么凄惨。

你别多想了，咱们以后大家多走动。

好啊，好啊。

那天看见一个小黄猫，被人打伤了眼睛，我给它抹了点药，不见好，我决定送它去趟医院。

老金腾的一下坐起来，走，走，走，我跟你去，我知道那边有个宠物医院。人家功课做得好，早就打听出来了，我说我还真不认识，走，走，走，抱上小黄。

他抱着小黄，我拿着两个水杯，他的水杯，我的水杯，我们俩一块打车就到了宠物医院，然后就给这个小黄眼睛做了手术。做完以后，小黄不知道是老金的大手温暖还是怎么的，就跟老金手里不下来，就让他抱着。

抱了一路，进了门，老金又抱到我屋里来。我自己单间，有一个小床，平时我看见哪只猫受伤了，有病了，我给抱过来，院里也没说什么，我给它治，治好我再给它放回去。

老金刚给它往我这小床上一放，它一下就叫了，就拿爪子勾着老金的袖子不撒手。

老金说：小黄不让，老北京话叫不解怀，不让放下。这样吧，我就抱着它吧。

老金在我屋里头赖着不走，也不赖他，赖这个小黄，就拽着他不让他走。他就抱着它，小黄可能也是打了麻药，眼睛闭上呼噜呼噜地睡，一直睡到天黑了。我也没法轰老金走啊，老金抱着小黄呢。我就说你把它放下，咱们上食堂吃饭吧。他说好啊，然后小黄也真奇了怪了，一放下它就醒了，噌一下窜出去玩了。

我和老金就去食堂吃饭，吃完饭我们两个不约而同又到那个花园去看那些猫咪。那些猫咪撒着欢在那叫，小黄过来就窜到了老金身上。老金就转给我，这个小黄就在我怀里跳会儿，又上老金怀里跳，来回来去地跳，我们两个顿时就觉得好像是抱着一个小孩子，就像一个家那样温馨。

他的心动了，我的心也动了，我说可能是缘分来了吧。我就说明天早上，咱们一块儿给它们送早点。

好，好。

第二天早上，我们不约而同就到了餐厅，吃了饭，我就留了半个鸡蛋，他留了半个鸡蛋，我们一起到花园，又给小黄弄早点。

到第七天了，他就找我，说小黄该拆线了，咱再送它去拆线吧，我说我自己拆就行。不行，你这儿的消毒设备不如人家，这样，赶明我带你进城，跟你一块挑些个医疗器械，什么碘酒，什么医药用品，棉签什么的。咱们就不用跑这么远的路了。

还是他抱着小黄，我拎着水杯，我们两个又到了宠物医院，人家医生说，瞧这老两口，真有爱心。

我们说，不是不是。

这老两口，老了老了，越来越有气质。老金也没有反驳，我也没有辩解，就这样我们俩稀里糊涂，在宠物医院就成了老两口，老夫妻。

我们又到医药商店，买了一些简单的器械和药品。他还列了个单子，你说他这个人多细。什么夹子、钳子、镊子、碘酒、红药水、棉签、绷带、胶布，他都买了。

然后我交钱，他就不让，他抢先付，他说我也献份爱心吧，你记住，你出力，我出钱，咱们两个一块儿，拯救这些小动物。

快中午了，我说今天你陪我半天了，我请你吃饭。

行，你请我吧，我点了。

去哪儿？

去吃老北京。

什么？

南方有老北京菜吗？

有啊。

在哪？

跟我走。

我们俩出了那个医药商店没多远，就看见了，真的就写着老北京餐馆，进去以后一股灌肠味、炸酱面味扑面而来，我高兴啊。你想想我这地地道道北京姑娘，在北京土生土长了一辈子了，现在为了这场非典，我可以说是背井离乡。

一时间，见了北京这两个字都亲得不得了，我就坐那儿点了一盘灌肠，点了一碗疙瘩汤，点了一碗炸酱面，又点了一个芥末墩。老金什么话也不说，看着我高兴地在那点，我突然意识到他还在旁边呢，人家是南方人，我说：真抱歉，就顾我自己了，解了我的乡愁，解了我的乡馋，你呢？没的吃吧？

没有，我也爱吃这些。你想我们学校，南来北往都是各种风味，好多学生都是北方孩子，我经常和他们一起，带他们吃炸酱面。我也可爱吃了，他说来点面码儿。

你还知道面码儿。

知道啊，有泡好的黄豆、青豆、心里美萝卜丝，还有那个豆芽、黄瓜条，对不对？

对，对。

我们俩美美地吃了一顿老北京风味中餐，看看时候还早，我不知道怎么的，突然有一种依恋感，一种舍不得回去的感觉，觉得就像飞出的鸟儿一样，特别畅快。说实话，我从北京逃到了南方，就是躲避那些闲言碎语。没想到在南方又遇到了一些指指点点，就在我觉得生活绝望了，到处都是冰窟窿的时候，您给我带来了温暖，我们医院给我送来了温暖，而老金给我送来的可就不是温暖了。

是什么呀？

那就是火炬啊。

什么叫火炬呢？

火炬就是指引我前进，往前活下去的勇气，继续走，而且是向着光明走。

那天我就说了一句，我来这儿都这快两年了，还没去过这边的公园呢。原来我以为养老院里面像公园一样，不用去了，可是我听人家说，南方的公园里面，树木特别茂盛，到处都翠绿翠绿的，特别好看，冬天也一片翠绿。

走，带你去。他带我直接去了湿地公园，太美了，虽然已是初冬，可那里面的水鸟啾啾地叫着，树木蹭蹭地长着，走到那个竹林就听着那个爆笋的声音，啪啪啪。就是那个小竹笋，在冒芽，在拔节，让人的心一下子就特别振奋，特别有一种朝气，心中汹涌澎湃的感觉，生活太好了。生活太美好了，就在我低头看这个小竹笋的时候，他轻轻地把我扶了起来。

我不知道是鬼使神差怎么的，竟然把头靠在了他的肩头，他把我抱得紧紧的，而且又亲吻了我的额头。我们俩有些忘情了，应该说这片竹林，让我们情定今生。

我鼓起掌来了，她说，你怎么这样呢？这么温馨的画面，你干嘛鼓掌呢？

不鼓掌，我吹口哨？要不我给你起哄？

您这时候应该来一句诗。

此时无声胜有声。

那天我们俩真的手牵着手，在外面吃了烛光晚餐。真浪漫啊，烛光晚餐，他正式向我求婚，我当即答应了。我觉得这个火炬不能让它灭，我也参加过奥运会的火炬接力赛，我也是一名选手。我知道当我手擎着这个火炬的时候，浑身热血在沸腾，充满着力量。一门心思向前跑，向前奔，前面就是更光明灿烂的景象，所以我当即接受他的求婚。

我们俩选了个日子，就办理了结婚登记手续，开始他的女儿和我的儿子，都说登什么记啊，你们就住在一起算了，省得以后分财产扯麻烦。

我义正词严告诉我的儿子，你妈妈作为一个医生，永远光明磊落，你爸爸为了工作牺牲了，妈妈我为了工作，也染了一身重病，但是我无怨无悔。你们自己安了窝，有了自己的孩子，我不用牵挂你们，我就没有什么财产了，只有我的退休金。金大哥的房子也变卖了，作为女儿的嫁妆，女儿带走了，他也是一个人，也就是靠退休金。我们没有财产，我们将来愿意呢就 AA 制，不愿意 AA 制，我们就合在一起。不管怎么说，我们俩生活不用你们孩子操心，不用你们添钱，但是我们必须要履行结婚手续，我一辈子光明磊落，不能到老了老了，犯一个未婚同居的罪名。该结婚就履行法律程序，这是一个社会公民最起码的行为规范。

金大哥也同意我的想法，我们俩一起登了记，买了些喜糖，院里还给我们举行了一个婚礼仪式，我们就退了一间房搬到了一起，现在我们的生活应该说一天一天更加甜蜜。

莲姐姐，我想把你们的故事写出来可以吗？

可以，可以啊。

我就想说的是，这个人活着要有一口气，活着就喜欢暖和，甭管南方人、北方人，谁也不愿意冷飕飕。

如今我们温暖了，我们两个人的暖加一起，再去温暖其他老年人，这不就是您说的志愿者精神吗？

望着他们十指相扣的背影走向那莲花摇曳的荷塘，我在想，当人类的温暖趋于冷冻的时候，那么和动物间的情感就愈发温暖，就愈发得到放大，就显得弥足珍贵。

人需要暖，温暖你，温暖我，温暖他，这就是一个温暖的世界。